魅丽文化
飞言情工作室

奢宠 2

阿舒／著

江苏凤凰文艺出版社
JIANGSU PHOENIX LITERATURE AND ART PUBLISHING, LTD

图书在版编目（CIP）数据

奢宠．2 / 阿舒著．— 南京：江苏凤凰文艺出版社，2018.10

ISBN 978-7-5594-2816-5

Ⅰ．①奢… Ⅱ．①阿… Ⅲ．①长篇小说－中国－当代 Ⅳ．①I247.5

中国版本图书馆 CIP 数据核字（2018）第 201276 号

书　　名	奢宠．2
作　　者	阿　舒
出版统筹	汪修荣　邹立勋
选题策划	飞言情工作室
责任编辑	胡小河　姚　丽
文字编辑	何　进
责任监制	刘　巍　江伟明
出版发行	江苏凤凰文艺出版社
出版社地址	南京市中央路 165 号，邮编：210009
出版社网址	http://www.jswenyi.com
印　　刷	湖南新华精品印务有限公司
开　　本	880 mm×1230 mm　1/32
字　　数	276 千字
印　　张	9.5
版　　次	2018 年 10 月第 1 版，2018 年 10 月第 1 次印刷
标准书号	ISBN 978-7-5594-2816-5
定　　价	36.80 元

目 录

CONTENTS

目 录

CONTENTS

第一章 // 谁教我喜欢秦墨

“哟，‘小凰鸡’，大半夜的，你这演的哪出啊？又跟秦哥赌气赌半路上了？”

梁子帆按了一下喇叭，从他那辆敞篷跑车里探出半个脑袋，似笑非笑地朝我吹口哨。

半山腰的夜风将这小子的头发吹出几分“非主流”的效果，瞅着有些可笑。可架不住人家颜值高，这才二十一岁呢，就把周围的姑娘哄得团团转，一天一个地往家里带，我就没见过重样的。

我把视线往里挪了一寸，果然瞧见副驾驶坐了一个胸大腿长的女孩儿，看起来比梁子帆大一点，也不知道这小子是什么奇特的口味，谈恋爱总爱找比自己年纪大的。

我跟陈筱私下里瞎琢磨过，估计这小子在单亲家庭长大，他爸又是典型的工作狂，一年三百六十五天不着家，多缺少母爱啊，找一个比自己年纪大点儿的也正常。

我这么想着的时候，那个女孩拉了一下梁子帆的袖子，皱着眉，显然对梁子帆突然停车跟我搭话的举动不大满意。

我这人脸皮厚，又赶上今儿心情实在太烂，也就懒得照顾这女孩的心情，管她是不是嫌我碍眼呢。我被秦墨那个混蛋扔在半山腰，走了半个多小时，脚都起泡了，是得多傻才会放过这辆“顺风车”。

我把抱在怀里的高跟鞋往副驾驶的窗口一只一只扔进去，拉开了车门，面无表情地冲那女孩努嘴：“坐后面去！”

她估计被我那两只高跟鞋砸晕了，愣了半天才晓得转头找身边的梁子帆做主，那楚楚可怜的模样，我真是搞不懂梁子帆能从她身上找到什么母爱。

偏偏梁子帆还特有耐心地哄她，肉麻兮兮地拍着“小白花”的脸，说：“乖，小姐姐，没见‘小凰鸡’今儿心情不好吗，咱们疼疼她，委屈你往后面挪挪。”

我抱着胳膊站在那，忍不住翻了个白眼，一半是因为风吹得冷，一半是因为心寒。想起梁子帆这小子十五六岁的时候，多可爱一个小正太啊，成天追在我屁股后面“小姐姐、小姐姐”叫得要多甜有多甜，跟现在撒娇哄女人的口气一模一样。当然，那会儿我还是周家名副其实的千金小姐，还没有上演韩剧那套“狗血剧情”。

我成天呼风唤雨、高高在上，人生格言是这辈子一定要穿最漂亮的衣服，用最贵的化妆品，买最奢侈的包以及嫁最厉害的男人！结果我的人生来了一个一百八十度大拐弯，直接翻阴沟里去了。

我以为的亲妈成了别人的亲妈；我以为的亲爸成了别人的亲爸；就连那个跟我臭味相投的亲弟弟也成了别人的亲弟。

用梁子帆的话来说，我真是“落地凤凰不如鸡”，哦，不，其实我原本就是一只“鸡”。反正，自那以后梁子帆这个势利眼再也不叫我“小姐姐”了，而是“亲切”地称呼我为“小凰鸡”。

我都没法抬起胳膊一巴掌给他抡过去，谁叫我时不时地就跟秦墨赌气，被扔在半路，还得靠这小子把我顺路捡回去呢。

想想我就一把辛酸泪，但现在，心酸的显然不止我一个，小白花估计是被梁子帆的偏心彻底激怒了，甩了一句“梁子帆，你有种”就怒气冲冲地下车了，将车门一摔，踩着一双十二厘米的高跟鞋就要往山下走。

我这人某种程度上算得上同情心泛滥，想想小白花即将经历我几分钟前经历的痛苦，又瞅了一眼她脚上那双价值不菲的高跟鞋，顿时有些肉疼，说：“鞋子挺贵的吧，脱了呗，下山得一个多小时呢，多费鞋啊！”

小白花脚下一顿，回头时的那个眼神儿跟刀子似的，嗖嗖地往我身上扎。梁子帆那厮握着方向盘，捂着肚子笑，末了冲我说道：“你就消停些吧，冲人撒什么邪火，上车。”

小白花估计见梁子帆真的彻底不搭理她了，这才拿出手机叫车。

我耸耸肩，难得遇见这么一个不是假矫情而是真骨气的女人，我能不成全吗？一屁股坐进车里，安全带还没系好，梁子帆已经启动手刹将车子冲了出去。

“你们男人没一个好东西，尽干些把女人扔半路的事儿！”我被车子的惯性弄得差点没摔出个好歹来，忍不住冲这小子发火。

梁子帆嬉皮笑脸地道：“我的姐，你可别把我跟秦哥混一块儿。刚才那个，不是被你气跑的吗？我可一根手指头都还没碰过呢，今晚为了你，我亏大发了我！”他做出一副肉疼的样子。

“嘁，老得跟容嬷嬷似的，亏你也能看得上。我说你怎么想的呀，不能正儿八经地找个好女孩谈场恋爱吗！”

“不是你说我缺母爱的吗？老才适合我啊！我怎么不正经了，像你跟秦哥那样，就正经了？”

嘿，这小子还真知道哪儿疼往哪儿戳！

我瞪了他一眼，越心酸越想争辩：“我们俩青梅竹马、琴瑟和鸣，打是亲骂是爱！哪儿哪儿都正经！”

“得了吧！”梁子帆跟戳皮球似的一下就把我给戳破了，“别人不知道，我还能不知道？一个月有三回我能在半路上碰到你，次次都是你跟人秦哥赌气下车的，赌完气你还费老大劲儿跟蜗牛似的往他家爬。我都不知道你怎么想的，你说你以前多高傲的一个人啊，那鼻孔能仰到天上去，眼皮从来都不带往下划拉的，怎么就非得在秦墨这一棵歪脖子树上吊死了！”

我抱着手臂，冷笑着看这个小屁孩表演。果然，梁子帆也觉得自己这样评价秦墨亏得慌："好吧，秦哥这样的，也实在不能归为歪脖子树那一类，但他就算是棵无价的神木，你好歹也看看别的树啊。比如说我，是吧，'小凰鸡'，你难道没有从这个爱称里听出我对你满满的爱意吗？"说到这儿的时候，跑车已经停在秦家别墅前，梁子帆侧过头"深情款款"地望着我，脸越移越近，显然想来个吻别。

我终于被这小子逗乐，扑哧一声笑出来，顺手一把将他的脸拍开："得了吧，就你换女孩跟换衣服似的那劲头，谁敢跟你海誓山盟啊。"

"你要跟我海誓山盟了，我不就诚心定下来了吗……"山上风大，梁子帆一个人在那儿娘们儿似的嘟囔。

"你说什么？"我正推门下车，实在没听清他说了什么，只好回头问他。

"没什么，我说你下次再跟秦哥赌气，给我打个电话，我来接你！别傻了吧唧的就知道瞎走路！"梁子帆冲我大声嚷嚷，有点不耐烦的样子，一转弯就把车子开走了。他家离秦家也就两栋别墅的距离。

我笑了笑，觉得心底莫名有股暖流。

梁子帆这家伙虽然嘴巴臭了点，但对我是真的没话说，都快赶上我那个不着边的弟弟了。

哦，不，早就不是我弟弟了……

这样一想，今晚发生的那些糟心事儿又一股脑儿在脑海中重现。

秦家那扇精致大铁门突然缓缓打开，一辆黑色宾利从里边开出来，车灯刺得我眼睛疼。我侧了侧头，稍稍躲开那光线，司机老张摇下车窗，冲我客气道："萌萌小姐，太太正念着呢，特地派了我来接您，天冷，赶紧回去吧。"

"哦！"不知道是不是那半个小时的路途实在耗费了我全部的精气

神，还是单纯天色太晚，我难得显出几分无精打采，点头，不想再多说一句话。

萌萌小姐是近两年秦家佣人对我的称呼，听起来亲切，实际上却生疏极了。我还姓周的时候，秦家的佣人们一见到我都笑眯眯的，年纪大一点的直接叫我萌萌，年轻一点的称我周小姐，带着一点亲热劲儿。后来凤凰被人拔了毛，天鹅变成丑小鸭，我姓什么好像就变得不那么重要了，大家习惯叫我萌萌小姐，虽然我有时候也认真地思考过，其实原本萌萌也不算是我的名字。

我原本的名字应该叫赵嘉怡，但鉴于这个名字实在称得上是我们彼此的噩梦，双方换回身份，各找各妈、各回各家后也默契地不太想把这个名字换回来了，赵嘉怡成了周嘉怡，周萌萌成了赵萌萌。

但周嘉怡依然是赵萌萌的噩梦，一听到名字都能发疯的那种，所以今天才会去找秦墨大吵大闹，所以才会跟秦墨赌气被扔在半山腰上。

有时候想想，次数越多，我好像越麻木了。

梁子帆让我别在这棵歪脖子树上吊死，那是因为他年纪小，不知道我除了这棵歪脖子树可以赖着，再也没有更好的选择。虽然以秦墨的资质，也实在不能用“歪脖子树”这样的比喻寒碜他。

我跟秦墨的渊源细数起来，真的不能算孽缘，那句歌词怎么唱来着：只是因为在人群中多看了你一眼，再也不能忘记你容颜。

后来我无数遍跟陈筱强调，我对秦墨那是真真正正的一见钟情、二见倾心，天雷勾了地火、朱丽叶遇见罗密欧，山无棱、天地合，才敢与君绝！

但每每都会被陈筱嗤笑，她说：“赵萌萌，见过不要脸的，还真没见过你这么不要脸的。你跟秦墨第一次见面才五岁吧，秦墨才八岁，你们俩就能天雷勾了地火？牛皮也不是你这样吹的。行了，也别什么真爱了，你就承认你是嫉妒周嘉怡跟你换了身份，不想连秦墨都还给她。至于秦墨，啧啧，我真是从头到脚，一根头发丝儿都看不出他稀罕你。”

听听，这就是我的闺蜜，连她都不相信我对秦墨是一见钟情，这个世界上还有谁能信？可我赵萌萌对天发誓，十八年前一身军装的秦墨骑着他新买的自行车从我家门前经过的时候，我就已经给这小子贴上我赵萌萌所有物的标签了。如果不是我表达爱意的方式太过委婉，例如每天在家门口放几颗钉子之类的，那我跟秦墨早该结婚生子，孩子都能打酱油了，根本轮不着周嘉怡的戏份儿。

陈筱十分不屑，她说要是秦墨能看上我这种成天混吃等死的类型，那他才是真的瞎了眼呢！

我觉得我不能愉快地跟陈筱吹牛、喝茶、烫火锅了！

其实陈筱不知道，我怎么会是混吃等死的类型呢。即使我从周萌萌变成了赵萌萌，我依然志向远大，至少人生格言从未改变：穿最漂亮的衣服，用最贵的化妆品，买最奢侈的包，嫁最厉害的男人！如果非要较真，那也只是顺序稍稍调整了一下。比如以前我还是周大小姐的时候，只要跟家里撒撒娇，漂亮衣服和昂贵包包伸手就来，唯一值得奋斗的也仅仅只有嫁秦墨这一条；可现在有秦墨在，我好像从来也没缺过这些玩意儿。

是了，我的亲亲小宝贝——GUCCI。今年秋季限量版，全球只有五个的“小可爱”，秦墨那个混蛋刚才我赌气下车的时候，不让我拿！

他居然不让我拿！

想想就来气，我赤着脚走进秦家大厅，气得连脚疼都顾不上，就想找秦墨把我的“小可爱”要回来。谁知大厅里并没有秦墨，秦妈妈站在那里，显然在等我的样子，一见我，她心疼得跟什么似的：“怎么没穿鞋，你这个孩子，天儿多冷啊，冻着了怎么办？”

我这人经不住惯，一有人惯，那准得蹬鼻子上脸，当即红了眼睛委屈地跟秦妈妈抱怨："都是秦墨干的！今天山上风吹得可大了，他连件衣服都不留给我，哇呜……"

要说这个世界上有谁对我赵萌萌是真的好，那除了秦妈妈我还真想不出第二个人。

秦妈妈做梦都想生个女儿，可是年轻的时候伤了身体，生下秦墨以后再也不能生育。后来我家搬到她家隔壁，用秦妈妈第一次见我的话来说，我赵萌萌就是投了她的眼缘，她比周妈妈还宠我。小时候我但凡想要点什么，从不问自个儿亲妈要，只要在秦妈妈面前稍稍一提，过不了几天，准有秦家的管家给送来。要不是打小我对秦墨的那点儿歪心思，我早一口一个干妈把秦妈妈哄得心花怒放了。

我正在秦妈妈怀里腻歪着控诉秦墨的暴行，二楼那厮披着一件浴袍下来了，合着我在半山腰徒步吹冷风的时候，人家正在浴缸里享受呢。

秦墨裹着一件竖条纹的真丝浴袍，白皙的手指间捧着一杯热茶。在恒温的室内，热茶袅娜的雾气将他轮廓分明的五官映出几分朦胧感。那厮半夜还架着一副金丝边眼镜，看上去一副斯文无害又充满禁欲感的样子。那双长腿根本没有发挥它的作用，慢悠悠地往楼下一步一步走，分明是没有节奏的，但是一声一声仿佛踏在我的心坎上，以至于这回即使有秦妈妈在，我也有些哆嗦了。

坦白说，我其实还挺怕秦墨的，以前还不觉得，自从几年前的某个晚上我跟个小战士一样精心策划地把秦墨给办了以后，我就觉得这厮真不是我平时看起来人畜无害的模样。你看他能半夜三更把我一个人扔在半山腰上，自个儿还舒舒服服地回去泡澡，光是这种心理素质就足够让人觉得变态了吧。

"那你还死缠着人家不放，话说除了钱，你到底喜欢秦墨哪点儿啊？”陈筱对我觉得秦墨“变态”这一点很是匪夷所思，谁让秦墨在外面都是一副仪表堂堂、“高岭之花”的模样。

我说：“呸，你以为我是为了秦墨的钱？我这么肤浅的人，当然是看上他的脸！”

陈筱笑得直不起腰，她说：“很好，特别好，赵萌萌我就喜欢你这有自知之明的样子，你看你至少还知道自己肤浅。”

我是真的看上了秦墨那张脸，好吧，还有那双大长腿……

“这不也好手好脚地回来了吗，都说让您别操心。”秦墨抿了一口热茶，声音清冷如外头的寒夜，本人好像一点儿都不觉得自己过分，悠闲地往沙发上一躺，仿佛刚才把我扔半路上的人不是他。

我气得偷偷在秦妈妈怀里学着刚才那个女孩愤怒的模样往秦墨脸上射刀子，谁知道那厮纹丝不动，没有半分心虚的样子，我只好哼哼唧唧地在秦妈妈怀里哭得更委屈了。

“你说的什么话，萌萌一个小姑娘，还没结婚就死心塌地跟着你，你看看你把人欺负成什么样子了？”秦妈妈怒了，但我一听这话，就知道要糟糕。

果然，秦墨听了也不反驳，那双狭长的眼睛从透明的金丝边眼镜里射出意味深长的光芒，颇有些嘲讽地看着我，那模样活脱脱在提醒我，当初是我要去“糟蹋”他。

“糟蹋”秦墨这件事，从头到尾，是我自己一个人的主意，就连陈筱想要参与，都被我言辞狠厉地拒绝了。

因为对于秦墨这种高颜值的禁欲系，我实在担心陈筱半途会忍不住监守自盗。所以二十岁生日的那天晚上，我抱着视死如归的心情往秦墨惯常用的茶杯里弄了一点小调料，然后我领悟出一些道理，越是道貌岸然的禁欲系，越是深藏不露的禽兽，以及魔兽是不能随意召唤的……

当然这个道理我悟得实在太晚，以至于那天晚上我被折腾个半死，连逃跑的力气都没有了。

所以第二天早上，我被秦墨人赃并获的时候，根本已经懒得反抗了，抱着十八年后又是一条好汉的信念，我红着脸理直气壮地跟他嚷："怎么了，长得好看还不让人看了！"

秦墨那会儿正半起身扣扣子，即便被折腾得那样惨，我这种没救了的颜控，依然觉得他修长的手指一颗一颗将衬衫扣好的模样简直性感得要命。

我一边唾弃自己的无耻好色，一边忍不住将眼神往秦墨还没有被遮住的那块胸肌上瞄，这导致秦墨忽然回身，半是威胁半是好笑地摸着我的头顶问我"胆子肥了，敢调戏我。怎么，想通了，要跟我表白吗？"的时候，我觉得我连呼吸都是晕眩地。

我那个时候自尊心强得要命，刚刚被人从周家千金的位置上扒拉下来，还没有现在这样安分做一个普通而平凡女生的觉悟，只觉得要是就这样对秦墨表白了，那我还不如裹着被单直接从窗户口跳下去呢。所以我歪着头想了想，挑了一个最烂的理由，让自己看起来像个拜金女，我说："怎么可能，这不是刚从天上摔下来，还不适应吗，我周围就属你最'高富帅'了，我不稀罕稀罕你，我稀罕谁去啊。"

我想就算打死我，我也说不出"秦墨，我喜欢你"或者"秦墨，我怕再不向你表白，我就再也没机会了"这种话。

我像一只守了天鹅肉很久的癞蛤蟆，直到遇到有人来抢，才笨拙地抢先一口将天鹅肉吞了下去，可是我垂涎太久，已经忘了怎样跟天鹅表达爱意。

而那个时候，那个时候的我只要聪明一点、诚实一点，也许同秦墨就没有那么多狗血的误会。

秦墨僵着身体，很久都没有说话。

我那时想他一定觉得不值，躺在他身边的人不是他心尖上的周嘉怡，而是顶替了她十几年的冒牌货。

但大约秦墨也觉得即使是冒牌货，那横竖也是跟周嘉怡沾了边的冒牌货。很快秦墨跟我就由青梅竹马正式成为了男女朋友。

我被周家扫地出门，不知道有多少人想看我跌入泥里的样子，但是很遗憾，托秦墨的福，我赵萌萌依然时不时地在她们面前蹦跶。

就连陈筱都对我刮目相看，她说："赵萌萌，平时看你一副没脑子的样子，没想到临了你还知道抱上秦墨这棵大树，你这可藏得够深啊，佩服！"

可能连秦墨自个儿都是这样想的吧，谁教我当时确实爱慕虚荣且嗜钱如命呢。

不明真相的只有秦妈妈一个，她的逻辑是我这么可爱天真的一个小姑娘，年纪轻轻就被秦墨"糟蹋"了，秦墨必须且不得不对我负责。

她还不知道其实是我主动"糟蹋"了她儿子。

想到这里，我也不敢再在秦妈妈怀里哼哼唧唧了。我把头抬起来，特别懂事儿地开始"维护"秦墨："您别这样说，阿姨，谁教我打小就喜欢秦墨呢，是我命不好……"

秦妈妈看我的眼神儿更心痛了。

而沙发上的秦墨跷起二郎腿，抬手扶了一下镜框，似笑非笑地看着我表演。我忍不住打了个哆嗦，立刻又补充道："阿姨您先去休息吧，我也累了，想去洗澡。"

秦妈妈叹了一口气，有些爱怜地摸摸我的头，末了狠狠地瞪了秦墨一眼，颇有些怒其不争的样子。

客厅里很快只剩下我跟秦墨两个人。

秦墨将手上那盏精致的英式茶杯随手搁在了茶几上，冷冷地问我：“怎么不继续演了？”

我其实一点都不喜欢跟秦墨吵架，因为每次吵架我几乎讨不了什么便宜，所以我懒得理会秦墨的挑衅，赤脚走近几步，没什么好气：“我的包呢，还我！”

“扔了！”对方风轻云淡。

我当即心痛得无以复加：“你知道那个有多贵吗！”

秦墨乐了：“再贵也是我的钱。”

把我给气得，只能拼命捶自个儿的小胸口，根本不敢发作：“我手机还在里面，你个混蛋！”

“别捶了，本来就小，再捶就凹进去了。”秦墨这厮继续刺激我。

我顺手扯开衣领，往内里瞄了一眼自个儿略显平扁的小白兔，再也忍不住，“哇呜”一声又开始哭号。

这回真没半点掺假，我是真伤心。一半因为我心心念念的小可爱，我费了多大力气才托人弄来的包，今儿第一次拿出来显摆就这么被秦墨随随便便扔了，而且秦墨从不说假话，他说扔了那就是真扔了；另一半是我终于意识到一个严重的事实，秦墨最近一反常态地跟我发脾气，不为别的，也许是真的累了。你看，他都开始嫌我胸小了。

我哭得上气不接下气，越想越觉得事态严重。秦墨估计懒得听我瞎号，突然一把将我搂进他怀里，很有一番预备哄我的模样，偏我这人越哄越来劲儿，当即扯开嗓子哭得那叫一个撕心裂肺。秦墨终于不耐烦，拍了一下我的臀，暗含警告。我渐渐收声，却也十分不甘，环着他的脖子撒娇，抽抽搭搭的：“那胸小也不能怪我呀，它就长那样儿，再怎么吃木瓜都没用，我有什么办法。”

秦墨终于被我逗乐了，抵着我的额头闷笑。他身上有沐浴后的清香，带着一丝妥帖的暖意。我往他怀里蹭了蹭，熟悉的味道让我渐渐心安，不知道这次是否依然能够顺利过关。我正这样胡思乱想着，秦墨又拍了我一下，很是嫌弃：“别乱蹭，脏死了。”

我顺杆往上爬，对着他近在咫尺的俊脸吧唧就是一口：“就乱蹭，脏死你。”

室内气氛渐缓，我正觉得今日大约又是这般糊里糊涂混过去，秦墨漆黑的眼睛渐渐恢复清明，他吻了我一下，隐隐有些无可奈何的模样：“知道今天错哪儿了吗？”

“知道今天错哪儿了吗？”秦墨常常这样问我，并不关心前因后果，只因一旦碰上周嘉怡，那么我必然成了错的那一方。

又或者大约在我们这种奇怪的关系里，从来就没有真正的对与错，我只要惹他不高兴了，那么必然就是我错得离谱。

我突然觉得心凉……

大抵，有些时候我实在喜欢在老虎头上拔毛，所以我将环在秦墨颈间的手放下来，一字一句冷静地说：“啊？你说今天让周嘉怡丢脸的事吗？推开她的时候我觉得我没错，现在当然也觉得没错，明天、后天、大后天，这辈子我都不觉得我会有什么错！”

秦墨一张脸蓦地黑如锅底，透明的金丝边眼镜后面一双眼睛黑云涌动，显然已是怒极。他突然站起来，我因为惯性，被他重重磕在冰冷的茶几上，茶几上还有他方才搁置的瓷杯，也被摔得四分五裂。我很快撞上那些尖利的瓷器，不知道是不是流血了，痛得我龇牙咧嘴，但秦墨的声音分明让人更疼，他说：“赵萌萌，我看你真的是无可救药！”一副对我失望透顶的模样。

然后秦墨再不管我，转身，踩着拖鞋上楼了。

我躺在那里，不知道是身体更痛一点还是心里更难过一点，眼泪不争气地又渐渐往外流。但是想一想，秦妈妈不在，秦墨也被我气跑了，我并不能流给谁看……

其实好像从被赶出周家开始，已经没有人问过我疼不疼了。

陈筱一直坚持认为，上辈子周嘉怡一定是挖了我家祖坟，这辈子才倒霉地碰上我赵萌萌，偏偏我还要跟她不死不休。

每次陈筱这么提醒是我欠着周嘉怡的时候，我都忍不住翻白眼，一边翻着言情小说，一边语气深沉："你知道吗，陈筱，我经常做梦，梦见自己身着大红衣裙，一杯毒酒将冷宫里楚楚可怜的周嘉怡赐死。她说她死不瞑目，这辈子一定要找我报仇。"

陈筱呕出了她的隔夜饭。

全世界都觉得是我欠了周嘉怡，包括陈筱，包括秦墨。

谁教我赵萌萌代替周嘉怡享受了十几年千金大小姐的风光，谁教我抢了周嘉怡的男朋友秦墨，谁教我命好，即使被人拔了凤凰毛，依然盛气凌人地在这个圈子里蹦跶……

我第一次听到嘉怡这个名字的时候，她还姓赵，我也还姓周。

饭局上，有个刚混进圈子里的暴发户小姐妹兴奋地跟大家分享她的留学生涯："我们学校有个特厉害的华人学长，叫秦墨，人帅腿长，学业好，还没毕业就跟两个同学合伙搞了一家软件公司，专门挣老外的钱，特别给咱们华人挣面子。这种稀缺精英男，学校里不知道多少白富美拜倒在他的西装裤下，偏偏人家谁都不搭理，就看上一朵白莲花。"妹子说得唾沫横飞，口气十分不忿。

她一说完，全场静了静，皆因场上的姐妹大多都知道我跟秦墨青梅竹马，但我俩到底有没有一腿，谁都不说清楚，因此都不敢接话。

彼时，我摩挲着手上的一本杂志，心里一时并不相信她口中的秦墨就是我的秦墨。

秦墨出国三年，年年回来给我捎礼物，即使再忙，也每周一封邮件，不能说远也不能说近。我心情差的时候背着家里飞去找他，秦墨带我游遍大半个西欧。我以为我已经将秦墨看得够牢，并不知道中间忽然多出一个人。

“你在哪儿留学？”我托着下巴，漫不经心地和暴发户搭话。

“××啊！”暴发户有些得意，并未看出猛然尴尬的氛围，末了又扯回正题，“你们说现在的好白菜是不是都被猪拱了！学长对那个女生特别好，要什么给什么，可人家玩欲擒故纵玩得那叫一个好，对学长还爱答不理的。”

我手上刚做的水晶指甲便断在了杂志页面上，看起来格外触目惊心。

暴发户比喻贴切，我的心情的确是堪比养了一棵水灵灵的好白菜，天天浇水、施肥、除草，呕心沥血，没想秦墨这棵白菜，终于还是半途被人拱了。

还好我那会儿还十分控制得住脾气，大约一个人拥有得越多，就越发懂得如何沉住气。

我合上手里的杂志，装作感兴趣的样子，笑眯眯地问暴发户：“那个女生叫什么名字？”

“赵嘉怡。”

从此赵嘉怡三个字便印在我的心尖上，碾不开、化不去，成了心魔。

散局后，我怒气冲冲地打算回去质问秦墨。拿起手机时才想起，其实我与秦墨，实在算不得亲密的男女关系，我们的友谊还没有正式升华过。毕竟，我十九年都还没有学会如何将自己的初吻献给秦墨。

我这样一想，顿时失了底气，转而拨给陈筱。陈筱一句话将我点醒，她说：“周萌萌，秦墨大约、可能、好像是把你当小妹妹来着，你看你也从来没跟我提过你喜欢秦墨的事儿啊！”

去你的小妹妹！我想。

在陈筱不遗余力的劝说下，我决定不从秦墨那头下手，继而追查赵嘉怡是哪根葱、哪头蒜。

我有一个跟我特别合得来的弟弟叫周子聪，之所以合得来是因为我们俩都一样游手好闲且无所事事。但是，周子聪的脑子素来比我好使，爱好奇特，沉迷各种侦探小说，且励志要做中国当代神探。当然，他后面没有成为一名神探，却成了一个不错的兼职悬疑小说家。

我花了一点零花钱，成为周子聪的第一位客户。不到半天时间，周子聪就将这个叫赵嘉怡的资料甩给我看。

他口气颇为幸灾乐祸：“姐，你完了，秦哥可能真看上这女的了。你看看人家三百六十度无死角的美貌，最主要脑子特别好，小学连跳两级，高中直接拿的是全额奖学金出国留学，现在在秦哥那家软件公司，两个人经常三更半夜出双入对。唉，再怎么也比你近水楼台啊。”

照片里，年轻的赵嘉怡一头如墨长发，白色雪纺裙将她衬出几分邻家少女的优雅。她精致的五官沐浴在英格兰明媚的阳光下，整个人像是从男人梦中走出来的女孩，带着一丝书卷气，蓦地映入我眼帘，成为我十九年人生的第一场梦魇。

陈筱在看完赵嘉怡的资料后拍了拍我的肩，语气沉重：“人家怎么看都郎才女貌，你可千万别往万年女配的路上狂奔不复返。”

我那时心底酸得冒泡且格外痛彻心扉，甚至一度不敢找秦墨证实。我怕秦墨一旦亲口承认，那么我必然当场疯掉。听完陈筱的意见，我嘴巴硬得要命，十分不甘心：“怎么就郎才女貌了，你看他俩能门当户对吗？她连个家都没有，她妈卖了房子供她留学呢！”

陈筱看我的眼神像看一个白痴。

我知道她的意思，以秦墨的修养，不会介意女人是否门当户对。陈筱想了想，最终只能表示遗憾，叹了口气："谁教你不先下手为强，就秦墨这样的，你还敢放养，你说说你这心得多大啊。"

我已经哭得不能自已，抽抽搭搭地问她拿主意："那你说我现在跟秦墨表白还来得及吗？"

陈筱回了我一个你千万别作死的眼神，末了补充："人家两个都在国外，你就算表白成功，也挡不住两个成年男女朝夕相伴、干柴烈火啊。"

我"哇"的一声号啕大哭，第一次真正后悔自己读书不用功，没有追上秦墨的脚步。

但显然，一切已经来不及，我必然已经成为秦墨的——都算不上过去式，用陈筱的话来说，大约只能算是小妹妹吧。

我失恋了，症状是对任何事情都提不起兴趣，就连最能打动我的漂亮衣服和名牌包包都变得乏味且无趣。

那段时间，我沉迷于各种言情小说，这才发现好像所有的青梅竹马居然都是没什么好下场的。我躲在被子里，哭得撕心裂肺、肝肠寸断。我恨每一个把青梅竹马拆散的作者，一盒一盒地给他们寄刀片。

陈筱终于看不下去，她把我从被子里扒拉出来，开始给我安排各种联谊。用陈筱的话来说，忘掉一个男人的最好方式就是再找一个男人。

但是每一个男人跟秦墨一比，都显得拙劣不堪，要不鼻梁没有秦墨挺拔，要不就是腿不够长，长相过关的没有他学历好，学历好的没有他身材好，身材学历佳的没有他幽默。总之，秦墨就是我心头的朱砂痣、床前的明月光，我根本不愿意将就。

陈筱觉得我是在鸡蛋里挑骨头。我说："天地可鉴、日月可证，联谊会里的那些歪瓜裂枣实在不足以消减半分秦墨对我的吸引力。"

陈筱气得跳脚："那你还是继续单相思吧，要不然就滚回去跟你那堆言情小说谈恋爱！”

我想了一想，十九岁大好的年华，确实不能只浪费在对秦墨的单相思上，我这边嫉妒得发狂，但秦墨那厮在国外佳人相伴、春风得意，不知道有多快活！这样一想，我便十分愤怒，到底觉得应该谈一场恋爱，以便显得我的青春也不是那么单薄可怜。可气的是，联谊会上根本没有一个我看得顺眼的对象。无奈，我只好自行发挥，随意借用一名相亲男的真名，硬生生编造出一段爱情史。

我把我恋爱的消息透露给秦墨。我想，既然我已经不能跟秦墨正式表白，那借用另一个男人的名字抒发爱意也十分合情合理，这样既显得我没有十分在意他，算得上有格调，又可以隐约刺探秦墨与赵嘉怡的消息，实在是两全其美。

我那时看了上百本言情小说，写给秦墨的邮件便全是类似于“我喜欢他的眼、他的鼻，他的一切都是那么美好。他是糖，甜到忧伤”这种矫揉造作又不合逻辑的句子，多的时候一天一封。我用小说里的情节铺满我每一天的现实生活，连对方体贴地给我系鞋带这种小事都会唠叨，越写越入迷，乐此不疲……

秦墨大约真的与赵嘉怡打得火热，并没有空理我，偶尔回信，也只是寥寥几句，类似于“你开心就好”之类。

尽管如此冷漠，但我依然变态地陷入自己正在跟假秦墨恋爱的错觉，彻底从单恋的阴影中走出，自觉生活一天比一天美好……

陈筱却觉得我病入膏肓，有时她甚至想要带我去看心理医生。

如果没有陈筱，依照当时的发展趋势，我必然也能成为一个不错的言情作家。但陈筱毕竟十分心疼我，她既不想把我当成神经病带我去看心理医生，也不愿意我就此沉迷于一段自我编造的感情。为此，陈筱不得不出卖自己的良心。

某日，陈筱千里迢迢带我来到一家鸡蛋煎饼摊前。我参观了一整个上午煎饼的制作过程，最终沉痛地对陈筱说："不行，陈筱，就算那个煎饼好吃得令人欲仙欲死，我也不能说服自己忽略周遭厚厚的灰尘和大妈那双没有戴保鲜膜的手。"

陈筱看我的目光像看一个智障，然后她说出此行的目的："你不是想让秦墨跟赵嘉怡分手吗？既然秦墨和赵嘉怡两边都不是突破点，那你唯一的机会就是这个女人了，这是赵嘉怡她妈。你说她要是知道自己辛辛苦苦卖煎饼供女儿留学，女儿却不思学业，整天在外头跟男人谈情说爱……"

我第一次觉得陈筱成天在我面前秀她的高智商是有道理的，我决定原谅她。

我小心翼翼地靠近煎饼大妈，尽量躲开她小车上的油渍，然后甜甜地做了一个自我介绍。我说："阿姨，您好，我叫周萌萌，是赵嘉怡的同学。我不得不沉痛地告诉您，赵嘉怡拿着您辛辛苦苦挣来的钱，不思进取、荒唐无度，成天只晓得跟男人谈恋爱，真是太不争气了，您赶紧让她分手啊！"

陈筱听我说完，再一次用看智障的眼光看着我，然后她迅速地把我拉得站得远了一点。事后她告诉我，她当时特别担心赵嘉怡她妈能随手抄起手上的锅铲，将我铲飞出去。

但是大妈好像并没有怎么生气，她甚至并不关心她女儿赵嘉怡的恋情，我看见她浑身颤了颤，用一种难以形容的目光望着我，然后她的嘴唇微微发抖："你刚才说你叫什么名字？"

"周……萌萌。"

大妈又从头到脚将我打量了一遍，像是极力想要确认什么。末了，她终于恢复正常，问得十分专业："是嘉怡抢了你的男朋友吗？"

我当即脸红得跟猴子屁股似的，既惊讶一个煎饼大妈都能有这样敏感的智商，又实在不敢承认是赵嘉怡抢了我男朋友。毕竟秦墨与我，八字还没有一撇。

我正尴尬不已，大妈态度格外慈祥："好了，我知道了，这件事情我会和嘉怡谈一谈。"

谢天谢地，无论如何，我的目的达到了，拉着陈筱的手准备撤离。临走之前，大妈却小心翼翼地递了一个煎饼过来："孩子，请你吃。"

我不知道是不是我看错了，大妈的目光里竟然带着一丝恳求，这直接导致我一个对路边摊厌恶不已的人也不得不违心地接过来。然后我看见大妈的表情，仿佛十分欣慰。

事后，那个煎饼的命运自然是被我毫不犹豫地扔进了垃圾桶，我甚至根本没有想过要品尝。

我并不知道那是我最后一次可以吃到那个女人做的东西的机会，尽管我无数次后悔，无数次回忆我与她那次相见的细节。我想她当时应该认出我了，可我无知无觉，并不懂得珍惜，以至于终其一生，我的生命里，再也没有那个女人亲手做过的东西……

而这件事情不久后，我再去让周子聪打听，周子聪的答案是秦墨果然与赵嘉怡分道扬镳，传闻是赵嘉怡甩了秦墨。

陈筱觉得这件事情顺利得太过诡异，她一边接受着是自己出谋划策拆散了一对郎才女貌、青年男女的良心谴责；一边又忍不住替我高兴，觉得终于避免了将我送入精神病院的命运。

我果真不再给秦墨写我浪漫的爱情史，因为得知是赵嘉怡甩了秦墨的我并不怎么高兴。

秦墨于我，实在是窗前那一抹神圣不可侵犯的白月光，赵嘉怡这样一个人，凭什么毫不犹豫甩掉我心心念念的秦墨。而体会过失恋感觉的我，以己度人，开始想象此刻的秦墨应该是何等伤情，不知道在哪个角落默默舔舐自己的伤口。每每幻想此等场景，我便十分心痛。

陈筱得知我的想法，看我的眼光非常复杂，仿佛我又得了某种心理疾病，然而她终究觉得我无可救药，叹口气，不再管我。

两个月后，赵嘉怡毕业回国。

再一个月，秦墨紧随其后，关掉自己正在逐渐壮大的软件公司，也回了国。

这样明显的前后两脚，陈筱越发觉得自己当初是助纣为虐，拆散了一对苦命鸳鸯，她认定秦墨的真爱是赵嘉怡，否则不会舍弃自己的辉煌事业。

我心里难过得要死，居然一点都没有秦墨即将长期待在国内的兴奋。然而我毕竟喜欢秦墨那么多年，再也不敢犯跟上次一样的错误，不敢再拖，我决心跟秦墨表白。

表白之前，莫名其妙地，我想见赵嘉怡一面，对于秦墨喜欢的女孩，我有一种天生的好奇与嫉妒。

那样顺利地约到赵嘉怡，我其实还挺意外。

这个年纪跟我一样大的女孩有一种沉稳与内敛的气质，以至于我分明一副来者不善的模样，她却能不动如山地伸出白皙的手指与我交握，她说："你好，我叫赵嘉怡，看来是你跟我妈妈吹的耳旁风。"

我的心脏微微一抽，一下子便落了下风。吹耳旁风这种事实在不够光彩，赵嘉怡这样直截了当地指出来，倒很像往我脸上抽了一巴掌。好在那时我要风得风而且脸皮格外厚实，当即反驳道："你那样轻易地就跟秦墨分手，也不见得是真爱。"

赵嘉怡的脸色有一丝古怪，但很快她恢复镇定，用跟她妈妈一样敏感的智商做出判断："你喜欢秦墨。"

她微微扬唇，笑得有些意味深长。

一刹那，我突然觉得好像全世界都知道我喜欢上秦墨，就只有秦墨那个笨蛋还蒙在鼓里。而赵嘉怡一副高高在上、看透一切的模样又是那么让人讨厌，仿佛秦墨作为被她甩掉的男人，而我喜欢一个被她甩掉的人，多么低人一等。

照我死要面子的个性，我实在应该来一个打死不认，可我那样心疼秦墨，半分也见不得别人看低他，因此想也没想便承认下来："我就是喜欢秦墨，喜欢得要死要活那种！"仿佛这样，能够稍稍抬高一点秦墨的身价。

赵嘉怡风轻云淡："那你拿去好了。"

我愣了愣。

"你那么喜欢，拿去就好了。"赵嘉怡摩挲着咖啡杯，一副不甚在意的模样，嘴唇微翘，"不过秦墨好像还没有忘记我，我最近老是被他骚扰，实在不胜其烦。真不知道这种缠人的男人你喜欢他哪一点……"语气里，竟然是满满的嘲讽。

一瞬间，我脑子里掠过暴发户的原话，她说学长对她特别好，要什么给什么，可人家玩欲擒故纵玩得那叫一个好，对学长还爱答不理。我顿时气得连手指都在发抖，我想我心尖上的秦墨，我捧在手心里的一棵好白菜，居然喜欢上这样一个没有心肝的女人："喂，听说你要什么秦墨就给什么，你别太过分了。"

赵嘉怡露出几分不屑："每个追求我的人都是这一套，秦墨实在不算突出，也只有你把他当宝吧。"

我胸口的怒火一下蹿了上来，没有忍住，抬起旁边的温水就朝赵嘉怡泼了过去。我想这样一个人，凭什么这样糟蹋我心心念念的秦墨。而秦墨恰好就是那会儿踏入咖啡厅的，进来时他一句话都没有说，随手拿起桌上的纸巾替满身狼狈的赵嘉怡擦拭，紧绷的唇线显示出他的心情并不怎么好。我刚想指责赵嘉怡的过分，赵嘉怡已经抢了话头。她微微垂着眼帘，冲替她擦拭的秦墨说："秦师兄，看来周小姐对我有什么误会。谢谢你帮我写的推荐信，但是我想周氏集团门槛太高，我福薄，大概与之无缘了。"说罢，赵嘉怡拿上她的包包，淡定地走出咖啡厅。

站在对面的秦墨用他那双狭长的眼睛看着我，脸色不大好看，他一只手插进裤袋里，虽然没有出口指责，但一副等我解释的模样，分明认定是我欺负了赵嘉怡。

偏偏我还在纠结赵嘉怡走时留下的信息，我抱着手臂，脸色同样难看地质问秦墨："什么推荐信？你要把她介绍进我爸的公司？"

秦墨捏了捏眉心，仿佛对我十分头痛，半天他才缓缓道："嘉怡能力出色，进入周氏对你们公司只有好处没有坏处。反倒是你，周萌萌，为什么要无缘无故泼人一身水？"

他叫她嘉怡，态度亲昵。在这种时候，他依然看不清赵嘉怡的真面目，反倒指责我，我气得发疯："不要，不干，不准！让她滚！绝对不能进我爸的公司！"说完我再也不想搭理秦墨，小跑着出了咖啡厅。

秦墨的愚蠢让我深受打击，但陈筱却觉得情有可原，毕竟恋爱中的男人是没有智商的。

我有时格外痛恨陈筱的清醒，但陈筱的话通常一针见血，她说："周萌萌，我搞不懂你想干什么，赵嘉怡不喜欢秦墨难道对你不是只有好处吗，你干什么非得跟人过不去？你现在不是该立刻把秦墨拿下，免得夜长梦多，赵嘉怡反悔吗？"

我一时无法作答，我也不知道自个儿在纠结什么，大约真正看见秦墨维护赵嘉怡的态度，我才终于承认秦墨是真的喜欢上了赵嘉怡，这种认知让我再一次黯然神伤，我已经失去了向秦墨告白的勇气。

我开始与秦墨赌气，电话不接，短信不回，就连偶然在别墅附近碰面，我也能立刻掉头就走，毫不留恋。我那时大小姐脾气倔得要命，非要等着秦墨正式向我低头，但秦墨显然不是那种随意跟女孩子低头的性格，又或者我原本并不是他的心上人，他自然并不需要费力气打理我们之间的关系。

最先看出来我俩不正常的是我妈，她说秦墨好不容易回国了，你以前不是老爱粘着人家，怎么最近对人家不理不睬？

周子聪那个藏不住话的十分愿意看我笑话，他说："妈，你千万别让我姐倒贴了，人家秦墨哪儿能看上我姐这种好吃懒做的富二代？他最近喜欢上一个哪儿哪儿都比我姐强的女的，这不，我姐正跟人怄气呢？"

听听，这就是我弟。我一个苹果砸过去，恨不得将他的天灵盖给砸下来。

我妈打小宠我，觉得我就算这辈子没啥出息那也是她肚子上掉下来的一块好肉，还轮不着别人来作践我，当下皱着眉头不吭声儿。

我妈虽然是游手好闲的一败家富太太，但是在圈子里蹦跶这么久，也是十分有手段的。我心下觉着周子聪多嘴，有种不大好的预感。

果然不久以后，某日，秦墨前来问我，他说："周萌萌，你跟赵嘉怡到底什么仇怨，怎么非得害得人家找不着工作？"

彼时，秦墨问得风轻云淡，他微微低着头，有些好笑地瞅着我，不大算是质问的模样。但我与他赌气那样久，他仿佛无知无觉，好不容易我气消与他见面，他提起的依然是赵嘉怡。

赵嘉怡，赵嘉怡，我在心里默默念着这三个字，突然忆起，秦墨回国这么长时间，我们之间提得最多的，居然是赵嘉怡。

我的胸口微痛，倔着脾气跟他抬杠："怎么，戳你心尖儿上了？抱歉，我就是看她不顺眼，怎么着了吧！"

秦墨皱着他好看的眉，露出仿佛第一天认识我的模样，他摸了摸我的头，语气放缓了些，声音格外好听："萌萌，你别无理取闹。"

"萌萌，你别无理取闹。"很久以后，久到我跟赵嘉怡换回身份以后，每每对上赵嘉怡，秦墨同我说得最多的，依然是让我不要无理取闹，大抵在他心中，我实在是个太爱无理取闹的人。

我心里酸得要命，一时恨死秦墨了，觉得他自从爱上赵嘉怡后整个人智商都欠费。他居然以为是我神通广大，害赵嘉怡找不着工作，又或者在他心中，我本来就是一个喜欢在人背后捣鬼的小人。

我强忍着泪水，突然狠狠踢了秦墨一脚："你不是有钱吗，找不着工作你养活她好了！滚蛋吧，老娘不稀罕了！"

我跟陈筱说我再也不要喜欢秦墨了，陈筱表示赞同，她说秦墨那种心里有朵白玫瑰的人，她还真不愿意看我一头栽进去，那纯粹就是飞蛾扑火、得不偿失。可我还是很没有出息地抱着陈筱哭了个天昏地暗，末了，我将鼻涕眼泪一股脑儿全揩在陈筱身上，问了一个我自己都十分羞耻的问题："那你说秦墨心里还能有我的位置吗？"

张爱玲说，也许每一个男子全都有过这样两个女人，至少两个。娶了红玫瑰，久而久之，红的变成了墙上的蚊子血，白的还是"床前明月光"；娶了白玫瑰，白的便是衣服上的一粒饭粒子，红的却是心口上的一颗朱砂痣。

我想不管是蚊子血还是饭粒子，哪怕秦墨心里有我一点点的位置也好呢！

陈筱无语望苍天，终于对我无话可说。

可我终于还是对秦墨感到心寒……

第二章 // 打坏了你可赔不起

我妈封杀赵嘉怡，害赵嘉怡找不着工作这事儿并没有就这么算了，毕竟，赵嘉怡从来不是那种任人摆布、受人欺凌的包子。没多久，她亲自上门，以秦墨好友的身份，毛遂自荐，向我爸递交了一份优秀的个人简历。

在这一点上，我十分佩服赵嘉怡，我妈在背后搞的那些上不得台面的小动作通常都只敢背着我爸。

我爸这人刚正不阿，不论在商场上还是私下都不愿意违背良心，滥用私权。赵嘉怡敢以这种方式递交简历，显然是提前打听了我爸的性格，而他口中的秦墨二字成了打开我家大门的敲门砖。

我爸那只老狐狸，三言两语便将事情的前因后果问得清清楚楚。他老人家每问一句，桌子底下我的小短腿就狠狠地抖一下。无他，从小我的记忆里我爸忙得跟只陀螺似的，一年三百六十五天我能见着他老人家的时间屈指可数，可就是这些屈指可数的时间也让我印象十分深刻。我爸不是个擅长跟人讲道理的人，坚信棍棒底下出孝子那一套。我一个女孩，他也从不手下留情，皮开肉绽的日子简直是血泪史，后来有了一个比我还能折腾的周子聪，我才略微好过点。

偏赵嘉怡站在那里不卑不亢，委婉表达了一番自个儿并不想进周氏企业，完全是被逼无奈才会出此下策的想法，而逼她的人显然就是饭桌上跟我一样哆嗦着的我妈。

赵嘉怡说完后，老狐狸也没应承她什么，点头表示知道了，很快礼貌地让管家请人出门。

等赵嘉怡一走，他的脸就黑下来：“跟我来书房！”

我跟我妈你推我、我推你，谁都不敢真跟老狐狸进去。别看我妈平时踐得二五八万，时刻在圈子里端着她上流社会贵妇的架子，一到我爸面前，她怂得比谁都快。

“宝贝，妈妈做这么多，还不都是为了你，你要挺住！”说完，我妈就不顾我的死活，一把将我推进书房。

我爸已经很久没有对我用过家法，但这次实在是被气坏了，一来无缘无故害人家女孩子找不着工作，违背了他老人家做人的根本原则；二来，我居然是为了一个男人，这简直大大折损了他的面子，况且原本我在他眼中便是个分外不争气成天只晓得花钱的富二代……

我被藤条抽得一声不吭，没办法，向来越吭声儿我爸抽得越重。我咬得嘴唇出血也没有觉出几分滋味儿来，迷迷糊糊地琢磨着，若是挨一顿打便能赢得一个秦墨，那也算是值当，可惜秦墨那厮心心念念的全是赵嘉怡……

赵嘉怡，赵嘉怡……我心里咬着这三个字，终于没挨过藤条，晕了过去。

万万没想到醒来时见到的第一个人竟然是秦墨，我躺在被子里，脑子乱哄哄的，还不甚清明，见着那张朝思暮想的俊脸，一时高兴一时委屈，习惯性就张开手朝他撒娇索要拥抱。

秦墨便叹了一口气，略微移得近了一点，将我额上的冰袋拿下来。我很快抱上他的腰肢，鼻尖全是他身上我所熟悉的味道。我像只小狗一样蹭了蹭，莫名觉得十分满足、踏实。

“你还在发烧。”秦墨瞅着我裸露在外头的手臂，声音很轻，有些无奈。

我吸了一下鼻子，神智渐渐恢复，想起我为何会发烧，也便想起赵嘉怡，当下甩开秦墨，侧过身体，不想理他。谁知道不动还好，一动便牵动起我腿上的伤，痛得我一声惨叫。

“别乱动，伤口还没好。你再任性，痛的可是你自己。”秦墨皱着眉头，又来探我的额头。

我终是觉得委屈，又有几分脾气：“痛死我得了，反正你也不想搭理我……”

我不想看秦墨的脸，因此也不知道他那时是怎样的表情。隐隐地，我像是听见他在笑，这让我感觉自个儿像个跟大人闹脾气的小孩。我想起陈筱说秦墨大抵是把我当小妹妹来哄，觉得不太舒服，于是又转过头看他。

暖色调壁灯下，秦墨的眉眼是我再熟悉不过的清俊，隐隐地，眼睛里还带着几分宠溺。我想起我以前挨揍，貌似都是秦墨这般陪在我身边，这次居然也不例外，顿时觉得特别暖心。

“要不要喝水？”秦墨问我，也不等我答话，侧身去床头柜给我倒水。

“秦墨，你喜欢赵嘉怡吗？”

我也不知道那时我为什么要问这样一个问题，明明气氛很好，可我实在想要一个确切的答案。他回来这么久，我都不敢亲自去问这个问题，此刻问出口，心口像是终于有块大石落了下来。

问完后，我有些紧张地去看秦墨，他正在替我倒水的手顿了顿。那只手可真好看，白皙温润、骨节分明，如玉般的质地。秦墨没有回答，但是无声胜有声，他并不是擅长逃避问题的人，此刻的犹豫，足以证明他是真的对赵嘉怡动了心。

我从来没有觉得那样难过！

即使从别处听到那样多他与赵嘉怡在一起的话，即使陈筱那个狗头军师无数次地提醒我秦墨对赵嘉怡是真爱，我都没有像此刻一样难受。我把被子拉起来，盖住整张脸，突然不知道是膝盖疼一点，还是心里更痛一点：“你走！”声音因为哽咽，十分沙哑。

有很久，周遭没有任何声响，过了一会儿，室内灯光暗了下去，我听见秦墨打开门又关上门的声音。我终于没有忍住，任眼泪一滴一滴打湿了被子。

起初只敢小声地哭泣，谁让我一直那般死要面子，可是越想越难受，想着以后大约真的要与秦墨割舍，我便难过得不能自已，一时声嘶力竭、肝肠寸断。

我的病断断续续拖了有大半个月，因着这场病，我妈难得硬气了一把，闹着要跟我爸离婚，觉得我爸压根儿没把我当亲生的，对自家闺女也能下狠手。然而一对上我爸那张冰山脸，她又立刻怂了，继而将这场病转嫁到罪魁祸首赵嘉怡身上，对她更是恨上几分。

陈筱时不时地跟我聊八卦，进入周氏的赵嘉怡过得并不好，毕竟大家都在传她得罪的是老板娘，整个公司几乎人人都在给她小鞋穿。

“再这么下去，你跟你妈可真成了恶毒女配和恶毒女配她妈，太没有格调了！”

陈筱扯着我的袖子，一副良心难安的模样。

我其实已经实在没有力气去搭理赵嘉怡。自从上次秦墨默认喜欢上赵嘉怡后，我觉得我压根儿没有心情搭理任何事，连期末考这样的事我都忘得一干二净。

这大半个月我一直过得迷迷糊糊，总觉得自己丢了什么重要的东西，可非要说是什么，又实在说不上来。

我并不恨赵嘉怡，又或者我努力劝解自己是秦墨喜欢她，与她没有半点干系，因此陈筱走后，我一头扎进我妈怀里，没精打采地说：“妈，您别难为人家一刚毕业的小姑娘了，传出去多丢人，还以为你女儿嫁不出去。不就一男人吗，我还不至于这么没出息。您就瞧好吧，一准儿给您领个比秦墨好十倍的回来！”

“德行！”我妈一根一阳指将我的额头点开，“要真放下了，你能连着半个月没胃口？商场也不逛了，指甲也不做了，连学校都不去了？我看要不是人陈筱每天帮你签到，你都能被学校给开除了，还跟我这儿装大尾巴狼！”口气很有几分怒其不争。

我也懒得死扛，跟自己亲妈有啥可装的，蹲在墙角画圈圈：“那还不让人难受几天啦，人家第一次失恋，没有经验嘛……”说着说着都快把自己给委屈哭了。

老太太叹了口气，也不怎么想搭理我了。

我以为这事儿就算过去了，并且暗自庆幸没有真的向秦墨告白，否则被他当场拒绝，必定大大折损颜面。好在临近期末考试，我终于能勉强给自己找点事情做，天天躲在图书馆里，连陈筱都对我刮目相看。

暴风雨来得毫无预兆，让我猝不及防，以至于我现在回想起来，记忆都是断断续续的。我几乎忘了那天我为什么会在家，明明并不是放假的周末，可是赵嘉怡一身狼狈地闯进客厅的情景又是那么深刻。她全身湿淋淋的，如墨般的黑发粘在她白皙的颈间，一张小脸冻得微微发紫，眼睛红红的，显出几分孱弱。

我从来没有见过赵嘉怡那个样子，以后的以后，在我无数次与这个女孩交锋后，我都再也没有见过她如同那时般的迷茫与脆弱。然而她看见我的第一眼又是那么愤怒，我甚至疑心她如果手上有一把枪，必定会当场射杀我。她一步一步走近，整个身体都在抑制不住地微微颤抖着，她苍白的嘴唇里艰难地吐出几个字，她说：“周萌萌，这么多年……你还给我！”一字一句，字字泣血。

就在我觉得赵嘉怡是不是疯了的时候，我看见我家那个几乎很少着家的老爷子也紧随其后，追上了赵嘉怡的脚步。他握住了赵嘉怡想要来撕扯我的手臂，看我的目光非常复杂。我一辈子都记得他那时看我的眼神，陌生的、阴郁的、沉痛的，又夹杂着莫名的恼怒，像一场旋涡，很快将我吸进一场残忍的风暴，无处可逃。然后我听见让我终生难忘的声音，他说：“萌萌，你不是我的亲生女儿，赵嘉怡才是。”

从此我的生活变成了一场巨大的“狗血剧”，我像是陷入了某种失重的空间，唯一的感觉只有坠落，不停地坠落……

第二天一大早，秦墨很早就出门了。我躲在客房的窗帘后面，看着管家将他黑色的限量版行李箱装入后备厢，猜测他大约又要出差。

秦墨仿佛回头望了一眼，我赶紧将窗帘合上，颇有些做贼心虚之感，然后，房间里响起熟悉的手机铃声。我手忙脚乱地扑到床上，见是秦墨打来的，忍不住嘴角微翘，滑到接听键，正准备装模作样地抱怨几句，那头响起他分外冷酷的声音：“赵萌萌，你迟到了！我提醒你，今年你要是再考不上研，我就把你衣帽间的那堆玩意儿统统烧掉！”说完，窗外传来引擎发动声，同时秦墨挂掉了电话。

“你说他是不是很过分！我爸……前爸当初还没非逼着我考研呢，怎么到了他这儿，我还非得拿一张研究生证。说不定研究生读完就得考博士、博士后、女博士后，想想都可怕！”有了上午这一茬，下午再跟陈筱见面的时候，我的情绪便显得格外义愤填膺。

“你就知足吧，人家秦墨还不是为了你好。”陈筱特别看不惯我不求上进的样子，“我现在都还想把工作辞了，回去镀层金后再上班呢！”

“得了吧，你那工作年薪高，福利又好，多少青年才俊挤破头都想进你们公司。”

“是，要不是靠着我舅舅的关系，我还真的进不了这家公司。但这刚进去，周围跟我一块实习的全是‘海龟’，要不然至少都是‘211’重点大学的，再翻翻我自个儿的学历，某某大学，听着都丢人。我也不知道现在留学生都怎么了，一回来连中国话都不会说了。你还记得我英语过六级那会儿可把自己厉害坏了，结果上了班才知道人公司现在挑人都只看你托福和雅思的成绩，你拿一张英语六级证书，整个一乡巴佬进城。”

陈筱眉飞色舞地跟我灌输了一通学历对工作的重要性，逗得我乐不可支。我想了想，趴在桌上同她开玩笑：“那你就不上班了呗，你家里又不是养不起你。上班多辛苦呀，看上司的脸色，看同事的脸色，还老影响我跟你约会。你看看，自从你开始上班，咱俩一个星期最多逛一次街，我的生活质量都跟着严重下降。”

“赵萌萌，我看你真是被你们家秦墨给惯坏了，好吃懒做、不思进取，社会蛀虫说的就是你这种人，你怎么就不能有点上进心呢，就算没有上进心，你总要有点梦想吧！”陈筱一副恨铁不成钢的模样。

我那时脸皮格外厚实，被陈筱这样形容也丝毫不觉得羞耻，反而笑嘻嘻地回她：“有啊，我的梦想不就是秦墨吗？你看，每天秦墨回来我就站在玄关，跟他甜甜地说一句‘你回来了啊’；他要出门呢，帮他收拾好行李，心情好的时候再生两个小宝宝，一个女孩儿，一个男儿，那个时候我要忙的事情可就太多了，孩子们的梦想就是我的梦想……”

我非常甜蜜地展望了一下未来生活，听得对面的陈筱目瞪口呆。然而她仿佛并未找到合适的话来反驳我，她只好端起面前的红茶啜饮了一口来平复自己受惊的心脏。过了一会儿，我听见从杯子后面传来小心翼翼的声音：“你就不怕秦墨把你甩了吗？”

“再咒我，我就跟你翻脸了啊！”我瞪了陈筱一眼。

陈筱才不怕我呢，将杯子一搁，往我心尖儿上戳：“你别忘了还有一个周嘉怡在旁边虎视眈眈。虽然我是你闺蜜，胳膊肘不能往外拐，可你看人家周嘉怡进入周氏后多惹眼，没几下子就让董事会的一帮老头子刮目相看！你爸，不是，你前爸现在得了这么一个宝贝闺女，走哪儿带哪儿，特别长脸。你怎么就不能争点气，活出点样子来看看，非得赖在秦墨身上，迟早有一天……”

“陈筱！”陈筱的话还没说完便被我重重地喝止了。我已经站了起来，愤怒让我一张脸青白交加，“不要在我面前提她，我跟这个人……不，跟这一家子现在没有半点关系。我要怎么生活是我自己的事情，不用你在我面前指手画脚！”

陈筱沉默了一会儿，这已经不是我们第一次为了周嘉怡吵架。

自从周嘉怡出现后，我的生活全都被打乱了。因为她，我昨天跟秦墨吵，今天又跟陈筱吵，每个人都在提醒我周嘉怡有多么优秀，而我赵萌萌是多么不思进取，好像我跟她天生是一对正反面，她有多优秀，就衬得我赵萌萌有多不堪。

“我没有别的意思。”陈筱也站起来，态度十分走心，“但是赵萌萌，不要每次提起周嘉怡这个人你就只会逃避，这除证明你内心的懦弱跟自卑以外证明不了什么。是，你现在是跟秦墨在一起，要什么有什么，可你凭什么就觉得秦墨能对你好一辈子。作为闺蜜，我只是不希望你将未来全盘托付到一个男人身上。”

“那是因为你父母婚姻不幸福，你就老觉得别人的爱情都不靠谱！你凭什么用你爸妈的不幸来衡量我跟秦墨的关系……”我一激动也直接拿着刀子往陈筱的心口上戳，一戳完我就后悔了。陈筱的父母是她的禁忌，我平日轻易不提，今天也不知道着了什么魔。

果然，对面的陈筱瞬间变了脸色。

我刚想说些挽回的话，陈筱陡然笑了笑，说：“得，你就好心当驴肝肺吧，我会睁大了眼睛看着，看你跟秦墨会有什么好结果！晚上要回去加班，不陪你了。”一说完，陈筱再不搭理我，提起卡座上的包，头也不回地离开了。

我倒回沙发上，突然一个劲儿打哆嗦，像是突然觉得冷，可恒温的高级咖啡厅里温度分明那么适宜。

我呆呆地望着落地窗外，不知道外头什么时候开始下起了雨，淅淅沥沥的雨点将整个城市裹在一层湿冷的雾气里。

记忆一层一层地倒回，仿佛又回到那个雨天，周嘉怡浑身湿透地冲到别墅里，然后我的生活天翻地覆……

那个下午，老爷子三言两语便将整件事情的来龙去脉解释清楚。他的话虽然不偏不倚，但是无论怎么描述都不能抹杀我的亲生母亲——那个靠卖煎饼生存的大妈当初是怎么处心积虑地在医院用别人的孩子交换了自己孩子的幸福，无论她的理由再冠冕堂皇、再不得已都不能抹杀她所犯下的罪恶，而我原来甚至根本就没有父亲……

在赵嘉怡进门之前，她与老爷子已经做好亲子鉴定，整整一个星期，两个人皆不动声色。他们果然是一对亲生父女，在调查好一切之前，半分端倪都不曾显露，于是我在那一瞬间毫无疑问立刻成了一个傻瓜以及罪犯的女儿！

我跑出别墅大门，突然觉得人生荒谬无比，脑子里不断交织着与煎饼大妈见面的那一次，她可疑的神态，她小心翼翼讨好的态度，她看起来那么朴实、善良，根本不像一个恶毒到会交换别人孩子的人。我多么想找她问清楚，让她告诉我一切都是假的，这是一场噩梦……

可我甚至没能跟她说上一句话，等我依着周子聪那时的调查地址到达她家的时候，只有凌乱狭小的客厅以及邻居的絮叨："也不知道她家女儿是怎么了，今天跟赵大妈大吵一架，气冲冲地跑出去了。赵大妈急匆匆地去追，结果半路撞上一辆卡车。你不知道，当时血流得满地都是，还是我家孩子打的110。你是嘉怡的同学吧，有没有这孩子的电话，赶紧联系她，她妈妈正在医院急救呢！”

有那么一刻，我的大脑一片空白。

“哪……哪家医院？”

“×× 医院。”

我确定生活来了一场巨大的恶作剧，而我毫无疑问是这场恶作剧的对象。坐在抢救室门口冰凉的金属椅上的时候，我都没有想明白这一切都是怎么发生的。我握着快要没电的手机浑身止不住地战栗，不停地翻手机里的通信录，妄图找到一个能将我从这场噩梦里拯救出来的人，然后我的手机停在秦墨的名字上，久久不能动弹。

其实那会儿我已经有一个月没有同秦墨联系了。我一直告诉自己，要戒掉这个叫秦墨的男人，就像吸毒者戒掉毒瘾。可是那一刻，我显然如同瘾君子重新犯了瘾，而且无可救药。如同溺水般，秦墨成了那时唯一的一根稻草，我哆哆嗦嗦地按下拨通键。秦墨接听得特别快，好像他一直在等这通电话似的，他说：“萌萌？”声音非常温柔。

那可真是世界上最好听的声音，而我却突然哽咽得根本没法说话。

事情发生三个小时，我周围一直像是在演一出哑剧，我几乎忘了我可以哭，仿佛一旦哭了，那么这场噩梦必然成真，然而秦墨的声音在那一刻是那么动人，我一句话都说不出来，唯有哭泣，大声地，毫无保留地，彻彻底底地哭泣……

“萌萌，你怎么了，你在哪儿？”

我死命地哭，根本说不出一句话，最后像所有脑残女主角一样，将手机哭到了没电。你看，我总是有那样一种能力，将事情推往更糟糕的方向。

可是一个小时后秦墨还是奇迹般地找到了我，以至于我后来无数次为自己赖在秦墨身边找借口，毕竟在我人生的每一个重大拐角处，都有这个男人的陪伴。

秦墨在医院足足陪了我一个星期，我们一直在等这个女人醒来。我多么想听她解释，告诉我这是一场误会，她其实没有那么恶毒，是哪个环节出了什么错，或者她随便跟我说些什么都可以，只要她能醒。但是那一个星期里，她始终没有从重症监护室里出来，病危通知书下达了一次又一次。我突然开始觉得不公平，凭什么赵嘉怡换回的是她健全安康的父母，而我却要面对一个将死之人，甚至渐渐疑心这是否是一场预谋已久的报复……

她回光返照的那一天，秦墨恰好不在，淅淅沥沥下了一个星期雨的城市终于露出了一点阳光。其实这一个星期我都过得十分恍惚，如果没有秦墨在身边，我可能连走进病房的力气都没有。

我已经决定原谅她，或者应该祈求宽恕的那个人是我，毕竟我才是原罪。但是在死亡面前，一切都显得那么多余，爱与恨，悲哀与愤怒，我已经十分平静。

我走近她，看见她的脸被厚厚的绷带包裹着，只露出一双浑浊的眼睛与一张干涩的嘴唇，这一个星期，都需要护士用棉签蘸水去滋润这双嘴唇。她的眼睛转过来看着我，仿佛想要说话，我想了想，有些颤抖地学着护士的模样往她唇上蘸了一点水，我甚至在想我是不是应该叫她一声。电视里都那么演，一个母亲在弥留之际应该希望她的亲生孩子唤她一声。就在我准备叫出口的时候，听见她嘶哑、微弱的声音："嘉怡，嘉怡……"然后她的眼珠不停地转动，仿佛在急切地寻找那个身影。

我突然浑身僵硬，觉得悲哀，却又无从悲哀……

"你想见赵嘉怡？"

她十分困难地点了点头。

"你再坚持一下。"那一刻，不知哪里来的力气，我忽然决定要去找赵嘉怡。

这个人快死了，她是生你的人，她最后一个愿望是想见赵嘉怡一面，我这样想着，手心握得非常紧，猛地冲出了病房。

我并没能将赵嘉怡带到她面前，后来陈筱无数次问我赵嘉怡那天为什么没有出现，我都缄默不语，毫无疑问，那成了我跟赵嘉怡不死不休的起点……

我的亲生母亲是带着对赵嘉怡的愧疚去世的，她临终甚至没有一句话属于我，生命的最后一刻，她都在喃喃地跟赵嘉怡道歉，仿佛是想托我转达，而我永远都不会转达！

“因为她周嘉怡不配！”

在每一个相遇的场合，我总是找无数的机会给周嘉怡难堪，这让我变得如同疯子，连陈筱都觉得我在无理取闹。

每次因她与秦墨争吵，我都歇斯底里，这让秦墨无计可施，且造就我与他之间一次又一次的裂痕。

我甚至根本没有办法去思考秦墨是否还喜欢周嘉怡这个问题，因为一旦去揣测答案，我必将陷入绝望。

想到这里，我突然觉得咖啡馆里的温度更冷了，忍不住抱紧了自己的手臂，显然我最近的生活并不顺遂，先是得罪了金主，方才又将对我掏心掏肺的陈筱气走，实在是失败得彻底。

我拿出包里的手机，忽然很想给秦墨打一通电话。

秦墨昨晚说将我的包包扔掉，很有口是心非的嫌疑，今早见到这部手机，我便猜测他其实并未生多大气，此刻打一通电话过去问候，大约能将昨晚的不愉快抹去。

在与秦墨的这段关系里，我已经渐渐收敛以前的大小姐脾气，学会用任何方法去讨好与妥协。

遗憾的是，秦墨大约在参加会议，电话响了很久，无人接听。

我有些百无聊赖地在布满雾气的落地窗上画圈，忽然隐隐地觉出一丝寂寥与孤单。

有时候，除开秦墨与陈筱，我怀疑自己是否一无所有。

手机铃声打断我的思绪，我本以为是秦墨，那头却传来一道女声："赵萌萌，你真不赏脸，咱们班那么多同学，除开出国赶不回来的，可就差你了啊。"

我这才想起，前几天高中班长沈佳联系我，想开个同学会，大家聚聚，日期恰好是今日。

我彻底把这件事忘了，或者刻意遗忘。自从被人从周家大小姐的身份上扒拉下来，我总是刻意回避很多聚会，熟人越多越让我无所适从。要是刚才没有与陈筱吵架，那我此刻一定找借口推掉，但现在，我突然异常渴望一场热闹："在哪儿啊？"

"××××，发你定位啊，赶紧来。"沈佳热切地说。

我瞅了一眼落地窗里那个精致却略显枯萎的自己，抹了口红，提上旁边的Prada，结账走人。

两个小时后我开始后悔自己刚才的冲动，显然我完全低估了一场聚会的风险。高中三年我都没有在A中建立起自己的归宿或者小团体，明显有三观不合的嫌疑，那么三年后，我居然想从这场同学会中寻找一抹温暖，实在是痴心妄想。

"萌萌，问你一个问题，你可千万别介意啊。"我刚想回一句"介意，您千万别问"，奈何此女完全没留一点空当儿，"听说你现在和周家断绝关系了，这是真的吗？"此女当年在班级里毫无存在感，应该是埋头读书的类型，否则我不至于想了半天连名字都记不住，如今改头换面，削了下巴，垫了额头，连声音都分外娇媚，配上她那双美瞳，问出这样没脑子的话倒显得十分无辜了。

我正想着该怎么怼回去，桌子对面某位比她更没有脑子的男士大约为了显示自己是混金融圈的，一边握着酒杯很有技巧地露出腕间那只暴发户都喜欢的瑞士手表，一边貌似喝高了般道：“那怎么有假，好家伙，这事儿当年在咱们A市闹得多沸腾啊，周萌萌，不不，现在是姓……姓什么来着？”

“赵！”他旁边的四眼田鸡提醒。

“对，姓赵。”瑞士表男一拍脑袋，恍然大悟道，“就为这事儿，你们家集团的股份当时跌了不少吧。”

“现在也不能说是她们家的了，人周家现在有个女儿，叫周嘉怡。你们不看财经版吗，据说那女的是个天才，高中连跳两级，当初出国留学拿的是全额奖学金，学校老牛了。我想起来了，乔欣，你也是那儿留学毕业的吧？”

“是，嘉怡学姐当初就是我们学校的名人，毕业的时候代表学生会致辞的也是她，可给咱们中国留学生长脸了。”

“你们别瞎聊了，好好一场同学会，非得聊人家私事。刘光辉你个大嘴巴，自己先罚自己三杯给咱们萌萌道歉。”我没想到替我解围的会是沈佳，当年她虽然是班长，成绩好、人缘好，但我一向对喜欢在老师面前邀功的班干部不感冒，与她也不过是面子上的情谊，没想到今天她能为我说话。

“是是是，该罚，该罚。不过赵萌萌，我们也不是想讨论你的私事，这不同学一场，大家关心关心你吗？”

“对啊，萌萌，你也别把咱们想得那么坏，从前你是咱们班上最得意、家里条件最好的，咱们班没有一个不羡慕你。因为你家里条件好，好多同学都得到过你们家的帮助，你看这学校图书馆是你们家建的吧。

现在你落魄了，有什么难处尽管跟哥姐几个说，别不好意思。”

这哥们儿说得特诚恳，我都差点信了。可是他是从哪里看出我落魄，难道我赵萌萌全身上下，贴着落魄这两个字吗？我心中冷笑。

“就是。萌萌，听说你毕业这么久连工作都没有找到。我们公司正缺一个前台，月薪虽然不高，好歹也是一份正经工作，你可别嫌弃。”

又蹦跶出一个“戏精”。

“杜小雨，你这话我怎么听着不大对味儿，什么正不正经的，人家萌萌现在怎么不正经了？”

“这不是听说她被包养了吗？你看她今天穿一身名牌，你们还真当租的啊。”杜小雨这话一说完，全场静了静，皆意味深长地看着我。

我环顾了一圈，从场上每个人的眼睛里看见赤裸裸的鄙视、不屑与幸灾乐祸，我终于明白，当初我有多高傲，现在在他们眼里或者他们的想象里我就应该有多么不堪、悲惨。

世人惯常捧高踩低，你赢了不一定有人真心祝福，但是一旦倒下，那么必然面临无数奚落。

我从座位上站起来，瞅了一眼全场唯一替我担心的沈佳，心中一暖，溢到嘴边的讥讽终于收敛了些：“你们想听什么答案呢？你们心里面不是已经有答案了吗？瞧瞧，当初那个高高在上仗着命好就不把咱们放在眼底的女同学过得有多凄惨，多可悲，多自甘堕落！你们就那么想好了，如果这能让你们每天被老板支使得团团转、累成狗却捧着那点可怜薪水的工作生涯好受一点的话。”

我又侧头去看杜小雨：“对了，工作的事，我看就算了，毕竟就算是换你的岗位，一个月工资也不够我买一双鞋。不好意思，我赵萌萌一丁点儿都没有想要出门工作的意思，只有那些没能力让男人养的女人才会整天把自己塑造成‘黄金女斗士’的形象，安慰自己那点可怜又浅薄的自尊心！”说到这里，全场工作的女性同胞立刻朝我投来愤怒又莫名羞耻的目光。

我压根儿没空搭理，只觉得胸中一口恶气不除不快，噼里啪啦准备结尾：“这顿饭，我看是吃不下去了，不过这杯酒嘛，我先干为敬，没别的，给咱沈班长一点面子。可下次这种聚会还是不要找我了，我嫌不上档次！”说完，我将手上的红酒一饮而尽，转身，头也不回地踏出了包厢。

一出包厢我就气得浑身颤抖，即使嘴上我不饶人地怼回去了，可“包养”两个字仍旧像一个冰冷的针尖狠狠扎入我的心脏。我曾经觉得我不在乎，梗着脖子对自己说没什么，我和秦墨是真爱，他是我的梦想，可是无论我跟自己说得多么斩钉截铁，也无法更改现在一无所有只能靠秦墨供养自己的事实。

我一定是疯了才会想来参加这样一群充斥着豺狼虎豹的同学会！

厕所里，我捂着发红的眼睛，觉得再没有比今天更糟糕的一天。

“姐？”有人拍了一下我的肩。

我吓了一跳，这分明是个男声，转身一看，居然是我那个不着边的弟弟周子聪。

“你怎么在这儿？”我吸了吸鼻子，大约从前在周子聪面前还是很有一副姐姐的派头，此刻倒不想让他觉察出我的脆弱，抹了一下眼睛，颇为淡定地问。

“你哭啦？”偏偏周子聪这个二百五，从前就不懂得睁一只眼闭一只眼，每回我闯了祸，他肯定第一个跟爸告状，这会儿也很没有眼色地拆穿了我。

“我才要问你呢！周子聪，这是女厕所，你手上拿的什么？DV？”我撸起袖子，万万没想到，周子聪这败家玩意儿如今比我还要堕落，居然已经变态到在厕所里录 DV 的地步，当即便要施以拳脚。

周子聪以手护头："不，不是，你别打，姐，姐，这是工作，真是工作！"

"放屁，什么工作要跑到女厕所来录 DV！好啊，周子聪，一年多不见，你这要上房揭瓦了吧，不对，你不是出国留学了吗？"我停下手上的动作，顿时觉得周子聪胆大包天，居然敢逃学回国。

周子聪苦哈哈地抱着他那宝贝 DV 不松手，脸色一阵红一阵白："咱出去说成不？这，这女厕所呢！多丢人！"

"你还知道丢人！"我压根儿不肯给他好脸色，抢过他的 DV，一边翻看，一边抬脚往外面走。

周子聪给我解释了半天我才知道，老爷子非逼着他学习金融方面的东西，花了一大笔钱送他出国深造，立誓将他培养成周嘉怡那样的顶尖人才。可是周子聪的兴趣压根儿就不在读书这上头，两学期下来挂科太多，又加上天生惹是生非的性子，居然被学校开除了。最近他才偷偷溜回国，又不敢在老爷子眼皮子底下明目张胆地考警校，只好偷偷在网上开了一家私人侦探所，接点小活。

而所谓的小活，也就是帮人家离婚夫妻抓抓对方的小辫子。

"你可真出息了周子聪，放着好好的周家少爷不做，跟这儿抓人家老婆出轨，连女厕你都蹲，太有职业操守了，你说我以前怎么没发现你这么敬业呢！"我抱着手臂阴阳怪气道，想教训这小子不务正业吧，可人肯放弃国外那么优渥的生活跑回国吃这份苦，也实在不大容易。

"嘿嘿，你可别跟咱爸咱妈说啊，求你了，姐。"周子聪眯着他的单眼皮，讨好地跟我撒娇卖萌。

我冷冷一哼，却突然想起其实我跟周家没半点关系了，周子聪也算不上是我弟弟，要不是刚才一时情急，我根本没有立场去管这件事。

想到这儿，我也摆不出一副义正词严的模样，垂下眼帘，有些低落道："你担心什么啊，我现在跟他们没联系。其实你也不用再叫我姐了，我不是你姐姐。"

这样一说，对面的周子聪突然也没了言语。良久，他才颇为伤感地道："你还认我这个弟弟吗？你要认，我也认你是我姐，咱们这么多年的感情，不能说断就断啊。"

听到这句话，再想起以前与周子聪老是因为鸡毛蒜皮的事情闹得鸡飞狗跳、不可开交，可周子聪小时候就特别懂得护短，在外人面前永远是一副维护我的姿态。

"你自己好自为之吧，一个人在外面多注意点，别老惹是生非。你要不想学金融，好好跟家里谈谈，老这样下去，也不是办法。"

我想了想，到底没有说要认下他的话，我也实在说不出口。

"知道了。"周子聪点点头，看上去倒比以前乖巧许多，忽然又眼尾上翘，很有当初家里养的那只拉布拉多地讨好劲儿，"要不，姐，你先借我点钱呗？"

我方才的一点点感动瞬间就化为乌有，没想到一年多过去了，我依然没逃脱成为这小子提款机的命运，合着刚才他一口一个姐叫得亲热，最后在这儿等着我呢。

"你的零花钱呢？不是出国留学吗，老爷子给你的零花钱不少吧。"

"这不全搭在这些设备上了嘛。你说要想成为一个专业的侦探，那肯定得先有一套专业的设备吧。为了这些设备，我都啃了半个月方便面了。"衬着他有些消瘦的面颊，模样十分可怜。

于是，不过几分钟的时间，我心一软，周子聪便从我这个人肉提款机上利落地提走了两万块。

"谢了啊，姐，你可真是我亲姐，不，比亲姐还亲。"收到转账通知的周子聪嘴比蜜还甜。

我牙都酸了。

“对了，刚才在厕所，你怎么哭了？”这小子终于良心发现，晓得关心我了。

别说，被这小子这么一打岔，我糟糕的心情终于好过一点，倒没有方才那样难受，但也不大想跟周子聪分享我的伤心：“没什么，都被我给怼回去了。你还不了解我，哪有我吃亏的时候。”

“秦哥欺负你了？”周子聪不信，小心翼翼地问。

我没搭理他。

“还是你们吵架了？”

我白了他一眼，心想我跟秦墨吵架那可再正常不过了，有什么好大惊小怪。

周子聪自作聪明，以为自己猜对了：“吵就吵呗，不是我说你，从小你脾气就不好，我看也就咱秦哥能惯你，不然你换个人试试，赶紧结婚吧，否则我真担心你嫁不出去。”

我愣了一下，问：“你刚才说什么？”

“结婚！你毕业证不是拿了吗，早点结婚，不然秦哥这样的，你还敢放养啊，不怕夜长梦多？”

我真的没想过有一天是周子聪这个二愣子点醒了我。这一年多，我浑浑噩噩地跟着秦墨的节奏走，在秦墨的羽翼下生活，压根儿忘了，其实我已经到了适婚年龄，为什么不可以跟秦墨求婚呢？嫁给秦墨不就是我赵萌萌这辈子最大的目标吗？

我的心脏扑通扑通跳个不停，一个大胆的想法窜入脑海。可是我压根儿忘了，我的梦想从来就不是秦墨的梦想。

而陈筱今日一番话最终一语成谶。

我从来没有像现在一样期待秦墨出差归来，然而内心又十分忐忑，毕竟现在的我一无所有，跟秦墨与“门当户对”四个字相差甚远，我唯一能够安慰自己的是秦墨大约不是那种计较门第的人……

对了，还有秦妈妈，结婚这类大事，秦母的意见在秦墨心中一定起着举足轻重的作用。欣慰的是秦妈妈一直疼我，若我提出结婚，她应该不至于反对吧。

想到这里，我心中有了计较，搞定秦妈妈必然成了计划的第一步。于是，稍晚一点，趁着秦妈妈在园子里侍弄她那些宝贝花草的时间，我偷进厨房，使尽浑身解数，施展了一番自己唯一拿得出手的厨艺，准备讨好秦妈妈。

说起厨艺这件事，还是进了秦家之后我才悲催地发现自己除了对那些令人眼花缭乱的名牌兴奋，居然也能对着厨房里新鲜脆嫩的蔬菜瓜果高潮。

陈筱知道这事也很无语，略微沉思很快得出结论，觉得我日后若是真的被秦墨甩掉，也不至于一事无成，至少还有我亲妈的煎饼摊可以继承。她被我捶了好几拳，差点捶出“胸内凹”。

那是我第一次惹秦墨生气。其实自从被周家赶出门，秦墨大约觉得我有几分可怜，一直对我小心呵护，处处忍让，颇有几分孵小鸡的架势。偏偏我那会儿作天作地，觉得周遭目光异样，很不愿意承认自己已经被打回原形，一无所有，越发想要在一群野鸡中鹤立鸡群。我成天泡吧、赛车，混迹各种名流聚会，最后一次，被几个“野鸡”算计，很快我就觉得周围云里雾里，宛若仙境，以至于秦墨迈着他的大长腿跨进来的时候，我迷迷糊糊地指着他憨笑：“东华上神！”

东华上神异常冷酷，抬手便回给我两个响亮的大耳刮子。

我与秦墨朝夕相伴，虽然也曾动手动脚，但这样被结结实实地抽耳光，委实开天辟地第一次，然后秦墨一把将我拉出包厢，塞进他的宾利，直奔秦家大宅。

秦墨那时是真的被我气狠了，脸色阴沉得能滴出水来，颇有乌云压顶之势。

偏偏我脑袋痛得要命，药物让我的行为与语言显得凌乱且滑稽。我一边指着驾驶座的秦墨大骂混蛋，一边脱衣服高唱“死了都要爱”。秦墨腾出握住方向盘的手企图阻止我，我却顺手给了他一巴掌。

天地可鉴、日月可证，秦墨打小是读书的好苗子，高智商、高情商的代表，简直是我们那一圈儿里富二代的精英典范，连秦妈妈都舍不得动他一根指头。随着这一耳光下去，大约秦墨也蒙了，一个急刹车，将车子停在路边。我便是再迷糊，也清醒了几分，不敢去瞧他的脸色。

“没妈的孩子像根草……”在突然静谧下来的空气里，我不敢承认自己其实已经清醒了，因为实在没胆量承受秦墨的怒气，只好继续装疯卖傻，小心嘟囔着歌词以求秦墨能够念及我如今已经是一无所有的孤女，发挥他那可怜的同情心。

“回去再收拾你！”秦墨大约是被我气得狠了，怒极反笑，也说不出多余的话，从牙缝里挤出这几个字，暂时放过了我。

然后，收拾的结果便是整整一个月，我都没有得过秦墨一个好脸色，且所有副卡被没收，勒令禁足，除了秦宅与学校哪里都不能去，可怜得连在食堂点份套餐都要靠陈筱替我刷饭卡。这种日子如何能忍，我只好偷偷找秦母出主意。秦母知道我那天的荒唐事儿，亦是十分生气，坚决站在秦墨一边，可看我可怜兮兮的模样，也有几分心疼，偷偷指点我秦墨喜欢喝粥。

秦墨喜欢喝粥，但并不是所有的粥他都喝。

他最喜欢的一家粥店在广州，老板是个地地道道的广州人，听说祖上还给慈禧做过菜。他做了二十几年粥，架子极大，轻易不给人做菜。粥店每天限量供应，就连秦墨想要尝尝老板的手艺，也不得不提前预约，打个“飞的”亲自过去。

我与那位胖老板一直不大对付，特别不待见他每次在秦墨面前端着架子，一副大爷模样。可秦墨却很喜欢胖子的手艺，闲暇时也会心血来潮地带我飞去广州。

为了夺回副卡、解除禁足令，我别无他法，只好悄悄让陈筱替我买了飞机票。

头等舱里，我抱着保温盒，迎着周遭各界精英的异样眼光，被自己感动得都快哭了，觉得世上再没有如同我这般对秦墨掏心掏肺的人，简直是恋人里的典范，情人里的楷模。

结果奔到店铺，被他气得半死，一句“粥店的粥一律不外带”便想打发我。

“放屁，秦墨每次来你都给他打包！”

胖子眯着眼睛十分不屑：“秦墨是秦墨，你是你！”

我那个怒啊，从小到大还没受过这等冷遇，当即想要将对方暴打一顿，无奈目测了一下彼此的体积，完全不占优势，可也十分不甘心就这样回去。我趁其不备，一路狂奔至厨房，想要来个霸王硬上弓，结果自然是被胖老板拎小鸡似的扔出了厨房。

我赵萌萌虽然好吃懒做，但也不是半路放弃的性格，既然已经特意买了机票过来，决计没有无功而返的道理。硬的不行，只好来软的。于是那几天，胖老板走哪儿我就跟哪儿，就连他上厕所我都在门口蹲着，最后他终于妥协，无奈道：“不是我不给你外带，喝粥要讲究实效，就算你现在拿着最好的保温盒带回去，也不是同样的味道，可别砸了我的招牌。”

我想了想，确实是这样的道理，可毕竟不甘心，灵光一闪，扯着胖老板的袖子，恶狠狠地威胁："那你教我做！不然连你泡妞我都跟着！别以为我没看出来，你看上菜市场卖海鲜的寡妇了！"

胖老板："……"

至此，我得了几招胖子的真传，应了陈筱那句要想征服一个男人的心，得先征服他的胃！

我不知道我有没有征服秦墨的心，但秦墨每次喝粥的表情，怎么说呢，十分惬意。

秦妈妈信佛，喜欢吃素，我便也特地学了几道素菜，摆在客厅餐桌上，很是精致可爱。

秦妈妈的眼睛笑得弯弯的，很给面子地夸我："咱们萌萌就是能干，瞧瞧这饭做得，刚才在园子里就闻到香味了。"

我被夸得晕乎乎的，觉得结婚这事儿如果有秦妈妈支持，估计能成一半，于是十分乖巧地夹了一块西蓝花放入秦母碗里："那您可多吃一点。"又因着自己一个女孩子，居然要先开口跟男方求婚，难得也有几分羞涩，脸色红红的。

秦妈妈神神秘秘地过来，一脸知道内情的模样："怎么？秦墨又停了你的卡啊？别搭理他，女孩子得富养，要多少零花钱，阿姨给你！"口气十分豪爽。

我顿时有些哭笑不得，但秦母有这样的猜想也十分合理，毕竟秦墨这个混蛋，只要一吵架，对付我的招数便是停掉我的副卡，走之前还威胁我要烧掉我衣帽间的那群"宝贝"来着，偏偏这招百试百灵，每每逼我就范。

想到这儿我就恨得牙痒痒，可又想起对面坐的是秦母，顿时表情有几分扭曲，不好意思道："没那回事儿，我们俩好着呢！"

秦母这才露出轻快的表情，尝了尝瓷碗里的西蓝花，动作优雅又好看，吃罢才絮叨道："这就对了，你们俩别老吵架。秦墨这孩子没什么坏心眼，对你虽然严厉了点，但也真是为了你好，你千万别跟他计较。"

我心里琢磨着我才不跟他计较呢，我就想跟他结婚来着，就怕您不同意……

"你看看秦墨对外面的女孩儿能这样吗？他那是把你当自己人！"

"真的？"我顿时心花怒放，无端品出一丝甜蜜。

"那可不，我自己养的孩子我能不知道？秦墨护短，你看你什么时候在外头吃过亏？"

"可我在他手上吃的亏也不少，他老教训我！"想到秦墨时不时把我扔半路上吹冷风，我就能气得跳脚。

"那还不是你淘气！"秦妈妈点了一下我的鼻子。

我傻笑了两声，觉得话题聊到这里，估计有戏，于是很殷勤地起身替秦妈妈捶背捏肩："秦阿姨，那我以后不淘气了！您看，咱们家里人是不是有点少啊？秦叔叔在国外打理市场，秦墨又经常出差，每天只有我一个人陪着你，多寂寞啊！"

秦母闭着眼享受道："怎么，你想养宠物了？可秦墨对毛茸茸的东西过敏，要不，阿姨在园子里腾个地儿，让你偷偷养？"

"不是。"我期期艾艾地说，语速也变得缓慢，声音像是齿缝挤出来的，"您说，咱们家里添个新成员怎么样，比如说小宝宝？"

秦母猛地睁开眼，不可思议地看着我，眼神里掠过一丝惊喜："你怀孕了？"

"啊？"我被秦母跳跃式的脑洞惊到了，原本想要表达跟秦墨结婚，早点生宝宝的话一时卡在嘴里。

秦母瞅了一眼我的小腹，既欣喜又有几分生气："秦墨这个混账，这么大个事儿也不跟我说，还让你一个女孩子来提，我这就跟他打电话，太不像话了！”秦母念叨着，说罢，风风火火地拿起手机去打越洋电话了。

我也不知道事情怎么发展成我怀孕了，可是一看秦母惊喜的样子，心底一个邪恶的念头冒出来：如果秦墨以为我怀孕了，会高兴吗？会向我求婚吗？

我那时并不知道，人心是最禁不住试探的，而显然我愚蠢又大胆的小邪念以燎原之势将事情发展得一发不可收拾。

秦墨回来得非常快，算得上风尘仆仆，听到车声的我跑去二楼的窗台前看着他的车子缓缓驶进秦家大宅。

入秋的天气，下车的秦墨穿了一件今年巴宝莉的新款风衣，打底的白色针织衫扎进一条藏青色九分牛仔裤里，露出一截脚踝，脚下配一双意大利纯手工牛津鞋，简直将他肩宽腿长的优势发挥到极致。

天气非常好，称得上秋高气爽。我趴在窗台往下望着，心里一时甜蜜一时忐忑，自豪地觉着这就是我的男人，瞧瞧，多帅气！我喜欢了他十六年，并且会一直喜欢下去……

上楼的秦墨看我的目光非常复杂，我一时不能确定他是怎样的情绪。他扫了一眼我的小腹，似乎有些难以置信，再看看我，漆黑的瞳孔缩了缩。我极少在秦墨脸上看到那样的不自信，有些惊喜又仿佛十分无措，然后我看见他皱了皱好看的眉毛，声音凶巴巴的：“怎么不穿鞋？”

我才不怕他，朝他伸出手索要拥抱，撒娇道：“太想你了嘛……”

秦墨稍显无奈，却仍旧抱起我。我搂着他的脖子，跟一只无尾熊一样挂在他身上，整个身体往他身上粘，拼命汲取他身上的热量。

跟陈筱吵架，被同学奚落，直到这一刻待在秦墨怀里，我才突然觉得稍稍安心。

秦墨拍了拍我的臀：“娇气！”

我跟他抬杠："你不能乱打，现在是两个，打坏了你可赔不起。"

秦墨便愣了愣，将我放在沙发上。我看见他英俊的脸略微有些不自在，心中得意，心想果然母凭子贵，古人诚不欺我，要搁以往，非得被他怼回来。可秦墨大抵是有所顾忌，不敢轻易招惹我。他半跪着帮我穿上拖鞋，问道："去医院做过详细检查了吗？"

我心下一咯噔，这才觉得撒这样的谎十分不明智，实在太容易拆穿了，可我那会儿不知道哪里来的执念，大约真是着了魔，或者太想实现与秦墨结婚的愿望，我不知道为什么突然钻入那样的牛角尖，自从换回身份后，我一无所有，唯有秦墨替我遮风挡雨，我一定是在用世界上最笨的方法把这棵大树绑在身边，所以我眼珠转了转，不自在道："检查过了，跟陈筱去的。"

秦墨摸了摸我的头，笑了笑，没有说话。

不知道为什么，秦墨仿佛并不高兴，显得心事重重。

然而我那时心里有十万只小鬼在撕扯，一拨劝我赶紧坦白从宽，乖乖跟秦墨招认；一拨跟我高唱"妹妹你大胆地往前走"，好一举将秦墨拿下。

我根本无暇留意秦墨多余的神态，一心琢磨着该如何圆这个拙劣的谎言。

第三章 // 我只剩秦墨了

大约全家最兴高采烈的就是秦妈妈了，晚饭桌上，她一会儿极严厉地数落秦墨粗心大意；一会儿又侧头万分温柔地嘱咐我一定要小心，注意营养，宝宝前三个月最不稳当。

我与秦墨在她左右两侧，秦母的表情切换自如，全然是冰火两重天的待遇。

我把头埋在碗里默默数饭粒，要是以往，秦墨能在我面前吃瘪，我指定偷着乐，可秦母这般期待的模样，仿佛她的宝贝孙子明天就要出来了，让我始料未及，暗想若是她知道真相，不知得多失落。

隐隐地，我觉得这次的玩笑开大了！

"玩笑？你觉着这是玩笑吗？赵萌萌，我看你是闲在家里没事儿，宫斗剧看多了吧？连怀孕这种事儿都能胡诌，你脑子到底有没有问题！"陈筱气急败坏的声音透过手机听筒传过来，隔着无线电波，我也能感受到她恨不得一把掐死我的怒意。

我躲在厕所里，哆哆嗦嗦地承受陈筱的愤怒。

其实我压根儿没想过事情会发展到这一步，原本秦母误会，匆匆给秦墨去了电话，我也盼着秦墨回来，便也没有吱声儿；等秦墨回来，那般小心温柔的态度，我一时贪念，觉得终于扬眉吐气可以骑在秦墨头顶，哪里还顾得了这个谎是不是越来越大，不可收拾。

"陈筱，我求求你了，我真不是故意的，我就是……就是鬼迷心窍，我……我想跟秦墨结婚了！你帮帮我！"

"滚！赵萌萌，有你这样的吗？你少跟电视剧里那些臭不要脸的女人学，我说你学点儿好，成吗？"

我沉默了。

陈筱仿佛也察觉了什么，一时没有说话。

有很长一段时间，电话里只有我们彼此的呼吸声。

“我……我不是那个意思，萌萌，你听我说，这种谎咱们不能撒。秦墨的性格你还不了解吗？你做再出格的事情，他都能替你兜着，可你不能用孩子去骗他，这是男女相处的底线，你懂吗？萌萌？”

我突然没来由地觉得害怕，装潢精致的浴室，黑白分明的欧式风格，到处是冰冷的器具，我靠在寒冷的大理石上，猛地打了一个寒战。

是从什么时候开始，我成了陈筱口中那个臭不要脸的女人！是从我被周家赶出来开始？是从那个女人死了开始？是从我失去一切开始？还是从我全心全意依赖秦墨开始？

我看着浴镜里的自己，突然陌生得有些不认识。

“萌萌……赵萌萌，你怎么了？你说话！”

“陈筱……我……我害怕……”

镜子里的女人忽然开始哭起来，麻木，双眼红肿。然而我自己无知无觉，觉得那个人好像是自己，又好像不是自己。

我听见从远处传来的声音，颤抖而瑟缩，像是我的，又不像是我的。

陈筱，我害怕。我害怕真的惹你生气，你再也不理我了；我害怕所有人的目光，她们都看不起我，认为我是被秦墨包养的不要脸的女人；我害怕秦妈妈知道真相，对我失望；我更害怕秦墨真的离开我……

“别怕啊，萌萌，你乖，没事儿，别怕，有我在呢！咱不怕！”陈筱特别耐心地开始哄我，声音又低沉又温柔，宛如天籁。

我渐渐恢复力气，这才发觉不知道什么时候自己整个身体已经蜷缩在冰冷的墙角，那是极度没有安全感的姿势。我稍稍收拾了一下自己的情绪，吸了吸鼻子，开口对陈筱说：“我知道了，待会儿我就去跟秦墨解释，我压根儿没怀孕，就是想试探他到底想不想娶我来着。对不起啊，陈筱，还差点儿把你拖下水了。我只是……只是太没有安全感了，老是胡思乱想，下次肯定不这样了，你别生气。”声音软软糯糯的，带了一点鼻音。

陈筱沉默了，过了好一会儿，仿佛下定决心，道：“你别添乱了，这事儿你解释不清楚，甭解释了，明儿咱们见面再说！”

可我已经想好不能一错再错，挂完电话，走到秦墨的房门口，颇有几分狼牙山五壮士当年的壮烈。

我试探着敲了敲房门。

“进来。”秦墨的声音从门里传来，稍显疲惫。

我这才想起秦墨连夜飞回，连时差都来不及倒便被秦母拉着教育了一通，不知道已经熬了多久，顿时觉得愧疚，万分懊恼，怎么就鬼迷心窍地任秦母误会我怀孕了？而秦墨若是此刻知道真相，指不定得发多大脾气。

我咬着手指推门进去。秦墨见是我，漆黑纤长的睫毛眨了眨。他半撑着身体拍了拍大床的空处，睡衣的领口开得稍低，露出一截健硕的胸肌，我便如小狗闻到骨头般自觉地屁颠屁颠儿滚了过去。

天地可鉴，这实在是下意识的动作，秦墨这厮嫌我睡相不好，几乎不与我同房，每回办完事儿都不嫌费力，把我扔回我自个儿的屋子，我再张牙舞爪地缠着他都没用。

陈筱还因此讽刺过我。

我也曾愤愤不平地抗议过，结果便是秦墨录了一整晚我的睡相，我也不知道我梦里居然敢胆大包天地将秦墨的脸当自行车蹬，那情景岂止是“惨不忍睹”四字可以形容，于是彻底歇了心思，不敢再争论。

当然，也偶尔有那么几个刮风打雷的特殊日子，我若稍微装得可怜一点，秦墨也愿意大发慈悲地收留我。

我不知道今日算不算特殊，但秦墨一整天都可以称得上温柔，尽管此刻我内心天人交战如同揣了十万只小鹿在心头乱撞，思考着该怎么向秦墨交代，但也丝毫不妨碍我突然见色起意，很自觉地滚入秦墨怀里，忍不住戳了戳面前的胸肌。

秦墨哭笑不得地拦住我作恶的手指，他吻了我一下，在灯光下仔细看我。他有轻微近视，此刻离得近，很快瞧见我稍显红肿的双眼："怎么哭了？"

我吸了一下鼻子，终于想起此行的目的，可见男色确实不是什么好东西，我方才一个如此身心健康的姑娘也差点因为男色而耽误正事，好在秦墨大约以为我肚子里还揣着一个，没有乱来，而我此刻也想不了这么多，只一门心思地琢磨着应该怎样扮可怜，好让秦墨待会儿不至于大发雷霆地将我扔出去。

"我害怕……"我小声地说，半真半假。

窗外夜色漆黑，四周一片寂静，透过微亮的月光可以瞅见秦墨窗口的那棵梧桐。已是深秋，梧桐叶只剩了几片孤零零地挂在枝头。

我想起小时候，我实在不是那种矜持的姑娘，秦墨窗口的这棵树不知道被我攀爬了多少回，有时候是找秦墨代做作业；有时候是逃离家里老爷子的魔爪；有时候是霸道地拉着秦墨陪我出去玩；更多的时候，我只是单纯地想待在秦墨身边，跟他听一样的音乐。

那个时候我意气风发，何曾有过害怕。

秦墨想的"害怕"与我的"害怕"大约是两个方向，沉默了一下，我听见他难得有些犹豫的声音，说："萌萌，你有没有想过，你还这么年轻，也许……也许……"

我睁大了眼睛瞅着秦墨，在等他把那个"也许"说出来。

可能女人天生有一种直觉，我直觉地觉得秦墨的"也许"并不是什么好话。但秦墨到底没有将话说完，这其实并不符合他的性格，可我那时心里有鬼，眼珠子转了转，居然将话题扯到了另一个方向：“也许我可以不考研吗？”

我发誓，我真的看见秦墨脑门上的一团黑线。

然后他可能也顾及我如今是两个人，没有如往常一般当场拒绝，居然很有耐心地问我为什么。

我的逻辑是如果待会儿我乖乖招认，注定要承受秦墨的怒火，那在此之前我很有必要提前讨点福利，否则我折腾这样一大圈，最后凄凄惨惨，委实不大划算。

我便极认真地掰着手指跟他分析：“你瞅瞅我是读书的料吗？我就老实告诉你得了，就大学能毕业，那论文都不是我自己写的！你还让我考研？天天背政治、写申论，你就是花再多的钱，请再好的老师也是白费力气，不如给我买个包，至少还能听到点声响！”

我一时嘴快，居然直抒胸臆，把那点儿小心思一股脑儿全倒出来了，压根儿没留意面前秦墨的脸色越来越黑，额头上青筋隐隐可见。

“这么说在你眼里，给你请的助考教授还不如你的一个包了？”秦墨眯着眼睛，很有山雨欲来的架势。

我下意识往后躲了躲，吞了吞口水。

“毕业论文还不是自己写的？”秦墨丝毫不放过我，越靠越近。

“那还不是你威逼利诱，要是不能毕业，你就停我的卡，我那也是被逼无奈！”我垂死挣扎，说完见秦墨脸色更差，立刻怂了，捂住嘴，恨不得当场给自个儿一大嘴巴子。

秦墨气得当场便要打我屁股，可到底有所顾忌，只得恨恨戳了戳我的额头，偏偏我那会儿已经临近床沿，不知道身后早就退无可退，被他这样一戳，很没有美感地栽到床下，四仰八叉，屁股差点没摔成两半，连带着打翻了床头一大杯温水。

秦墨吓了一跳，赶紧过来扶我。

我气得狠狠地拨开他的手，温水刚好泼在我的头顶，顺着发丝流淌下来。

不用照镜子我也知道自己此刻有多狼狈，实在丢脸至极。我也不管了，索性破罐子破摔，很没有形象地跟秦墨哭号：“反正我不是考研的料，你要是再逼我，再逼我……我就，我就……”我四下张望，妄图找一个可以威胁秦墨的利器，最后突然想起肚子里揣了一个假货，于是想也没想就捂着肚子，“我就跟你儿子一块儿上吊！”

秦墨扑哧一声乐了。

“所以，你昨晚解释了半天，合着什么都没解释清楚，是吧？”对面的陈筱环着手臂，凉飕飕地瞅着我。

“也不是……”我自知没理，也不敢看陈筱的脸，声音跟蚊子似的“至少就考研这事，我觉着秦墨以后应该不会再逼我了！”

“赵萌萌！”陈筱气得猛拍了一下桌子，神态凶恶。如果目光能杀人，我身上应该已经有无数个窟窿。

我立刻就怂了：“我也不是故意的，谁知道我跟秦墨聊着聊着吧，就往考研那儿聊了，然后我就把那事给忘了！”我缩着脖子，很有几分可怜相。

陈筱才不怜香惜玉呢，毫不留情地戳穿了我：“别跟我装你那套，我还不知道你，就是没胆量跟秦墨承认！”

我倒在沙发上，回不了话，颇有几分生无可恋的模样。

“你说说你，你说说你！”陈筱气得站起来，四下走动，围着我指指点点，“成天干的都是些什么破事！”

我捂着脸，从指缝里发声，这个时候才终于察觉出事态的严重性：

“我也没想到事情越来越大，你不知道秦阿姨有多开心，多紧张。下午我要出门，她差点都要让管家跟着，还说以后要雇保镖二十四小时贴身保护，好像我现在是什么重点保护对象似的。我说见的是你，她才没拦着，而且，她说了，过两天还得请妇产科专家，你知道她老人家在私立医院也有股份的。你说我怎么办啊？陈筱！我不过就是想跟秦墨结婚，怎么就鬼迷心窍地闹出这一出来了……”

陈筱估计已经想不出什么词来指责此刻后悔万分的我，叹了口气，重新回到包间的沙发上。

“你怎么突然想跟秦墨结婚了？”末了，陈筱问了一句。

我就把那天跟她吵架后的事情说了，陈筱听我被一群“野鸡”围攻也十分愤愤不平，又知道这主意是周子聪出的，更是张口结舌：“就周子聪那个脑袋出的主意你都信？你还有没有点脑子啊？”

“可我是真心想跟秦墨结婚！虽然在你们眼里，这么年轻就跟一个男人结婚生子是很不符合你们新时代自强不息、独立女性的标准，但是对我来说，秦墨就是我的梦想，你也知道，从小到大，我就喜欢他一个。”我认真地跟陈筱掏出心窝子。

陈筱突然也不知道可以说些什么，沉默了一会儿，她才试探着问：“你真这辈子就认定秦墨一个了？”

我下意识捏了捏颈间的卡地亚，那是今早秦墨走之前偷偷戴在我脖子上的，原本醒来只剩冷冰冰的床我还不大高兴，可无意间摸到这款项链我又忍不住十分惊喜、甜蜜，抱着秦墨的被子兴奋得滚了好几圈。

这条项链还是上次品牌珠宝展上无意跟秦墨提过，没想到珠宝展后碰上周嘉怡，我自然因此又跟秦墨吵了一架，未曾料到秦墨此次出差还挂在心上。

彼时，我天真地以为男人送女人珠宝便是对她如珠如宝的意思，万万没有想到，送珠宝也有另一层含义，譬如愧疚，譬如分手，于是小鸡啄米般没有丝毫犹豫地冲陈筱点了点头。

陈筱仿佛终于死心，我看见她欲言又止，仿佛想要说什么，但最终还是忍了回去，表情有些不自在地问我：“那秦墨知道你怀孕了，是什么反应？”

我歪着脑袋想了想：“大约、可能是高兴吧？反正他挺小心翼翼地，这两天也压根儿不敢吼我！”

“瞧你那点出息！”陈筱不屑，“事情已经到了这个地步，你也没回头路走了，赶紧先下手为强，把结婚证弄到手再说。”

陈筱替我总结，为今之计，我只有三条路可走：第一，要么我向秦墨老老实实招认，但秦墨必定能气得顺手将我清理出秦家大门，那我不一定能熬得过今年冬天，最后惨死于某条大街，她会念在曾经闺蜜一场的分上替我好好收尸；第二，要么我主动出击，把秦墨绑在床上随心所欲三天三夜，反正我当初也这么干过，把假的弄成真的，即使最后没怀上，在我被赶出秦家之前，也算折磨过秦墨了，不吃亏。陈筱个人比较倾向于这个方法，被我狠狠捶了一拳；第三，下个星期是我的生日，开个派对，当场跟秦墨求婚，等我们办完结婚证，秦墨就是跟我穿同一条裤子的人了。孩子的事，自然迎刃而解。

第一条和第二条，想想便十分可怕以及无耻。我听完后，当场头摇得跟拨浪鼓似的，唯有最后一条看起来稍微有点可操作性，且十分符合我想同秦墨结婚的意愿。

“那秦阿姨请的妇产科专家怎么办？”

陈筱回赠我一个白眼，磨了磨手上新做的指甲，轻描淡写道：“你忘了，去年我妈为了防着我爸转移财产，已经将那间医院百分之四十的股权转到我名下了！秦家好像只持有百分之十吧。”

我从来没觉得陈筱像此刻这般光芒万丈，忍不住抱着她一顿狂亲：“陈筱，你是电，你是光，你是唯一的神话！”

陈筱故作厌恶地推开我并警告：“最后一次！下次再敢跟老娘惹这种事，用不着秦墨，老娘先把你给就地正法了！”

我当即点头如捣蒜，小狗似的往陈筱身上蹭，再三跟她保证，绝对没有下一次。

光这回，就已经够惊心动魄了，万万不敢去挑战秦墨的底线。

陈筱捏了捏我的脸，表情也没看出多少喜色，不知愁些什么，只淡淡叹了一句：“傻妞。”

其实那会儿作为局外人的陈筱大约已经看出我与秦墨的悲剧，但她到底不忍心伤害我，即便违背良心，她也愿意成全我。而我如果足够仔细，就应该发现陈筱看着我颈间引以为豪的礼物时，目光闪躲，很快转移开去。

那个下午，陈筱甚至不辞辛苦地带我提前去医院认了门，她的理论是即使我日后真的同秦墨结婚，唯一的用处大约也就是生个孩子了，越早生越好，赶紧回去好好调养身体。

语气颇为讽刺，然而那时的我想着不久便可同秦墨结婚，简直幸福得冒泡。如果能怀上宝宝，那实在是锦上添花，也就不太在意陈筱怒其不争的神色了。

我与陈筱筹划了好几日，甚至连生日宴会上应该穿什么样的礼服都仔仔细细地核对了一遍。

陈筱的建议是我应该直接穿上婚纱，当天就去领证。

我到底不是足够矜持的姑娘，略一思索，觉得十分可行，也便大胆地去婚纱店订了一套婚纱，因为时间匆忙，没有订到最喜欢的，还有几分失落。陈筱浑不在意，安慰我等到真正婚礼的时候，她一定监督秦墨送我一套高级定制婚纱，我才稍稍释然。

我俩兴奋地筹划着生日细节，全然忘记秦家这头也有许多动作。

以至于生日前一晚，秦母神神秘秘送我一套红宝石，让我今晚打扮得漂亮一点的时候，我还觉得莫名其妙。

“为什么？今晚有什么重要的场合？宴会不是明天吗？”

秦妈妈笑得十分隐晦，摸了摸我的头：“傻孩子，秦阿姨当初被你秦叔叔求婚的时候，一点准备都没有，丢脸极了。今晚你可得把阿姨当年的面子找回来，不能让秦墨那小子太顺利。”

我呆了呆。

这是什么信息，难道秦妈妈神通广大，提前知道我明天要跟秦墨求婚？还是……秦墨要向我求婚？

我吞了吞口水，被这个想法惊呆了，已经彻底失去思考能力。

秦妈妈见我那呆样，更加乐不可支，将我往外推：“去吧，秦墨今晚约你。我已经吩咐老张送你去，打扮得漂亮点，我们萌萌今晚一定是最美的公主！”

秦墨有可能向我求婚的信息在脑子里像原子弹一样爆炸开，我觉得我连走路都是飘的，只好回房间打电话给陈筱求助。

陈筱比我淡定多了，听完秦母给我的暗示，她磨了磨牙：“算秦墨这小子有点良心！行了，你就别患得患失瞎琢磨了，秦墨今晚指定跟你求婚，你还不趁着气氛好，赶紧把人拿下，明天一早就登记去？”

我抱着手机傻乐，一直以来，陈筱在我身边充当的角色都是闺蜜、主心骨、狗头军师，她说的话被我奉为神谕，而陈筱既然断定秦墨即将向我求婚，那便是真的要向我求婚了……

秦墨要向我求婚了！

幸福来得太突然，我已经无力思考秦墨为何要选在生日的前一晚向我求婚，巨大的幸福感将我包围，我差点当场劈叉！可女孩子最后一点矜持阻止了我。

我挂上电话，激动地跑到衣帽间，试图挑一件可以配得上秦母口中公主的行头。

谢天谢地，秦墨平时到底惯着我，衣帽间里没有拆标签的礼服很多，足够我精心挑选出一件应付今晚人生最具纪念意义的场合。

一整个下午的气氛都很好，我踩着脚下那双粉色GUCCI从老张的车上下来的时候，突然觉得整个世界都好似变成了温馨又浪漫的粉红色。

无论是奢侈品街道尽头那一抹余韵悠扬的夕阳，还是面前装潢贵气的意大利餐厅大门，就连门口的红地毯都好像温馨浪漫得不像话。如果不是梁子帆那句突兀的“小凰鸡”，我愉悦的心情大约能持续到秦墨来。

“‘小凰鸡’，哟，巧了，你也在这儿？”梁子帆那小子好像一点都不觉得在高级餐厅大嗓门说话会丢脸，很随意地取下挂在耳朵上的耳麦，打量了一下我的行头，瞬间笑成一朵喇叭花，“你穿的都是什么玩意，大妈，您玩角色扮演呢？”

我闭了闭眼，比起“小凰鸡”这个称呼，“大妈”俩字，无疑彻底将我的底线踩塌。

梁子帆这个混蛋，简直是颗定时炸弹，随时能将我温馨浪漫的求婚现场变成人间炼狱，我也顾不得许多，当即一把拽住这小子的脖子往洗手间走。

“轻点儿，轻点儿，我的姐，咱多久没见了，一见面就对我动粗，至于吗！”我把梁子帆扔到墙角，这小子整理了一下胸前的衣领，向我抱怨。

“梁子帆，你来这儿干什么？”我抱着手臂，半眯着眼审问这个不速之客。

梁子帆满不在乎地同我努努嘴，我顺着他的目光望过去，餐厅的一隅，坐了一位大美女，只是此女一身裁剪合身的黑色套装，可无论妆容多精致，年纪至少也比梁子帆大了整整一轮。

“你口味这么重了？”我当即惊讶地表示鄙夷。

梁子帆白了我一眼，估计也懒得跟我解释，又吊儿郎当地问我：“你呢？怎么？背着秦哥跟人来这儿幽会呢！”

“你以为人人都跟你一样花心大萝卜！”我瞪了梁子帆一眼，十分不屑。

“哟！”梁子帆立刻来了兴趣，身体站直了些，这小子如今个头窜得老高，身体稍稍凑过来，有一副居高临下的气势，“都老夫老妻了，咱秦哥还这么有情调，约你吃饭？”

我难得的耳根红了红，一个是因为梁子帆突然逼近，另一个是他口中的“老夫老妻”，又因为今晚的特殊事宜，胸口无端弥漫出一丝甜意。

“还穿得这么粉嫩，秦哥跟你求婚啊？”梁子帆眯了眯眼，又将我上下打量了一番，半是玩笑、半是酸溜溜地道。

啧，没想到这小子还有几分眼力，真的被他猜中了。

我没好气地将他推开了一点，说实话，偶尔我会怀疑这小子是不是暗恋秦墨。因为每次我与秦墨甜蜜时，梁子帆总是阴阳怪气地提醒我，我们俩不合适，迟早得一拍两散；而如果遇到我和秦墨吵架，他又能立刻赶来安慰我，且掏心掏肺地向我数落秦墨的罪状，一副想要拆散我们的架势。

我当然不会自恋地以为梁子帆对我动了心思，思来想去便也只有他喜欢秦墨这个答案，可梁子帆身边的女友一个比一个貌美，我就十分捉摸不透这小子的取向了。

无论如何，今晚看到梁子帆，我脑中立刻警铃大作，决不能让他破坏我美好的求婚现场，于是立刻将他逼至墙角，恶狠狠地威胁：“对！今晚是我人生最重要的时刻，梁子帆我警告你，绝对不要给我弄出什么幺蛾子，否则我就好好让你忆苦思甜一下，当年是怎么一把鼻涕、一把泪地被我揍得下不了床！”说罢，作势挥舞了一下拳头。

梁子帆的反应十分不在状态，吞了吞口水，我看见他喉结滚动了一下，俊脸可耻地红了。顺着他的目光望过去，我才发现自己拳头挥得有点过，动作跨度太大，露出粉色礼服里一截胸贴，当即尴尬得无以复加，狠狠瞪了他一眼。

我偷偷将胸贴塞回去，脸色一时五彩斑斓。梁子帆好似还觉着不够尴尬一样，一边眼珠子不自在地左顾右盼地转动，一边一副见过世面的模样：“就你那一马平川的料，当我稀罕瞅呢！”

天知道我一个没有高血压的小姑娘也快被梁子帆气得血压飙升，好在我没有忘记今日的主题，只好忍下一口气，不想再跟小屁孩僵持，转身便要走。

“赵萌萌……”梁子帆突然将我叫住，语气有些不甘心，我大约已经习惯“小凰鸡”这个称呼，一时不适应地回头看他。

梁子帆一只手松松地插在口袋里，颈间还挂着那副我不用看也知道价值不菲的耳机。这小子在高级餐厅也穿得十分随意，驼色低领毛衣配一条牛仔裤，可大约占了一张俊脸的优势，在这样的地方，居然一点违和感都没有。

这一刹那，我突然开始理解为什么那么多女人对这个小子前仆后继，这家伙认真看人的时候，眼睛似乎会发光。我被他看得稍许不自在，好半天，才见他露齿一笑，口气依旧吊儿郎当的：“把你脖子上那玩意儿摘掉吧，我看着挺碍眼的，毕竟上星期周嘉怡才戴着这条项链出席了一个商业宴会。”

像是有微小的虫子突然在我的心脏处啃咬了一口，并没有多疼，只是酥酥麻麻的……

我怔怔地站在那里，一时不确定梁子帆说了些什么，只好拉住他，极力克制，挤出一丝微笑："你什么意思？我没有听明白。"

然后，我觉得自己可能在发抖。

梁子帆侧头看过来，我依稀记得他看我的眼光，这个比我小三岁的少年，瞳色漆黑，目光怜悯，还隐隐带着我不熟悉的热烈以及绝望，那样矛盾的眼神，可是他的语气却轻描淡写："你习惯自欺欺人？上周的商业宴会，周嘉怡是秦墨的女伴，两个人的照片已经登上国内的八卦杂志了，你不要跟我说你没有看到。"

"别开玩笑了，上周秦墨在国外出差，怎么可能跟周嘉怡在一起。"我笑了笑，声音有微弱的颤抖。

梁子帆没有回答我，扬了扬嘴唇，似乎是嘲讽。

我忽然间就明白了，周氏与秦家，千丝万缕的关系，两人一起出差，参加一场商业宴会，太正常不过了。

我努力让自己显得释然一点，拼命安慰自己这没什么，秦墨不可能真的如我所想与周嘉怡断掉关系，毕竟周家是秦家这么多年的商业伙伴，可我忽然觉得颈间的限量版卡地亚有千金般沉重，压得我喘不过气。

与梁子帆告别后，我去洗手间整理妆容，然后我看见自己的脸色，苍白得不像话。我把那条项链扯下来，颈间立刻变得空荡荡，可我一想到周嘉怡也许戴过它，就觉得浑身难受。我拍了拍自己苍白的脸颊，努力告诉自己，不要害怕，赵萌萌，千万不要害怕，秦墨今晚上要跟你求婚，你跟他是奔着结婚去的，谁都拆不散，可能只是个误会，不要害怕，赵萌萌！

我后来回忆那时的自己，仿佛将所有的安全感全部寄托在可以与秦墨结婚这件事儿上。我像菟丝花一样紧紧缠绕着秦墨，以爱的名义，一旦对方有丝毫挣扎，我甚至想要与之同归于尽，然而我越用力，离秦墨就越远，我始终没有明白秦墨寄予我的希望。

被侍者引入VIP包间的时候，我看见秦墨那张脸，在奢华的灯光下，那样温润而凉薄，精致又陌生。心脏被啃咬的那处，像是突然拉开了一道巨大的口子，呼啦啦的冷风灌进来，迫得我不能呼吸。

我握着手指，一步一步走近秦墨，用了毕生最大的克制，才让自己的脸色看起来不是那么难看，否则我不确定这场求婚是否会被我自己亲手毁掉。

事实上，我疯狂地想要质问、嘶吼、吵架，问他是否真的和周嘉怡一起，问他项链是否是周嘉怡佩戴过的，问他是否还喜欢周嘉怡。可我一句话都问不出口，因为一旦撕破最后一层纸，那个狼狈而可悲的人不会是秦墨，而是我自己。

走到秦墨面前的时候，我甚至笑了一下，尽管我知道那一定不是什么好看的笑容，但大约秦墨也是心事重重，他并未察觉我的异样，十分绅士地将对面的座椅拉开邀请我入座。如果我足够仔细的话，就应该能发现他今日的神色与喜悦无关，而是少有的凝重，偏偏我那时还在给自己做心理建设：如果秦墨待会儿求婚，我是否应该体贴、识大体地不去过问往事。

我这样想着的时候，对面的秦墨开口了，他的声音依旧好听，微微严肃："萌萌，我们谈一谈。"

我抬头看他，手心微微握出了一层细汗，我不知道此刻是否还怀揣着期待。梁子帆方才的信息已经令我溃不成军，我的脑子快要爆炸，我甚至怀疑自己是否会在秦墨单膝下跪的时候心甘情愿地说"我愿意"。

可想象中的场景并没有出现，秦墨永远不会单膝下跪，因为他说了一句让我永生难忘的话，他说：“萌萌，这个孩子咱们不能要！”

我疑心自己是否幻听。

秦墨的声音带着微弱的颤抖，这不是他擅长的语气。这个男人一向运筹帷幄，自信满满，他的声音低沉性感，一字一句向来掷地有声，所以这绝不可能是秦墨的声音。

“你说什么？”我一定是听错了，我想。

“我已经联系了最好的妇产科医生。你还年轻，这个孩子我们不要！”秦墨闭了闭眼，重复了一遍。

我不知道是不是我的错觉，秦墨的脸看起来那么悲伤，可他能如此坦然地让我打掉一个他以为存在的孩子，他又怎么会悲伤？

眼泪很快凝在我的眼眶，模糊了视线，对面那个我喜欢了十几年的男人忽然陌生得仿佛来自另一个世界。

“为什么？”我的声音嘶哑得不像话，粗粝得像沙。我觉得喉咙特别疼，可还有更疼的地方折磨着我，令我疯狂，“因为周嘉怡是不是？因为不是周嘉怡的孩子，所以不能要，是不是？”眼泪很快顺着脸颊滑落，咸湿冰凉。

这一层纸，我终于还是捅破了。

秦墨的真爱是周嘉怡。

无数次，陈筱在我耳边这样提醒。无数个因为周嘉怡与秦墨争吵的夜晚，我挠心抓肺地问自己，秦墨看我的眼光，是否有对周嘉怡一半的温柔，然后思绪断裂。我像一只鸵鸟，不敢去思考最终的答案，只会自欺欺人。

可秦墨喜欢周嘉怡。

“萌萌，不是那样的，你现在还年轻，这个孩子对你来说……”秦墨还在试图解释，可我一句话都听不进去。

我觉得此刻一番精心打扮的我是那么可笑，而秦墨以年轻为借口的解释更是可笑得无以复加，所以我站了起来，疯狂与愤怒让我歇斯底里："你少装蒜了，秦墨，你就是喜欢周嘉怡，还死不承认！你压根儿就没有想过要跟我结婚是不是？"

我一定发了疯，才会对秦墨大吼大叫，我一定着了魔，才会当场撕掉我的最后一层面具。

秦墨不可思议地看着我。

可我那时情绪崩溃，几近绝望，忍不住泪眼模糊地问他："秦墨，你是不是从来没有喜欢过我？"

秦墨沉默了。

我的眼睛痛得要命，胸口也痛得要命，几乎没有办法呼吸，所以我看不清楚我问这句话时秦墨的表情，可是我等了很久，秦墨都没有回答，他只是有些伤感地看着我，一如那个晚上，我问他是否喜欢周嘉怡。

这个世界没有比沉默更令人失望的回答。

我终于彻底绝望！

"怀孕是假的，可是秦墨，你是个真混蛋！"说罢，我拉开VIP室的门，冲了出去。

我失魂落魄地走在大街上，那双粉色的GUCCI好似已经无法承受我此刻的绝望，在我下台阶时成功地断了鞋跟，可我已经无暇去顾及。我在繁华闹腾的奢侈品街道上号啕大哭，哭得撕心裂肺，肝肠寸断。

我知道周围那些人看我的眼光，他们一定觉得我是个疯子，可是我压根儿管不了那么多，我无法抑制自己无处宣泄的伤心。我想过很多我与秦墨最终分道扬镳的场景，但没有一次令我如此绝望。我以为有了孩子，秦墨就会和我结婚，但万万没想到秦墨连孩子都不肯要。

显然我曾经以为他对我有几分感情，而我的以为实在是太自以为是，所以才会落得如此狼狈的下场。

我终于还是被秦墨抛弃了，一无所有。

“现场布置得浪不浪漫？”

“赵萌萌你要争气啊，千万别一口答应！”

“收到钻戒没？怎么样，来张照片。”

“赵萌萌，有你这样过河拆桥的吗？这就不搭理我了……”

陈筱的微信一条接一条地发来，而在此刻却显得那么讽刺。我哭得上气不接下气，多想告诉她：不，秦墨永远都不会跟我求婚了。他就是个混蛋！人渣！

可我压根没法说话，我觉得周围是铺天盖地的嘲笑声，而陈筱似乎也在那头看笑话，我没有听从她的告诫，我将自己的整个世界都押在秦墨身上，如今终于尝到苦果……

我用力将手机摔出去，然后视线里突然多出一个修长的影子。梁子帆站在我面前，脖子上依然挂着他那副耳麦，脸上依然是那副该死的满不在乎的样子。

他双手插在口袋，弯下腰，好似认真打量了一会儿我的哭相，才痞痞地邀请我：“真巧，我心情也不大好，要不要去喝酒？”

这个没有眼色的混蛋！难道我这副样子，心情仅仅是“不太好”吗？还有，我如今的模样难道不是拜他所赐？

我抽噎了两下，恶狠狠地瞪着他。

梁子帆仿佛被我这副模样逗笑，咧了咧嘴角。

我打了个嗝，被他气得胃疼。

可那个晚上我到底是跟着梁子帆走了。我们点了各种五颜六色的酒，一杯一杯地喝，没有停歇。

梁子帆的心情是真的糟糕，以至于我快醉了的时候，他有些忧伤地问我，我也不知道我为什么要将“忧伤”这样文艺又十分伤情的词用在一个满脑子只有大胸美女的人身上，可是梁子帆那会儿问我的时候，眼底似乎隐隐泛了泪光，瞳孔亮晶晶的，极认真，他说：“大人们是不是都那么不负责任？”

我想起我的“前爸”和“前妈”，事情发生以后，老太太再也不肯见我，没有任何言语。她曾经那样疼我，如珠如宝，然而一旦我与她毫无血缘，她也能立刻将我清扫出门，毫不留情。而一向对我严厉的前爸，我小时候十分崇拜他，长大以后也将他视为头顶的一片天，他却在那之后，选择沉默，唯一指给我的一条路，便是出钱将我送出国，任我自生自灭，从此与周家再无瓜葛。

亲情真是虚伪的玩意儿，我想。

所以我赞同地点了点头，醉醺醺地冲梁子帆嚷：“大人都是混蛋，至于秦墨，秦墨他就是个人渣！”说完，呵呵直乐。

后来我才知道，那一天，梁子帆第一次与自己的亲妈见面，见面的理由不是因为她妈想他了，而是非常讽刺的现实——他妈缺钱。

我不知道那个晚上我与梁子帆喝了多少酒，我只知道最后我成功地喝断片儿，对于最后究竟是谁将我们送回去的没有丝毫记忆。

第二天醒来的时候头痛欲裂，我辨认了好一会儿，才认出这是梁子帆的公寓，然后记忆一层层倒回，终于想起为何我会在这里，想起秦墨的沉默，想起他默认不会娶我，我依旧觉得心脏一抽一抽地疼，眼泪不争气地开始往外流，仿佛坏了的水龙头，怎么都止不住。

旁边的不明生物突然动了动，我吓了一跳，一条胳膊搭过来，将我的脖子拢了过去。

我立即一个鲤鱼打挺将梁子帆蒙在被子里，狠狠地捶了一拳，但显然，梁子帆昨晚比我喝得还要醉，居然没有反抗，依然跟死猪似的躺在床上昏睡。

真正吵醒梁子帆的是他的手机。陈筱一整晚联系不上我，知道出了问题，火烧火燎地打到梁子帆这里，带着誓不罢休的架势。

于是梁子帆带着一肚子的起床气将手机砸在正在厨房煲粥的我面前。他披着被单，只露出一张宿醉后十分不耐烦的臭脸，仿佛一只大型犬，口气也特别恶劣："找你的！"

我把昨晚的事儿一说，陈筱便在那头气得跳脚，她说她真是瞎了眼，没想到秦墨是这种人渣，居然连孩子都不肯要。幸好我不是真的怀孕，否则遇上这种渣男，我真是倒了八辈子血霉。她早看出秦墨那个王八蛋靠不住，让我不要吊死在一棵树上，现在终于遭了报应……

陈筱每说一句，我的眼泪就吧嗒吧嗒地往锅里掉，偏偏又不敢哭得太大声，已经足够狼狈的我，不想再在任何人面前表现得懦弱，即使对方是陈筱也不行。

梁子帆看不下去，随手抢了手机，挂上电话。

"你以前不是挺能的吗？现在一个男人也值得你跟死了亲妈似的，就知道哭，白瞎了我一锅粥！"挂完电话，他就开始数落我。

我斜眼瞪着梁子帆，可又实在找不出反驳的话，摘下手上的塑胶手套便要往外走，梁子帆手臂一伸，拎着我的卫衣帽："去哪儿？你现在还有地方可去？"

我吸了吸鼻子，没啥好气地说："我去跳楼成了吧，反正现在也没人要我！陈筱数落我，连你都跑来教训我！行，行，你们都牛，都料事如神，就我一个人喜欢犯蠢可以吗？可我就是喜欢秦墨，怎么了，他不喜欢我，我能有什么办法？"一说完，我的眼睛又红了，眼泪止不住地哗啦啦往下掉，心里觉得委屈极了。

从小到大，我要什么有什么，几乎不曾经历过什么挫折，唯一的伤心事也是得知秦墨喜欢上周嘉怡，后来我被人从周家千金的位置上扒拉下来，虽然也十分难过，可至少秦墨在我背后撑着，我依然是要什么有什么的赵萌萌，但现在，连秦墨也不要我了……

我越想越伤心，越想越绝望，又开始号啕大哭。梁子帆顿时手忙脚乱，他还披着被单，只好用被单角笨拙地来替我擦眼泪，擦得我眼睛更疼，越疼我越哭，简直是恶性循环。最后逼得没有办法，梁子帆将我整个人拢进怀里，一边安慰我他会要我，一边慢慢替我顺气。他身体还带着昨晚的酒气，其实并不好闻，可不知道为什么，我居然渐渐平静。

“你要我干什么啊，呜……我这么大个人了，呜……一事无成，什么都不会，根本就是个残废！哇呜……”

没想到这话将梁子帆逗乐了，然后他安抚似的抬手揉乱我的头发，又从锅里盛了一碗粥，一边喝粥，一边笑眯眯地讨好我：“放心吧，就凭‘小凰鸡’你熬粥的本事，我收留你！”

我一边抽抽搭搭的，一边忽然觉得陈筱那张乌鸦嘴的预言说不定最后都要成真，我最后的宿命很有可能是继承我亲妈的煎饼摊！

“光会做饭有什么用！”想想都不甘心，难道我赵萌萌只有这一个优点吗？

“好像是没什么用。”梁子帆摸着下巴想了想，打击我道，见我又撇嘴，立刻补充，“你不是还擅长花钱吗，你想想，哪个女人能跟你似的，花钱的时候，眼睛都不眨一下，我就欣赏你每次刷卡的时候那潇洒劲儿！”

“你说了还不如不说呢！有你这么安慰人的吗？”我狠狠捶了一下梁子帆，可被他这样一打岔，居然也没那么难受了。

最后，我从这件事得到灵感，想想既然我已经与秦墨撕破脸，那也没什么好顾忌的，他不仁我不义，凭什么我要为了这样一个渣男在这里把自己哭成丑八怪？

我将钱包里的副卡掏出来，咬牙切齿地瞪了一会儿。这张卡还是前几天秦墨主动给我的，他不仅解除了我的禁令，据秘书说还将副卡的额度提高了。

既然以后不能在一起，留着这些钱有什么用，难道要让我“睹卡思人”？秦墨不是会挣钱吗，我看看他挣钱的速度有没有我赵萌萌花钱的速度快。

第一样要买的，是我昨天扔出去的手机，我得换部新手机。

梁子帆对我分手也要花光对方钱的想法很是赞同，也一语点破我一生气就化身购物狂的本事，同时对女人找各种理由“买买买”的天性十分佩服，很快载我来到苹果体验店。

结果我大大低估了秦墨这个混蛋的无耻程度。当体验店的销售人员尴尬地提醒我这张副卡刷不了的时候，我的愤怒终于达到临界点，我想也没想便冲到秦氏大厦去找秦墨理论。

我一路势如破竹，总经理室的秘书还想拦我，被我一巴掌呼开了。

我实在是太生气了，气得脑袋差点冒烟，一把推开大门，抓住了秦墨的领带：“秦墨，你这个不要脸的无耻大混蛋！你又停我的卡！连分手费都想省，你这个人渣，卑鄙小人！”

谁知秦墨这厮半点儿不在乎，轻飘飘地拂开我揪住他衣领的手指，又轻飘飘地摘下他那副金丝边眼镜，最后慢条斯理地说：“赵萌萌，你又说脏话了！还有，我什么时候说过要跟你分手？”

到这种时候了这个家伙还敢不要脸地跟我玩文字游戏，我才不上当呢，于是我咬牙切齿地吼他：“你少来，你连孩子都不想要，根本就没有想过要跟我结婚！”

想想我便十分伤心，眼睛又开始发红。

秦墨松了松领带，我看见他漆黑的瞳孔闪了闪，但这厮素来晓得先发制人："你还敢跟我提孩子？赵萌萌，我发现你胆子越来越肥了，怀孕这种事是能胡诌的吗？"

我顿时打了个激灵，昨晚上为了气死这厮，我一时口不择言，把不该说的全说了，此刻瞬间成了没道理的那方。

可我毕竟不甘心，声音又带上哭腔："反正你也没想过要小孩，指不定现在心里偷着乐呢！你少虚伪了，秦墨，你就是没想过要娶我。"说罢，我恶狠狠地瞪着秦墨，又十分硬气，"分手就分手，当谁稀罕似的！我告诉你秦墨，我早就腻味你了，谁像你跟我爸似的，成天管东管西，天天逼着我考研，简直就是老古板、老思想，你自个儿玩去吧。回头我就找个比你好一百倍的男朋友，有颜值、有胸肌！"说着又去抓秦墨的衣领。

找男友的事情还是陈筱跟我说的，她安慰我说"赵萌萌这个世界上又不是只有秦墨一个男人，咱回头找个比他好一百倍的，气不死他！"

只是没想到，我还没开始行动，秦墨已经将我的卡停了，我能不生气吗？

秦墨此刻的脸也算不上多好看，掰开我的手指，脸色隐隐发黑："还男朋友，谁跟你出的馊主意？陈筱？梁子帆？假怀孕骗我呢？又是谁的主意？"

"你管得着吗你！咱俩一分手我就去找新男朋友，活活气死你！"很久没有骑在秦墨头顶这样说话，我一时得意忘形，将肚子里的坏水抖得一干二净。

可我忘了，秦墨哪里是我能招惹得起的主儿，从前我就不是他的对手，此刻自然死得更为惨烈。于是我还没反应过来，就已经被秦墨一个反手扣在怀里，此刻肚里没货，秦墨也不像上次那般顾忌了，直接开打。可怜我一个漂漂亮亮的成年小姑娘，被他揍小孩儿似的揍得屁股发红，差点下不了地。

我扯开嗓子号，秦墨伸手捂住我的嘴，这个混蛋、变态，那是真的揍啊！一点都不留情，我想哭爹骂娘都不行。

我被秦墨揍得下不了地，哭得双眼红肿，一定要多难看有多难看，偏偏这厮一点不嫌弃，积极贯彻打一棒给颗甜枣的政策，又过来吻我。我可没有色欲熏心，偏头躲开，哭哭啼啼把眼泪鼻涕往他身上抹："秦墨，你就是个死变态！"

秦墨也不在意，大概发泄完了，心情极好，将我抱起来吻了一下，很是春风得意："变态你也喜欢。"

"谁稀罕你了，臭不要脸！"瞅着秦墨那一身被我糊得乱糟糟的西装，我终于咧嘴，环着他的脖子撒娇。

秦墨笑了笑，又问我："吃午饭了吗？"

他不问还好，一问我又来气："卡都让你停了，没钱！"

秦墨皱着眉头："不停你的卡，你能主动跑回来找我？我看不知道又要野哪儿去。"

我还在气头上，想也不想便从他身上下来，十分不服气："你就知道停我的卡，多新鲜似的。你找我了吗？你压根就不喜欢我，昨晚风那么大，我要是横死街头，化成鬼也不会放过你！"

想想昨晚秦墨并没有追出来，根本一点儿都不关心我，我顿时心里膈应得不行，稍稍缓和的气氛瞬间一扫而光。

越想越觉得秦墨对我一点儿都不好。

秦墨也不搭理我，将桌上的金丝边眼镜擦了擦，重新架在鼻梁上，又恢复他那副高高在上的精英派头，声音还有几分寒意："别以为我不知道，你昨晚跟梁子帆鬼混去了吧？三天不管你，你就要上房揭瓦，以后少跟梁子帆瞎混！”

我有时候觉得秦墨跟我爸似的，连我交朋友他也要管，管得也太宽了！可大概我天生有点受虐倾向，居然也没觉得不好，隐隐地，还有一丝甜蜜。

“我让南希带你去吃午饭，下午我有个会要开，吃完饭你跟南希乖乖回家，别到处乱跑。”秦墨一边交代，一边拨通内线电话。

南希是秦墨的首席秘书，三十五岁的妈妈级人物，整个秘书室唯一跟我合得来的就是她了。

秦墨的其他秘书看我都像看那些傍大款的女人，当着秦墨的面恭恭敬敬，背地里偷偷骂我是小妖精，被我在厕所里逮着过一回。我赵萌萌可不是吃亏的主儿，当场便把两个小姑娘奚落得两眼泪汪汪，从此名声便在秘书室里传开了，整个秘书室的人都不大愿意招惹我，只有南希稍稍好一点。

我乖乖跟着进门的南希往外走，走到门口才想起手机的事情，于是回头肉麻兮兮地跟秦墨眨眼睛：“秦墨，你还记得今天是什么日子吗？”

秦墨那时已经打开手提电脑，闻言有些好笑地抬头看我一眼，说：“吃完饭让南希带你去挑礼物。”

我这才欢快地跟着南希出了门。

我让南希带我去附近的店里买一部手机，又去营业厅将丢失的电话卡补办回来，随意在奢侈品街指了两个名牌包，便打发南希回去。

“赵小姐，秦总让我将您送回家。”南希抬了抬鼻梁上的眼镜，一板一眼道：“而且您没有吃午饭。”

我笑眯眯地挽着南希的胳膊，随手招了一辆出租车，将她往出租车上带：“南希姐，您说您秘书室的事儿还忙不完呢，为什么陪着我瞎混日子啊。放心吧，待会儿我买个蛋糕就回去，拜拜。”说完，我将南希推上出租车，报了地址，关上车门，整个动作一气呵成。

直到出租车走远了些，我的脸色才渐渐沉下来。

人烟稀疏的大道上，各家奢侈品店的落地玻璃窗前都挂着品牌代言人的海报，有的是高级模特，有的是一线明星，但无论哪张脸，都是一副冷冰冰、高高在上、拒人于千里之外的模样。

我侧头看了一眼自己那张脸，并没有比那些模特好多少，面无表情，仿佛已经没有灵魂。

我随手将新买的包包扔进旁边的垃圾桶，拿出新买的手机拨了一个电话。

三十分钟后，我坐在商场顶楼的VIP咖啡厅里，面前是一本八卦杂志和咖啡厅里新鲜出炉的生日蛋糕。

我盯着那本杂志看了很久。

梁子帆说上周的商业宴会，周嘉怡是秦墨的女伴，两个人登上了国内的八卦杂志。他说得一点儿没错，因为今早我便在梁子帆的公寓茶几上翻到了这本杂志。照片上，周嘉怡挽着秦墨的胳膊，脖子上的项链将她的脖子衬得修长白皙，宛如天鹅。衣香鬓影间，两个人的目光交会，看起来格外含情脉脉，因此杂志也只用了四个字形容两个人——天作之合。

我已经忘了早上看到这张照片的感觉，也许从昨晚开始，从我亲手捅破我与秦墨之间的那张纸开始，我就已经麻木。

我把眼泪哭干，眼睛哭瞎，哭得胸口疼，也改变不了秦墨喜欢我不及周嘉怡的事实，他甚至根本不要我生的孩子。可是今早看到这张照片，我又觉得自己没有输，至少没有真正输给周嘉怡。我曾经以为周嘉怡不喜欢秦墨，可是我错了，今早看见这张照片，我突然明白了，周嘉怡是喜欢秦墨的。

她看秦墨的目光是一个女人看一个男人的目光。

我已经不想去思考为什么两个人不光明正大地在一起，我只知道是我先喜欢的秦墨，是我先认识的秦墨，只要秦墨一天没有推开我，那么周嘉怡永远都不可能。

从见到这张照片起，一个恶毒的想法就滋生出来：我凭什么要与秦墨分手去成全一个周嘉怡？我要跟秦墨在一起，永远在一起！

我凭什么要傻傻地退出，让周嘉怡有机可乘呢！

想到这里我握了握拳头，指甲嵌进肉里，可我丝毫不觉得疼。我看见顶楼的玻璃窗里倒映出自己的脸，扭曲的，恶毒的，真是像极了电视剧里那些没品的女二号。

周嘉怡来得不急不缓，并不是周末，她还穿着上班时的套装，看起来简洁干练，极有气势。这是一个跟我完全不一样的女人，她漂亮、精致、聪颖、冷傲，走到哪里都有人欣赏，她是父母的骄傲，是众人追逐的对象，她活得那么光鲜亮丽……

可我恨她！厌恶她！

周嘉怡在我对面的卡座上坐下来，她抬手看了一眼腕间的表，语气十分冷淡："我的时间不多，有什么话麻烦你尽快说完。你也知道，我们俩并不是可以坐下来心平气和说话的关系。"

"怎么？害怕我又随时在大庭广众之下给你找碴儿？"我勾了勾嘴角，讥诮道。

有很长一段时间，只要见到周嘉怡这个人的出现，就足以令我疯狂，我总是想尽办法给她难堪，不管是不是伤敌八百自损一千。

周嘉怡轻轻一笑："说句实话，赵萌萌，你干的那些蠢事我还真不怎么放在眼里。一想到当初你都跪在我面前了，我就觉得什么气都消了。"

我咬住嘴唇，恨不得立刻将面前的咖啡朝周嘉怡那张脸蛋泼过去，可是我到底忍住了。想起此行的目的，我深吸一口气，从包包里掏出那条项链递到她前面，轻描淡写地说：“这个给你，下次不要偷偷摸摸地借。我跟秦墨说你戴过的我嫌脏，扔了也可惜。今天是你生日吧，送给你。”

果然，对面的周嘉怡渐渐变了脸色，我看见她漂亮的瞳孔缩了缩，万年不变的冷淡面孔终于浮出一丝裂痕。我不知道这条项链当初为什么会佩戴在周嘉怡的脖子上，我只知道秦墨不会那么傻，将同一款项链送给两个女人。看来我没有猜错，周嘉怡当时很有可能是突然要参加宴会，没有珠宝，临时借的。

我心底那些密密麻麻的疼痛终于因为周嘉怡此刻的脸色好了一些，我甚至有一种莫名其妙地爽快。我终于知道有些快乐真的是建立在别人的痛苦之上的，所以我稍稍凑近了对面的女人，快意又恶毒地说：“把你的感情藏好一点儿，周嘉怡，快要溢出来了。有我在，你跟秦墨永远没有可能！”

周嘉怡猛地抓住我的手腕，她扼住我，眼睛有什么东西快速闪过。我看见她胸脯起伏，明显气得不轻，她一字一句十分不甘心：“你有什么？赵萌萌，你还有什么？你一无所有，你以为凭借秦墨的喜欢，你还可以得意多久？”

很好，看来周嘉怡还不知道秦墨对她念念不忘。

我笑了笑，轻蔑地拂开周嘉怡的手：“你不明白吗？我们俩这辈子就这样不死不休好了，对秦墨，我绝对不会放手！”一边说一边顺手将桌上的蛋糕往周嘉怡那边推近一点，“生日快乐！”

说罢，我提起卡座上的包包，再也没有看周嘉怡的神色，面无表情地离开了咖啡厅。

陈筱得知我与秦墨复合，十分火大。她说：“周萌萌，我以前觉得你只是好吃懒做、不思进取，可是我没想到你好吃懒做到连自尊心都没有了。秦墨压根儿就不愿意娶你，你死赖在他身边图什么？”

我低落地说：“陈筱，你还不知道我吗，我本来就一无所有，只剩秦墨了。”

陈筱无话可说，最终挂了电话。

而我站在天桥上，望着天桥下来来往往的人群，看着一张张开心的、不开心的面孔，突然有一种自己都不明白的迷茫。

第四章 他永远不会来了

今天是我二十二岁的生日。

二十二年前，我与周嘉怡出生在同一所医院，却有着不同的命运。我的亲生母亲冒着巨大的风险自以为是地替我交换了一个“伟大”的前程。可是我宁肯她当初没有那样做，那么这个叫赵萌萌的姑娘，应该可以沿着她原本的人生轨迹生活。她会是这座天桥下面任何一张平凡的面孔，她也许没那么有钱，也许仅仅在哪里摆着一个小地摊，她会交一个平庸的男朋友，生一个普普通通的小孩，过简单而平凡的日子。

她永远也没有机会认识秦墨，自然也不会喜欢上秦墨！

她也许不会有什么了不起的梦想，可她能拥有一份最简单的满足与快乐！

我不知道秦墨是如何跟秦妈妈解释的，总之回到秦家的我不仅没有遭到责怪，她还十分心疼地搂着我，大骂医院混账，连这种事情都能弄错，让我不着急，孩子总会有的，然后安抚似的一遍一遍拍着我的背脊。

秦妈妈的怀抱非常暖和，我一边绝望地想着不会再有了，秦墨压根儿不会要我生的小孩；一边又觉得自己格外贪心，上天待我不薄，至少什么都不会的我还能拥有这样一个怀抱。

“秦阿姨，我是不是……太贪心了？”我靠在秦阿姨的肩上喃喃道。

“胡说！要个小孩也算贪心吗？那这个世界上的人都贪心死了！你可别胡思乱想。”

显然，我说的贪心与秦母想的贪心不是同一件事，可是我压根儿没法解释，只好勉强笑了笑。

然而上帝毕竟还是觉得我是真的太贪心了。

后来的某一天，我躺在暗无天日的废墟里，在最绝望一刻，终于彻底明白任何事情都是有代价的，而我的代价显然十分高昂，需要用性命做抵押，谁教上帝的惩罚从来都是单方面的。

我觉得我大概是生了某种疾病，跟秦墨和好以后，纵然如往常一样撒娇嬉笑，然而我经常半夜惊醒，梦见自己从高楼摔落，空荡荡的大楼，独我一人。我拖着婚纱的裙摆，盲目奔跑，四处寻找秦墨，却始终辨不清秦墨的脸，最终一脚踏空，跌入深渊，然后梦境戛然而止。我在黑夜中抱着被子一个人默默发抖，有时甚至忍不住小声啜泣。

梦境里，秦墨的脸从未出现。

我总觉得大约这是某种预兆，我将会失去秦墨。

这让我十分患得患失，忍不住半夜爬到秦墨的房间，秦墨往往正在酣睡，有时被我吵醒，颇为火大。我的脸上还挂着泪痕，跟只八爪鱼似的手脚并用缠住秦墨不放，他也就奈我不何。

我说秦墨我睡不着，害怕。

秦墨叹了口气，他说赵萌萌你就是太闲了。于是，秦墨将考研的事情重提，我再怎么挣扎，也徒劳无功。

秦墨捧着我的脸，语气是从未有过的严肃："赵萌萌，你总要学会在这个世界生存下去。我不可能守护你一辈子，你要学着自立。"

我推开秦墨，觉得他的借口简直烂极了。他想让我独立，无非是为了顺利甩掉我，所以我冲他吼："爱情不就是要守护对方一辈子吗？"

秦墨闭着眼睛没有说话，仿佛我十分难以沟通。

那一刹那，我突然明白，秦墨与我，压根算不上爱情，他想要守护的显然不是我。

他可能根本没有爱过我……

我同秦墨争吵的次数越来越多，最狠的一次，我拿起书桌上的水晶烟灰缸毫不犹豫地冲他砸了过去。鲜血立刻顺着秦墨的额头滑下来，那样触目惊心，我自己都吓坏了，瑟瑟发抖。秦墨捂着半张脸，露出难以置信的表情，最后他说："赵萌萌，你现在真的变得不可理喻！"

然后，秦墨开始不停地出差。

我觉得我是生病了，胸口像是破了一个巨大的洞，无论我怎样安慰自己，我都越来越清楚地认识到自己的一无所有。

漫无边际的孤独突然将我包围，它紧紧裹住我，扼住我的呼吸，从发现自己失去家人开始，我的恐慌从未停止，我以为我还剩秦墨，我以为购物能使我平息，可是这一次，那个破洞再也无法填满。

我的头发开始不停地掉，体重减轻，露出深深的锁骨，很多时候照镜子我都快认不出自己。

秦阿姨大呼小叫，她说萌萌，你怎么了，考研有这么大压力吗？那咱们不考了，秦墨那个混账，为什么非逼着你考研。

我冲秦阿姨了无生趣地笑。

再跟陈筱见面是一个月以后，陈筱见到我也吓了一跳。自从我与秦墨复合，陈筱仿佛终于放弃了我，我们联系的次数屈指可数。

可这也丝毫不影响陈筱对我的关心，她几乎一眼看出我的问题。陈筱抚着我的脸，说："赵萌萌，你生病了。"

我也知道自己生病了，我睡不着觉，大把大把地掉头发，很难开心。以前购物能够使我开心，秦墨开心我也能开心，可是现在好像都没有什么用。我不知道自己最后一次真正微笑是什么时候。

我只是找寻不到生活的意义，也许以前我将与秦墨结婚定为人生目标，可是显然，秦墨并不这么想，所以我已经失去了可以开心的能力。

"考研嘛，压力很大。你看，我其实也是生龙活虎的。"我冲陈筱比画了两下，表示自己十分健康。

陈筱沉痛地闭了闭眼，显然她知道无法改变我，好一会儿她才从包里拿出一份资料。陈筱几乎很少这样严肃地跟我讲话，隐隐地还带着颤音：“我想了一晚上这份资料到底要不要拿给你，可是你有权利知道。对不起，前段时间一直加班，其实半个月前我就拿到这份报告了，只是昨天才有空拆开来看。上个月咱们不是去医院顺便给你做了全身检查吗？”陈筱看着我，那目光让我觉得我应该是得了某种重大疾病，可我什么感觉都没有，仿佛现在死掉，亦是生无可恋，然而她突然握住我的手，“萌萌，你不是假怀孕，你是真的有小宝宝了。只是孕期太小，如果不是当时检查得仔细，恐怕到现在都不知道。”

我呆呆地坐着，过了很久都不知道应该怎么反应。

我甚至不知道应该哭还是应该笑。

我觉得上帝跟我开了一个巨大的玩笑，他玩弄我、羞辱我，将我置于股掌之间，然后轻轻一捏，瞬间将我粉碎。

我努力地想要表现得淡然一点，用尽最大力气冲对面的陈筱挤出微笑，小心翼翼地试探：“你说……这个孩子，这个孩子秦墨会要吗？”更像是问我自己。

可是这个问题的答案早就揭晓。

陈筱侧过脸去，她的眼圈一点点儿红了。

然后她偷偷抹了一下眼睛，大约想骂我，可是这种状况她骂不出口，但是陈筱永远比我沉着冷静：“秦墨的态度你也看见了。如果我是你，这个孩子我不要。”

我的眼泪掉下来。

我看着对面的陈筱，长久以来我们的三观是那么契合，这是我们成为彼此闺蜜的基础。我一直将陈筱划分为同一种人，所以我理解不了此刻陈筱可以轻飘飘地将话说得如此绝情。我捂着眼睛，让自己尽量显得不那么狼狈，然后我听见自己从指缝中流出的声音："为什么你跟秦墨一样，可以轻描淡写地将打掉孩子说得那么容易？为什么在你眼里'重新开始'四个字那么简单？我不要……我凭什么要失去自己的宝宝？"

陈筱闭着眼睛，她的眼睛比任何时候都要红。

"萌萌，你还年轻……"与秦墨一模一样的说辞。

我突然从座位上站起来准备离开，一字一句："你们任何人都没有权利决定我孩子的去留！"

"赵萌萌！"陈筱叫住我，"你自己就没有亲生父亲，你想让孩子跟你一样？还有你现在无论是身体还是心理，都必须去看医生！"

我觉得喉咙发堵，或者会随时像电视剧里演的那样吐出一口鲜血来。我以前觉得夸张，但是此刻，我几乎能够感觉到溢在喉咙尖的一丝腥甜，我甚至觉得自己随时可能倒下去。可是大约有什么东西支撑着我，我摸着自己的小腹，那里其实没有任何感觉，但是奇怪的是，我总觉得为了它，我不应该倒下。

那天到最后，我都没有回应陈筱。

我当然不会让孩子没有父亲，因为我到现在还幻想着秦墨能够娶我。所以我变得很乖很乖，我让自己迅速地长胖，我吃很多，每天按时睡觉。

我不再同秦墨吵架，也变得比任何时候都要温柔，我再没有逃过一节考研培训课。

人家说"一孕傻三年"，我那个时候天真地以为只要自己表现得好一点、乖一点，那么与秦墨不是没有可能。

我将自己擅长的自欺欺人发挥到极致。

我决定一考上研就跟秦墨求婚，在此之前，我甚至不敢让任何人知道我肚子里有个小东西。因为我了解秦墨，秦墨说不要的东西，就是真的不要。

我一定在用世界上最笨的办法去保护这个宝宝，可是那会儿的我并不知道。

分数过了的那天，我坚定地认为是上天赋予了我奇迹，我已经很久没有那么高兴过了。我搂着秦墨的脖子，整个儿跳到他身上，说："秦墨，你看见了吗？看见了吗？我考过了，赵萌萌考过了！"

秦墨的眼底也有笑意，仿佛松了一口气，可是他还是不忘打击我："别忘了还有面试。"

我才不理他呢，我知道秦墨口是心非，他有一百种方法让我通过面试，所以我一点儿都不担心。我太兴奋了，总觉得这是某种天意，好像我跟秦墨求婚成功了一样。

可是天意太难揣测了，我是一个十足的傻瓜，没有看见上帝在背后磨刀霍霍。

秦阿姨说："多好的事儿，好了，萌萌你也总算松了一口气。前段时间看你压力大得整个人都瘦了，阿姨多心疼。谢天谢地，我们萌萌多聪明啊！"

秦阿姨的对面，秦墨像个老头子一样翻阅着晨报，那是他每天早上的习惯。他抿了一口面前的咖啡，泼我冷水："您可别再夸了，再夸，她的尾巴都该翘起来了。分数也就是刚过线，您这样恭维她，不定狂成什么样。"

我就坐在秦墨旁边，闻言心底很不是滋味，恨恨地把面前的三明治当成是秦墨的臭嘴咬下去，又暗地里狠狠踢了秦墨一脚。秦墨被我踢个正着，不禁"咝"的一声倒吸了一口凉气，偷偷横了我一眼。

我冲他扮了个鬼脸。

秦阿姨也教训他："胡说什么，萌萌最近的努力你又不是没有看见，多好的孩子。依我看，你们俩也很久没去度假了，别在家成天陪我这个老婆子，你带萌萌好好出去转一圈。”

我立刻来了兴趣，侧过头眼巴巴望着身旁的秦墨。

秦墨有些为难，皱了一下英挺的眉：“最近公司新的APP准备上市，正在关键的测评期……”他话还未说完，估计是见我失望，咳了咳，“南边度假村项目快开幕了，正好是下个星期……”

我立马举手：“我陪你去！”

秦妈妈忍俊不禁，秦墨也扬了扬嘴角，好笑地摸了摸我的头。

那是我与秦墨最好的时光。我一直记得那天早上七点的阳光非常好，餐桌上摆着一束从花房里刚刚采摘的鲜花，还带着露珠儿，娇艳欲滴，法式面包摆在精致的瓷盘里，诱人食欲，现磨咖啡从昂贵的英式瓷杯里散发出袅娜的香气，我至今仿佛还能闻到那种香味……

而秦墨就坐在我的旁边，这个男人有我最喜欢的眉眼，高挺的鼻梁，性感的薄唇，弧度完美的下颌。他穿着裁剪合身且价值不菲的手工西服，烟灰色领带是我早上亲自系上的。系好以后，我没有忍住，踮起脚尖吻了吻他的脸颊，秦墨也抱着我亲吻，那是恋人间最自然的相处方式，所以我一直恍惚地觉得我们是相爱的……

我也记得最后，直到秦墨像往常一样被司机送去上班，我还埋着头与餐桌上的面包、牛奶奋战，惹得秦阿姨看了我好几眼，她笑眯眯地说：“我们萌萌最近胃口真好。”

我偷偷摸着肚子里的小东西冲她傻笑。

而那个时候，我已经下定决心，在度假村一定要向秦墨求婚，只许成功不许失败。

我已经不敢去想象失败。

临行前，我将上一次与陈筱买的婚纱悄悄塞进箱子。

我的行李格外多，秦墨显得稍许不耐烦。他捏了捏我的脸颊，叹了一句："娇气。"好在我向来出门都会带许多行李，秦墨也并未在意。

度假村山清水秀，空气极好，分了很多个区域。我与秦墨入住其中一间总统套房，然而秦墨不是来度假的，到了这里他显然比在家里还要忙碌。南希说他的行程排得很满，本来并未打算参加此次开幕仪式，不知为何临时改了主意。

我当下便觉得十分羞愧，秦墨很有可能只是为了不让我失望，才把自己搞得这般忙碌，可是很快我便被打脸。开幕晚宴那天看见周嘉怡的那一刻，我浑身的血液都凉了下去。我挽着秦墨的胳膊，在满目奢华的宴会席间，歪着脑袋看着秦墨英俊的侧脸，试着看出些许端倪。我觉得秦墨哪怕露出一点儿端倪，那么我必定当场崩溃。

秦墨也许是冲着周嘉怡来的，这样的认知让我止不住浑身颤抖。

秦墨大约感觉出我的失态，他看了一眼入场处的周嘉怡，那一眼太快，我捕捉不出丝毫异样，然后捏了捏我的鼻尖，带着几分宠溺，低声冲我说："今天的场合很重要，不能去找周嘉怡的麻烦，你乖乖听话。"

可我阻止不了自己胡思乱想，我的脑子在见到周嘉怡的那一刹那，转动过无数个念头，无论哪一个，都能让我当场掐住周嘉怡的脖子与她同归于尽，或者与秦墨同归于尽。

我那时偏执得要命，固执地觉得秦墨与我讨厌的周嘉怡之间一定有无数猫腻。我停止不了我的想入非非，我一定是病入膏肓了。

所以我沉下脸质问秦墨："你知道她要来？"

我已经很久没有同秦墨这样说话，这一个月我表现得十分乖顺。我把自己变得像猫咪一样依偎在秦墨身边，不敢露出一点点锋利的爪子，秦墨显得很受用，所以他无法理解我此刻突然的变脸。我看见他捏了捏眉心，带着几分不耐烦道："我不想跟你解释这些。赵萌萌，你最好想清楚今天晚上是什么场合！"

是了，今晚的场合，他怎么会不知道周嘉怡会来。他们是商业伙伴，邀请名单上一定有周嘉怡的名字，也有秦墨的名字，说不定还挨在一起，紧紧地，挨在一起。

我松开秦墨的手，再也没有办法跟他一起笑脸迎人。秦墨显然看出我在闹脾气，不想再搭理我，自行去席间应酬。

我躲在食物区，拼命吃东西，告诉自己要忍耐，一定要忍耐，我是为了向秦墨求婚才来的，所以一定不能出任何差错。

我不停地吃东西，即使并不饥饿，好似仅仅是为了抑制自己去找周嘉怡麻烦的冲动。然而我不去招惹周嘉怡并不代表周嘉怡不会来招惹我。十五分钟后，周嘉怡握着她手中的香槟袅袅娜娜地踱到我面前，用只有彼此听得见的声音与我耳语，她说："赵萌萌，我真的没有想到你跟你亲妈一样，这么卑鄙无耻！果然下流的人骨子里流的就是下流的血，连假怀孕骗婚这种事情都做得出来，你还真是刷新了我的三观啊！"

我气得浑身发抖，牙齿咬得咯咯作响，浑身的血液都在叫嚣。

周嘉怡可以用任何人讽刺我，除了那个女人，所以我没有犹豫，当场给了她一巴掌。

我咬牙切齿，浑身哆嗦："周嘉怡，你有什么资格……你有什么资格去侮辱一个从小把你养大的人，她到死……"

到死都在念着你！可是你不肯跟我走，即使我向你下跪，你也不肯去见她最后一面……

"啊！"旁边的侍者惊得打翻了托盘上的红酒，很快有人发现了这一幕。

周嘉怡被我一巴掌扇到地上，她穿着露背的晚礼服，雪白的背脊很快撞到地上打翻的水晶杯上，触目的鲜血流了出来，那血珠子刺得我眼睛生疼。

秦墨迅速扒开围观的人群，他仿佛极善于应付这样的场合，在无数次我给周嘉怡难堪的时候，他总是第一个赶来善后。

当然，这一次秦墨仍然未曾看过我一眼。他脱下西装披在周嘉怡身上，宛如一个再体贴不过的绅士，很快抱着受伤的周嘉怡出了宴会大厅。

我在那里站了很久，久到那些对我指指点点的人都觉得无趣散开的时候，我依然站在那里。

麻木不仁的，没有任何知觉的……

我知道我又把事情搞砸了，我知道秦墨一定不会再给我好脸色，我知道那些人看我的眼光，一定像看一个彻头彻尾的疯子，不应该出现在这个场合的、莫名其妙的女人……

我突然冲了出去，我没有一刻像现在这样惊慌，我预感我会失去秦墨，所以我得搏一次，即使已经到了这样糟糕的地步，我依然不得不搏一次。我还有孩子，我必须为了他做点儿什么。

我拼命地跑，跑到自己的高跟鞋在途中遗落也未曾发觉。我赤着脚跑到秦墨的面前，医生正在给躺在床上的周嘉怡做检查，秦墨坐在她身旁正在低语着什么，仿佛细声安慰。

周围围了好些人，我好似一个都看不见。我推开人群，目光牢牢锁住秦墨，我说："秦墨，我们结婚好不好？"

秦墨抬头看我，明亮的灯光下，我永远记得秦墨那时的目光，尴尬、震惊、不可思议、慌乱，错综复杂，唯独没有一种与喜悦有关……

而周嘉怡讽刺地看了我一眼。

秦墨很快将我拉了出去，在大家都觉得我在发疯之前，他将我拉到隔壁走廊，揽着我的双肩："赵萌萌……"声音是从齿缝间发出来的，带着恼怒，仿佛要教训我，却始终找不到合适的词。

我那个时候情绪已经崩溃，眼泪凝在眼眶里将落未落。我试图攀上秦墨的脖子，那是下意识的动作，如同溺水之人抓住最后一根稻草。

被赶出赵家时一无所有的我，不明白独立是什么，我没有靠自己挣过一分钱，我的生活原本就是象牙塔，同周嘉怡交换身份后，我在象牙塔里摇摇欲坠，是秦墨抓住了我。于我而言，他是一棵参天大树，所以，我下意识想抱得紧一点，再紧一点，我怕稍微松开，就会粉身碎骨。

我抽抽搭搭，带着哭腔，不停地蹭着秦墨的面颊："我们结婚好不好？秦墨……求求你，我们结婚好不好……"

秦墨甩开我攀附的手臂。他已经气到极致，指着隔壁周嘉怡的方向："赵萌萌，周嘉怡现在还在那里躺着，你知道自己在说什么吗？"

我捂着脸，眼泪夺眶而出。我觉得心脏一抽一抽地疼，很像小的时候要一件玩具，但是得不到，所以拼命地耍赖，跟秦墨耍赖："我不知道，我……我就是想结婚了。秦墨，我们结婚好不好？"

秦墨推开我。

"你回房间冷静一下，什么时候想好了，再来跟周嘉怡道歉。"说完，便大步往外走。

我那时已经无法顾及自尊，我还有什么自尊，我觉得我浑身都叫嚣着要跟秦墨结婚，否则我活不下去，所以我一边哭，一边追着秦墨的脚步。外头是一大片碎石小路，我赤脚踩在上面，却奇迹般的感觉不到任何疼痛。我满脑子都是让秦墨同我结婚，那么我便可以正大光明地生下肚子里的宝宝。我扯着秦墨的衣袖，不停地啜泣，不停地问："为什么不能结婚，秦墨，我们结婚好不好？秦墨……秦墨……"

"赵萌萌！"秦墨终于不耐烦，他发了大脾气，他已经很久没有发过那样大的脾气，"赵萌萌！你看看自己现在的样子……"

秦墨说了一长串，我一句都没有听见。我的耳朵仿佛突然失聪，只看得见秦墨上下翻动的嘴唇。

我曾经那么喜欢的部分，早上醒来的时候会偷偷吻上去，我们曾经那样亲密无间，然而现在这张嘴说出的话，一定是这个世界上最恶毒的语言，因为这是一场谋杀！

秦墨一定不肯答应我的求婚……他也一定不会要这个孩子……

浑身的力气仿佛都被人抽空了，我突然整个人瘫软在地上，眼睛失了焦距，我什么都看不见，什么都听不见……

唯一的感知是秦墨好像将我抱了起来，然后他将我放在柔软的大床上，他应该说了很多话，可是我什么都听不到，最后他吻了吻我的额头，替我关上灯。

我很快睡着了，我太累了，精疲力竭。我已经用光了所有的力气，我已经花掉了所有的自尊，我都那样恳求秦墨了，可是我还是没有成功。

那是我做过的最平稳的梦，我没有梦见四处奔跑寻找秦墨的我，也没有梦见那幢空旷的大楼，我什么都没有梦见，我睡了有史以来最安稳的一觉。

然而梦境很快开始摇晃，等我感知到地面开始震动的时候，我惊醒过来。

漆黑的夜里，周围是此起彼伏的尖叫声，大地开始晃动，我头顶的床头灯以一种奇怪的姿势扭曲着。

我十分害怕，从房间里跑了出去，到处是尖叫声，我听见有人在喊：“地震了！”

我下意识地去寻找秦墨，我的安全感的唯一来源。我从来没有这么害怕过，大地在不停地晃动，我晕头转向，几乎站立不稳。墙体开始出现裂缝，我没有办法攀附着任何一面墙行走，因为每一面墙仿佛都濒临倒塌。

我四处寻找秦墨的影子，尖叫、呼喊，最后透过扭曲的窗口看见秦墨抱着周嘉怡跑出了对面那栋大楼。

我呆呆地看着，模样一定蠢透了。而他们的头顶，那天晚上，山里的星光是那样明亮。

那是最后的记忆，然后，我眼前一黑，巨大的天花板从我的头顶砸了下来……

二〇一四年十月二十八日，×× 地区发生 7.8 级地震，死亡四百六十九人，受伤三千二百人，失踪一百二十八人……

开始的时候感觉很痛，很痛，似乎浑身都被碾压着，我几乎没有办法动弹。我一次又一次地昏死过去，我感觉我的耳朵在流血，我听不见任何声音。

周围黑漆漆的，没有一点光，有时候醒来，我怀疑自己其实已经死掉了。

我觉得害怕、恐惧，我想呼救，可我似乎连张嘴的力气都没有。我感觉下一秒就可能死掉，又或者下一秒，秦墨就能将我头顶的天花板掀开。我一定会扑到他怀里撒娇，告诉他我很疼。

我真的很疼，秦墨，你什么时候来？

我开始数数，仿佛小时候跟秦墨捉迷藏。他说萌萌，你数到第九十九下，只要第九十九下，我就找到你了。可是我在心里默默数了很多个九十九下，这一次，秦墨没有来。

我心里大骂着秦墨混蛋、人渣，就算你要救周嘉怡，你救完周嘉怡好歹也来救救我呀……

我脑袋疼、胳膊疼、腿疼、眼睛疼、耳朵疼，浑身都疼，秦墨你倒是快点儿来救救我呀……大不了我再也不缠着你了，你喜欢周嘉怡就喜欢呗，我再也不拆散你们了，行不行？求求你了，秦墨……

求求你了！

第一个九十九下，秦墨没有来。

第二十个九十九下，秦墨没有来。

第三十个九十九下，秦墨也没有来。

最后，我也不知道究竟数了多少个九十九下，秦墨依然没有来。

他是不是不来了？

他怎么会不来，他昨晚即使那么生气，还是吻了我的额头。就算比不上周嘉怡那么多的喜欢，秦墨也不至于不来吧……

他可能还没有找到我，那么黑的天，他一定没那么容易找到我。好吧，如果他待会儿来了，我一定大度地原谅他，只要稍微快点就好。

……

秦墨，你再不来，后果会很严重，我要跟你冷战一个月！

……

两个月！

……

三个月！

……

秦墨，你到底来不来？

我的眼皮越来越重、越来越沉。迷迷糊糊间，我忽然明白了，秦墨大概、也许、可能永远都不会来了！

他不会来了……

我耗干了最后一滴眼泪，这样想着。

第五章 ／ 我辞职了

二〇一七年，夏。

“干贝鲜虾粥一份，银牙金丝春卷一份。嗯……你们只有两位，再来个爽口小菜吧，酱汁黄瓜怎么样？”

我稍稍弯腰，颇为诚恳地望向面前点餐的两个年轻男女，好在这个点到店的客人大多是观光游客，且已经逛得筋疲力尽，对我的提议并无异议，于是菜单上便顺利地多推销出去一份小菜。

下午五点，陆续有客人进店，影视城的夏天燥热得仿佛一座火炉，每位客人进来皆是汗流浃背的模样，但通常一跨进这家小店，见连台像样的空调都没有，只有两个硕大的风扇呼哧呼哧地摆动，脸上便露出失落的神色。

我冲一旁的宝妈使了个眼色，宝妈立刻伶俐地招呼客人坐下，递上几瓶冰镇饮料，一口气儿报出好几样粥名儿。

宝妈报菜名很有一套，能一口气说完不带歇气，往往逗得客人呵呵直乐，客人也就歇了走的心思，这算是她老人家的绝活。

上次有个副导演半夜来吃烤串，宝妈也露出这么一下。副导演喝高了，非逼着宝妈客串他戏里的太监，把宝妈给气得，私下里跟我嘀咕，她老公指不定是哪个大导演，到时候别说太监了，就是给她太后的位置她都不一定乐意呢！

她的老公一直是个谜。宝妈找了他大半辈子，找到阿宝二十三岁也没找出点儿影子来。在宝妈吹过的牛里，二十四年前跟她发生过关系的男人，一会儿是山西某地财大气粗的煤老板，一会儿是知名台商，再过几天去问，又成了英勇的消防员。总之，宝妈也不知道他具体是做什么的，她拿着一张已经模糊的老照片，带着智商有些欠缺的阿宝四处寻找。

找到第二十年的时候，不小心捡到我，阿宝喜欢，抱着昏迷的我不肯撒手，宝妈也就没嫌弃。

我们又找了一年多，最后听说有人在影视城附近见过这个男人，宝妈二话没说带着我跟阿宝在影视城附近租了一个小店面，一待就是两年。

影视城附近的铺面不便宜，宝妈积蓄不多，只能租个十几平方的，墙面也没钱刷，贴了几张报纸，胡乱买了几张二手桌椅，就急匆匆地开了张。

起初只卖考串。宝妈烤串很有一手，集北面新疆烤串之香浓、南面四川烤串之麻辣，在影视城附近混出一点名堂。后来宝妈见我会做粥，且有几分地道，当即决定不再让我吃白食，一脚将我踹进厨房开始日日熬粥，差点没熬成黄脸婆。再后来，大约因为我天赋异禀，经一位熟客介绍，我又被宝妈踢出小店，进了本市最著名的一家五星级酒店，做菜墩子的活计，每逢休假日，才回来帮忙。

我将最后一点葱花撒在鲜滑的粥面上唤宝妈来上菜，宝妈咋呼："要死了！放那么多虾，你以为这是你们酒店，老娘不要成本的哦！"

"抠不死你！"我顶嘴，不再理她，麻利地准备下一道菜。

厨房就巴掌大，多转几次身都嫌挤得慌，宝妈没工夫跟我计较，很快端着锅子出去了。

店里连带着阿宝和算是半个兼职的我，也就三人忙活。阿宝智商有限，常常不是摔碗就是撞上客人，倒还要赔钱。

宝妈没办法，只好让阿宝承担起送外卖的活。影视城这样的地方，大、小人物全挤在一处，三教九流什么人都有。阿宝个子183cm，体重近九十公斤，若是不傻笑也能唬唬人，轻易没人招惹他，且和附近的人混久了，都知道他脑子有些毛病。大家可怜他，于是阿宝送外卖的活居然比别人更便利些，每次送外卖回来，钱只有多不会少。哎，阿宝不会找零。

“宝妈，宝妈，阿宝出事了，您赶紧过去瞅瞅！”魏雅昕踩着花盆底，提着厚厚的清宫装进来。这姑娘眼睛大，有点像还珠格格里赵薇的眼睛，可她没有赵薇命好，在影视城跑了三年多的龙套，如今还在丫鬟、佣人这样的路人角色上混，隔三岔五地跟群演们一起来店里吃点烤串什么的，也就相熟了。

“阿宝怎么了？”宝妈愣了愣。

雅昕喘了喘气，解释：“阿宝不是来送粥吗，恰好在我们剧组。也不知道怎么回事儿，阿宝被人绊倒，粥撒了，不偏不倚全撒在大明星陆菲菲脸上，戏服毁了不说，那粥多烫啊，陆菲菲当场就跳了起来，现在现场全乱套了！”

“完了！完了！这得赔多少钱啊？那可是明星的脸。”宝妈脸色发白，摇摇欲坠。

我解开围裙，已从厨房大步走出来，扶着宝妈：“阿宝呢？阿宝有没有事？”

“阿宝被人扣下了，他那么大的个子，几个人按着呢！花姐，这次阿宝可闯下大祸了！”

我听这口气，阿宝应该没受伤，稍稍放下心来，回头看宝妈，浑身抖得跟糠筛儿似的。没办法，一碰到钱的事儿，宝妈就特别不淡定，花她的钱比割她的肉还疼。这次阿宝闯祸，估计得赔好大一笔钱。

“行了，我跟你去看看。阿宝一个智力不全的人，还能怎么样呢！”我随手扔下手上的围裙，跟着雅昕往剧组走。

一路上，我都在琢磨怎样道歉才显得可怜一点，可以将这次的赔偿降到最低，否则宝妈这两年的积蓄又得全部赔光，说不定连铺面都要赔出去。

道歉这种事情做多了，我也就驾轻就熟了。阿宝这两年闯的祸足够训练出一个楚楚可怜又十分“小白花”的我。想想当年我最不待见的便是别人扮可怜，如今轮到自己，居然也只有“失节是小、饿死是大”的感慨。

所以，还没走到剧组，我偷偷问雅昕谁是管事的，雅昕朝我指了指导演的方向，我想也没想，一个扑腾倒下去，抱着大胡子导演的腿开始用在宝妈那儿学的四川方言哭号：“导演啊，真是太抱歉了，我弟弟阿宝，那是个货真价实的‘瓜娃子’啊！他没脑壳的，二级残废啊！你发发好心，别为难他啦！我们一家子感谢您，以后您来吃饭，全部免单，不收您的钱……呜……”

众人：“……”

好一会儿，大胡子好似才反应过来，挣了挣妄图甩开我。我偷偷抹眼睛往一旁的阿宝瞅去，见阿宝被四个大概是场务的男人扣着。他天生憨傻，别人扣住他，自然想要反抗。阿宝挣扎得十分费力，见着我便更加激动，偏偏被人按着，露出几分痛苦之色来。

我心下积了火气，不论阿宝是否闯下大祸，你们这么欺负一个脑子不好使的人实在过分，于是抱紧了大胡子的腿，若不是想着赔偿的事，真想踹上一把。

“阿花！阿花……”阿宝挣扎着要朝我扑过来，我暗地里朝他眨了眨眼睛，阿宝便不动了。

“谁？这是谁带来的？”大胡子被我抱着腿不能挣脱，很是无奈。

雅昕小心翼翼地站出来：“导演，这是刚才那个大个子的姐姐，叫阿花。”

“一个阿宝，一个阿花，都是傻子吧？”人群中有人捂着嘴笑。

你才傻呢，你全家都傻！我翻了个白眼这样想着，可如今这种情状也由不得我不装傻，立刻又呜呜咽咽地抱着导演的腿博取同情：“导演啊，我们一家人智商都不高！好不容易到影视城来混口饭吃！您看我弟弟，多大个人了，连话都说不清楚。他肯定不是故意的，您大人有大量，放过他吧，别报警了，呜呜……我们也赔不起……”

“来个人，赶紧把人扶起来，被媒体拍到又乱写，像什么话！”显然，一旦扮成弱势群体，导演更在乎的肯定是自己的名声或者整部剧的名声。

被我这么几嗓子装傻哭号，赖当然赖不掉赔偿，但是最后协商的戏服价格以及这几天剧组误工费，计算器噼里啪啦按下来，也总算在一个能承受的范围内了。

饶是如此，宝妈看到这串数字的时候，仍然忍不住要晕过去。

“这还只是剧组的赔偿，陆菲菲那边，虽然立刻送去医院了，但还不知道什么情况呢！如果要较真儿，估计也是好大一笔呢！”雅昕喝了一口粥，抹了一下嘴，送上最后一击。

宝妈气得眼睛通红，转身拿起扫帚便要揍高大的阿宝：“我怎么生了个你这样的败家玩意儿！你说说你，从小到大闯了多少祸，赔了多少钱，你是存心来气死我的啊！”

宝妈一生气，阿宝也害怕地往我身后躲，我拦住宝妈手里的扫帚：“事情已经发生了，您再怎么揍他也无济于事。阿宝这样的，您又不是不知道，能帮您送送外卖就不错了，您还要求他什么啊！剧组那么乱，有个摔伤什么的很正常，以后再不让阿宝送进去就行了！”

“你说得轻巧！”宝妈扔了扫帚，一屁股坐在凳子上抹眼泪，十分无奈，“这么一大笔钱赔出去，这两年咱们都白干了。我本来还琢磨着今年把铺子装修一下。天气这么热，空调也安上，现在可好……别说装空调了，我看赔那个什么大明星的钱，咱还得借一笔。”

“空调……空调……”阿宝大约知道空调是用来制冷的，忍不住兴奋地冲我念叨。

我没搭理阿宝，笑眯眯地，意味深长地朝雅昕望去。

雅昕十分警觉，抱着粥碗一副小气吧啦的样子：“你可别往我身上打主意，我没钱，我一个跑龙套的，能养活自己就不错了！”

“你最近不是进组了吗，戏份也多起来了，我听说你工资噌噌噌地往上涨啊。”我坐到雅昕旁边，搂着雅昕的肩，很是哥俩好的架势。

雅昕才不吃我这套，推开我：“得了吧，花姐，你还不知道我，像我们这种小姑娘，有点闲钱肯定用来打扮自己啊，不然谁找我拍戏。我吃的可是青春饭，你瞅瞅我，瞅瞅我这张脸，不得好好保养啊？”

见没戏，我当即甩开她，一时郁闷得不行。阿宝这次闯的祸，实在是笔大数目，就算加上我酒店里的那点工资，也是杯水车薪。

“你也别说我没义气。”雅昕见我脸色不好，换了语气，“我现在能做的，就是把陆菲菲的医院地址给你，陪着你好好去跟人家道歉，万一人家陆菲菲财大气粗，不跟你们家傻大个计较呢！”

“阿宝不是傻子！阿宝不傻！”听见有人说他傻，阿宝闹腾起来，狠狠瞪着雅昕。

雅昕冲他扮了个鬼脸。

阿宝更生气了，眼看着就要闹起来，我摸摸阿宝的脸，安抚：“我们家阿宝不傻，阿宝乖，谁说你傻的，她才是傻子呢！”

雅昕跟我翻了个白眼。

“阿花今天也说我傻了！”阿宝睁着黑不溜秋的眼睛瞅着我，有些生气。

我：“……”

魏雅昕扑哧一声笑出来。

陆菲菲不愧为一线女星，脸部受伤的新闻稿一发出来立刻吸引了多家媒体围观。望着被各大媒体以及粉丝挤得水泄不通的医院，我跟雅昕都有些傻眼，只好找了一个空地暂时跟她大眼瞪小眼。

“老实说，我以为你所谓的陪我，至少能将我带进陆菲菲的病房。”我抱着保温桶，临走前宝妈非让我一大早替陆大明星熬了一大锅美肤养颜粥，念叨着类似“礼多人不怪”的大道理，结果没想到连人家的病房门都摸不着。

“怎么可能！”这妞摆出一副理所当然的模样，好似能顺利进入病房简直是我痴心妄想，一点愧疚也没有。“我跟陆菲菲的级别，一个一线，另一个连十八线都还没摸着，你数数中间隔了多少层。我也就带你来撞撞运气，谁知道咱运气那么不好呢！”她瞅了一眼对面一大片黑压压、虎视眈眈想要混进VIP病房却被保镖阻拦的人群，叹了口气。

“呵呵！”我扯了扯嘴角，还能说什么呢，再信她一次，我就是真傻子！

我立刻掏出我的小本本，狠狠记下“不要轻易相信魏雅昕”几个大字。

“喂，你又写我坏话呢！”这妞极灵敏，凑过头来想要窥视一二。我侧身将她隔开，很快将小本本收好，没忘记往她头顶敲了一下，恶狠狠地回她：“总之，你现在上了我的黑名单，信誉度严重下降！”

魏雅昕还有几分不服气，在我嫌弃的目光下终于投降，耷拉着脑袋不再说话。

我瞅了一眼面前拿着相机、黑压压的人群，努力回想了一下类似的私人医院是否有漏洞可以钻。很遗憾，VIP病房之所以是VIP当然有其道理，这样一家安保系统完善的医院，估计连只苍蝇都飞不进去。

我只好起身，准备抱着保温桶离开。

“你干什么？”雅昕跟上来。

“回家，待在这儿也没办法。不如你帮我联系一下熟悉的导演，看看有什么办法能当面跟陆菲菲道歉，否则她要是让律师联系咱们，就只剩谈钱的份儿了！”我一边走，一边哀叹。

“有那么严重吗？还动不动就是律师。啧……有钱人就是矫情！”

我叹口气：“我现在呢，没别的想法，就希望陆菲菲的伤不要太严重，否则这回我跟宝妈真得倾家荡产了！”

“也不至于吧？就是被热粥烫了一下……”听我口气不好，雅昕也不敢再开玩笑，安慰道。

“但愿如此！”也但愿陆菲菲真的财大气粗，不跟阿宝一个傻大个计较。

“花姐。”魏雅昕突然拦住我，有些兴奋，“你看那个人是不是梁子帆？”

我脚步顿住。

已经很久没有听过那些熟悉的名字，以至于我抱着保温盒的手抖了抖。我微微垂下头，小心翼翼地顺着身旁魏雅昕的视线望过去。

三年，梁子帆变了很多，再也不是那个整天跟在我屁股身后“小姐姐”或者“小凰鸡”叫着的不羁少年。他的头发染成了时下最流行的金色，深黑T恤配衫一条紧身牛仔裤，将他的倒三角身材衬得极好，随意又性感，头顶的黑色鸭舌帽莫名有些眼熟。我忍不住多瞅了两眼，这才记起，那是当年他生日，我随手送他的，没想到这家伙还留着。

“哇，这两年，梁子帆一下子火了，你不知道他的粉丝有多牛。上次有档综艺节目来影视城拍摄，他的粉丝都快将影视城附近的酒店租满了，简直水泄不通。可这家伙全身上下到处都是黑点，听说脸是韩国整容回来的。现在这些小鲜肉，只要出个国吃两年苦，再回国，粉丝量简直暴涨啊！”

“他没整容。”我突然说，不知道为什么，忽然想要替这家伙辩解一下。

“你怎么知道人家没整容！”魏雅昕显然不相信我这个圈外的，继续念叨，“整容就算了，哎，这家伙从出道开始，花边新闻就没断过，还全都是比他大的姐弟恋。我私下听圈子里的人说，都不是空穴来风，前段时间在传他和陆菲菲的绯闻……呀，花姐。”说着她突然紧张地抓住我的手臂，仿佛发现什么新大陆似的，“你说他是不是来探望陆菲菲的，两个人真有一腿吗？天啊，陆菲菲可比他大了七八岁吧！”

我忍不住乐了：“陆菲菲真人是不是胸大腿长？”

魏雅昕认真想了想，而后点头：“陆菲菲在女星里倒算是‘真材实料’的。”

“那就是真的了。”我果断下了结论，忽然瞅见面前长腿长脚的雅昕，一时计上心头，思量了一会儿，转而问她，“雅昕，你的胸应该也不小吧？”

“你干什么？色眯眯的！”这妞极为敏感，当即双手抱胸，一副打死不卖的表情。

我已经果断地将雅昕的宽松白T恤衫拉下来，露出漂亮的锁骨以及若隐若现的乳沟，又很随意地将她宽大的衣摆打上一个结，显出几分清凉，魏雅昕蜂腰翘臀的优点立刻凸显无疑。

我将保温桶放下，郑重地揽住了雅昕的双肩：“虽然你成天‘花姐，花姐’地叫我，但是我知道你跟副导演谎报了年纪，你比我大一岁，也就是说，比梁子帆大四岁，刚刚好！”说着，我顺带理了理雅昕额前的刘海。

“什么刚刚好？你可不要乱来啊！”雅昕抱着胸，依旧一副宁死不屈的模样。

我托起她的下颌，笑得有几分流氓：“阿宝平时怎么对你的？好吃好喝地成天伺候你，现在他有难，你可不能忘恩负义！咱色诱，让梁子帆帮我将这个保温盒交给陆菲菲。”

雅昕听得双目瞪圆，一副我在说外星语的模样。

几分钟后，她成功被我劝服，一脸视死如归地抱着保温盒追上快进VIP电梯的梁子帆。

我在医院大门口的公交站等了一会儿。

七月的骄阳火辣辣的炙烤着整座城市，天上一丝云彩也没有。小城市建在环山之间，隐约可以看到附近遥远的青山，宛如几只蓄势待发的巨兽。

我已经很久没有想过那些人，今日梁子帆的出现，不得不将我的记忆拉扯回去，胸中酸酸涩涩，涨得很满，我忽然分不清楚是什么滋味。然而那些生活、那些人毕竟是很遥远的事情了，我这只不小心混入天鹅群的鸭子，最终还是回归到本来的自己，人生就是那么奇妙……

我这样想着的时候，公交车靠站，一阵风刮来，吹起我耳旁的头发，我听见旁边的小孩子惊呼：“妈妈，你看那个阿姨没有耳朵！”

“苏小花！”赶过来的魏雅昕对着我的右耳大吼一声，声音听上去极为愤怒，“全赖你出的馊主意，我居然信你的话去跟那个姓梁的小子抛媚眼，老娘一辈子的脸都丢在电梯里了！”

我对魏雅昕的话表示怀疑，因为在她的描述里，梁子帆那个花心大萝卜不仅义正词严地拒绝了她，还深深地羞辱了她一番。他说虽然魏雅昕的胸型不错，腿也够长，但是时下流行的锥子脸实在不是他的菜，建议下次手术时，魏雅昕不要垫下巴，可以试试垫两腮。

魏雅昕这个暴脾气的小妞彻底被激怒了，向来以天然美自称的她被人质疑整容，且是一个被人谣传整容的小鲜肉，魏雅昕如何能忍，当即撸起袖子将梁子帆从头到脚乱批一通，两个人在电梯里吵得不可开交，最终以梁子帆轻描淡写地丢下一句“你的胸跟你的大脑挺配”告终。

“他居然讽刺我胸无大脑！也不照照镜子看看自己那张脸，有多高级似的！气死我了！气死我了！你说这种人怎么会红？”这妞估计真的被气狠了，居然就这么跟我抱怨了一路。

我觉得挺愧疚的，这么多年过去了，我只记得梁子帆喜欢胸大腿长的，居然压根儿忘了这家伙的毒舌本质，因此安慰了魏雅昕一番。

她略微平气后才得意地告诉我，任务她还是完成了。她跟梁子帆吵着吵着居然跟着进了VIP楼层，虽然陆菲菲的病房她还是没有混进去，但是她运气好，碰见了陆菲菲的经纪人，她百般恳求才让人家收下了保温盒以及道歉信。

我捏捏她的脸，夸她终于靠谱了一回。

东西虽然成功送出，但是对方并没有回音。我跟宝妈只好先凑齐一笔钱赔偿剧组。

而我的假期只有两天，不得不在第二天晚上回酒店报到。

晚上七点，正是酒店客人用餐的高峰期，我穿好制服偷溜进一片忙乱的厨房，因为堵车，迟到整整一个小时，我的小心肝简直扑通乱颤，就怕碰上厨艺总监来巡查。

可人要倒霉起来，喝凉水都塞牙，我正小心翼翼地同洗菜的林皓打听晚间厨房里的情况，特意问了一下总监有没有上班，再抬头，曾旭整个人跟关公似的大马金刀地杵在我面前，那架势，吓得我差点儿没出息地当场给他跪下。

“总……总监好！”我哆哆嗦嗦地跟他老人家问好。

曾总监没搭理我，抬眼看了一下腕间那块名表，语气暂时听不出喜怒：“苏小花，你上哪儿去了？”

我偷偷去瞅旁边的林皓，知道自己会迟到，我提前拜托林皓帮忙串供，不知道这家伙有没有机灵一点，还是已经露出了马脚。可林皓跟我挤眉弄眼，我也没弄懂他的意思，只好照着商量好的回答：“报告总监，人有三急，上厕所去了。”

厨艺总监就算巡查厨房最多也就十几分钟，曾旭应该没那个闲情逸致在厨房待上两小时吧？

果然，曾旭的眼角微微上扬，露出满意之色，配上他那张俊脸，我简直都快晕过去了。老实说，当初应聘的时候，我对厨房这一亩三分地压根没啥好感，整天对着一群油腻腻的大老爷们，我能有啥兴致啊。

可等我在酒店职位栏里见到厨艺总监那一栏，曾旭那张盛世美颜的照片的时候，当即转身深情款款地抱住了人事部经理的大腿，表示曾总监是我的心、我的肝、我生命的四分之三，只要能与曾总监共事，就算让我去洗盘子，我都乐意。结果我就真的被扔进厨房洗了一个月的盘子，最后还是副厨师长见我可怜，提拔我做菜墩子的活儿。我整天分菜、领菜、切菜，一干就是五个多月，白嫩嫩的一双手跟一群大老爷们一样，磨出厚厚的茧，至今却连一道菜都没做过。

“你上厕所去了两个小时？”谁知总监皮笑肉不笑。

我当即知道自己已经被林皓这小子出卖了，大势已去，唯有低头认错，方为上策：“总监，家里出事了，半途回来碰上堵车。我不是故意迟到的，您别扣我工资。”声音低沉，想起宝妈要将全部的积蓄赔偿出去，顿时也真有几分心酸。

曾旭沉默了一小会儿，半天才冷冷道：“下班洗水箱，今天清洗厨房的活，你一个人干。”说完，抬腿便走。

我终于喘出一口活气，林皓狗腿地凑上来：“吓得我，幸好总监怜香惜玉，没扣你工资，要是换了我们，啧，不敢想……”

我白他一眼：“你还说呢，让你帮我顶一会儿，这么快被人拆穿。”

“姐，那也要顶得住啊，今晚曾总亲自掌勺，你没见他穿的制服？”

“总监掌勺我就见过几次，酒店又来什么大人物了？”平常曾旭最多来厨房指点一二，除非遇到VIP贵客要品尝他的手艺，否则想让这位大名鼎鼎的明星主厨亲自做菜，难！

“你还不知道？”林皓鄙夷，“咱们酒店就快被人收购了，过一段时间估计得大换血。厨房这一块，曾总的位置保不保得住还得看新老板的意思。这不，今晚的菜全是做给收购人试吃，每一道菜都是曾总亲自下厨。”

“哦。”我点头，没什么兴趣。

“你一点都不担心下岗？”林皓惊奇。

我就跟他分析：“首先呢，大换血不一定会把我们换下去，其次……”我拖长了尾音，将菜刀往案板上一挥，胸中怨气难填，咬牙切齿，“老娘真的受够了只能切菜的日子！”

原本以为到酒店学习，再怎样也能从曾旭身上学到一点皮毛，结果整整六个月，我连勺子都没有碰过，据说酒店后厨半年一次考核，而我进来不到两月便碰上一次，因为准备不充分，当然只有被刷下来的份儿，而距今三个月之后的新考核，我仍然没有丝毫信心，后厨这块地方，鱼龙混杂，有的人真的就在菜墩子这个活计上熬了一辈子。

我已经渐渐明白梦想与现实的差距，以前我没有梦想，在别人眼里是个混吃等死、不求上进的拜金女，如今好不容易有个小心愿，却觉得越来越远，好似一辈子都难以企及。

我大约，原本就是个不会有什么出息的人吧。

晚上十一点，擦好地板，与值班同事告别，这两天因为阿宝的事心惊胆战，又经过厨房一晚上的忙碌，只觉得疲惫不堪，恨不得立刻躺在宿舍床上昏死过去。

偏偏出门时才发现夜色极好，难得皓月当空，七月凉风习习，空气里隐隐飘来不知名的花香。五星级的酒店之所以能评为五星级，自然配以奢华的环境，经历一整天的喧哗，此刻占地广阔的酒店终于归于宁静。我双手插进制服口袋，忽然有些享受此刻的惬意，仿佛所有疲劳都一扫而光，若是能再开一瓶红酒，便是再好不过。

大约真的是心有灵犀，包里手机震动，我打开微信，客服部谢芝发来信息："今晚值班，老地方见？"

"有酒吗？"我问。

"当然。"

"马上来！"

我当即转身找同事打包了一份沙拉偷偷往酒店的总统套房跑。

谢芝这妞是我在这家酒店唯一合得来的同事，这源于我们俩共同的秘密。我这人大约天生的享乐主义派，有次听同事说酒店的总统套房连接山里的天然温泉，修建极尽奢华，可惜一家酒店的总统套房大部分时间只是摆设，提升酒店星级，一年几乎开不了几次，这样好的温泉着实浪费。我跃跃欲试，打探了一番酒店的安保系统，发现夜间套房附近十分松懈，终于趁着一个月黑风高的日子，泡到自己心心念念的温泉，结果人刚跳下去，就与水里的谢芝不期而遇，我们俩吓得瑟瑟发抖，同时尖叫，又同时机智地捂住了对方的嘴。然后，革命友谊就此结下，因为谢芝同我一样，也是偷跑过来享受的。

她是客服部的，仗着表姐是客房部经理，比我更大胆，也比我更了解总统套房的结构以及开放情况，偶尔夜里值班无聊，便会拉我偷跑去泡温泉。次数多了，我俩胆子越来越大，一般谢芝负责带酒，我负责带下酒菜，简直跟开派对似的，又刺激又好玩。

我将鞋子放在墙外，一个起跳，赤脚爬上一米多高的青砖围墙。总统套房临山而建，整体结构效仿古式园林，庭院内一草一木，皆是匠心独运，白天望去，极具艺术感，至于夜晚……实在是非常适合干坏事。

我刚爬进去，便见谢美女坐在庭院内的石凳上独自畅饮。夜下看美人，越看越漂亮，谢美女天然的一张瓜子脸，妆容精致，唇色鲜艳，真是十分销魂。

我来了兴致，忍不住走过去托起美人的下巴，学起登徒浪子："美人啊美人，为何独自在此处饮酒，可要本公子……"

谁知我还未说完话，便被谢芝捂住嘴巴："你小声点，今天总统套房有客人。"

我的小腿一抖，差点没给这姑奶奶跪下，降低了音调，咬牙切齿："有客人你还敢约我，你疯了！"说罢，转身便要爬墙出去，我可不像这姑娘有个表姐保驾护航，我一个后厨切菜的，小命随时别在裤腰带上，阿宝那头的债，还指望我这个月的工资呢。

"小花，我失恋了。"身后，谢芝撇撇嘴，微弱的声音听上去跟猫似的，可怜极了。

我脚步顿住，天大地大，貌似失恋最大，一时心软，还是没忍住回了头。

"失恋了还被逼着值班，都是我表姐，非逼着我担任套房管家，说什么要在新老板面前留个好印象，我留什么啊，我……"见谢芝情绪越发激动，声调越来越高，我赶紧捂住她的嘴，瞪了她一眼。

谢芝领悟，冲我点头，我才放开她，我们俩轻手轻脚地在温泉边坐下，我指着庭院内的套房："睡了没？"

"喝醉了，被他助理扶着进来的。一个小时前让我送了一份醒酒汤，喝完后，睡得可沉了，不然我也不会约你。”谢芝一字一句悄声说着。

我拍拍胸脯，这种做贼心虚的感觉，实在是……太刺激了！

我们俩偷笑。

“这个就是最近传的，要收购咱们酒店的新老板？”

“嗯，脸帅腿长，今天客服部的妹子们都疯了，没事儿的都往这边蹭，还有人私下找我偷拍照片。”

“肯定比不上我家曾总监。”

“脸不相上下，腿比曾总监长，目测有一米九，就是太瘦了，感觉风都能吹倒似的。”

“我不喜欢竹竿子。”

“嘁，你还睡不上人家呢，人家稀罕你喜欢啊？”

我撇嘴，将站立了一天的脚丫子轻轻放进温泉水里，十分享受。谢芝又往我的高脚杯里掺了一点红酒。

“小花，这回我男朋友真跟我分手了，是他甩的我。你也知道，我们俩本来都快谈婚论嫁了，突然来这么一遭，我挺受不了的。”

“你不是不喜欢他吗？当初是他先追的你呀，你还不乐意。”

“可我现在不都习惯了吗？以后要是没有他在我身边，我想着心里就空空的，总觉得缺了一块。”

我摸了摸自己的胸口。

在我最恐慌的那段日子，我也以为我一生都离不开秦墨，可是快三年了，我好像终于也熬过来了。

“我说我心里空，你摸你胸口干什么？”

“我摸摸曾总监还在不在这里。今天迟到了，被罚打扫厨房，那么大块地方，全是我一个人弄的，累死了。”

谢芝捂嘴乐。

我们俩聊得兴起，没有看见不知何时主人房的灯已经亮起，直到有脚步声传来，靠近庭院的最后一扇落地窗被人推开。谢芝大吃一惊，眼见无处可躲，突然死死地将我按入水里。

“秦先生。”

我在水里憋气，只模模糊糊听见一点声音。

“我想泡澡，单独！”

“可您晚上喝了酒，恐怕不适合……”

我当然听不清楚两个人说了些什么，只盼着谢芝赶紧将人请进去，否则我真的要在水里憋死了。

我捂着鼻子，跟自己数数，不知道数到多少，脑中渐渐开始缺氧。

晕眩之际，最终还是依着本能猛地浮出水面，偏偏没有踩稳脚下的鹅卵石，我一个趔趄，撞上一堵肉墙。

一时泳池里水花四溅，月色之下，朦胧中一具白花花的男性肉体映入眼帘。我大口喘气，还未来得及感叹这具肉体兼具的力量与色泽之美，已经被一句话当场怔在原地。

“萌萌。”亮晶晶的水光里，秦墨喃喃，宛如梦呓。

我觉得我最近一定是太累了，在做梦，可是秦墨那张脸近在咫尺，跟记忆里一模一样，高贵、奢华，依然该死地带着点不容侵犯的禁欲劲儿，我就傻了。

苍天可鉴，我压根儿就没做好偶遇秦墨的准备。这么多年，我像一只鸵鸟一样把自己埋在宝妈跟阿宝身边，虽然也曾幻想过某天要碾压各路大神，耀武扬威地重新回到那个圈子，狠狠打周嘉怡的脸，然后将秦墨奚落一番，告诉他当初是多么有眼无珠，让他后悔去。可幻想毕竟是幻想，离现实岂止相差十万八千里。我现在负债累累，跟以前混吃等死的状态没什么两样。

如果人生也有正负之分，那我现在妥妥的是个负数……

“萌萌……”秦墨的表情痴呆，隐约还带着几分醉意，伸出修长的手指，想要触摸我的脸。

我想也没想，一拳给他揍过去了。

谢芝这妞听到动静，跑进来一看，跟个二傻子似的瞅着晕在水里的秦墨。

老实说，我也没想过三年后的秦墨这么经不住揍，居然被我一拳给揍趴下了。

“你……你你你杀人了？”谢芝指着我，嘴唇直哆嗦。

“没死！别慌。”我气喘吁吁地将秦墨拖上岸，探了探他的鼻息，琢磨着这家伙估计是喝醉了，才会这么容易被我拿下，顿时也没啥愧疚之心，“你善后，我得走了。”

然后没等谢芝说话，我浑身湿淋淋地落荒而逃。

一回到宿舍我就开始收拾东西，想也没想，当晚便回到影视城。一整个晚上我都睡不着，脑子里反反复复全是秦墨那张该死的脸。第二天醒来整个被角都是湿的，我顺手给了自己一巴掌，觉得自己忒没出息，这么多年了，居然还是伤心。

宝妈大清早见着我跟见了鬼似的，问我怎么了。我说我请假回来解决阿宝的事，宝妈也就没起疑。

林皓发微信问我，为啥没去上早班，幸好今天总监不在，可无故旷工，大家都看着呢，我的工资肯定扣定了。

我没理他。

彼时，我懒洋洋地在铺子对面的林荫树下跟阿宝一起喂流浪猫，琢磨着酒店估计是不能回去了。依着谢芝的信息，秦墨那厮估计极有可能就是酒店的新老板，我才没有那么缺心眼儿，跑去给他打工。

阿宝傻，但十分敏感，睁着黑不溜秋的眼睛瞅我："阿花不开心？有人欺负阿花？"

"没有。"我摸摸阿宝的头，想了想，"阿宝，要是真的有人欺负我，怎么办？"

"阿宝会保护阿花的！"阿宝有些急，却一脸信誓旦旦。

我搂过阿宝的肩，跟他比画，以后遇到一个个子高的，长得跟竹竿子似的，摆着臭脸不会笑的哥哥，就是欺负阿花的人。阿宝要揍他，使劲儿揍，千万别手下留情。

阿宝握着拳头，好似已经见着那人，郑重地点点头。

我便乐了。

中午，魏雅昕跟一帮群演来店里喝粥，我问她陆菲菲那边怎么样了，能善了不，不行我跟宝妈赶紧撤，不然等人报警了想跑都来不及。

"花姐你今儿火气挺大的啊。"魏雅昕听得直乐，"陆菲菲那边暂时还没啥反应。不过我听一个副导演说，陆菲菲伤得不重，估计也就休息几天的工夫，没破相。"

宝妈谢天谢地，给魏雅昕那桌多送了两个小菜。

正说着陆菲菲的事儿呢，中途接了一个陌生电话，对方自称是陆菲菲的经纪人 Sunny。

我按着对话筒，偷偷问雅昕陆菲菲是不是有个叫 Sunny 的经纪人，雅欣点头。

我一惊，觉得对方很有可能是来谈赔偿的事儿的，顿时有几分忐忑。

谁知对方十分客气，说陆大明星听说阿宝是傻的，很是同情，当场掉了几滴眼泪，也就不打算起诉阿宝了，但是对外，希望我们能配合这次新闻的宣传，具体的信息，下午跟我见面谈。

我觉得奇怪，挂上电话就同雅昕跟宝妈商量。

宝妈一听不用赔钱，乐得跟什么似的，一口答应下来："配合，咱肯定配合，只要不赔钱就行！"

雅昕毕竟算是半个圈内人，闻言皱了皱眉："陆菲菲拍戏受伤的事情这两天上了各大头条，她的经纪人把她捂得严严实实的，谁都不知道伤势的具体情况，估计又想借机炒作。"

"那也没办法，我们现在是过失方，只能任人宰割。"我摊手，叹口气。

"我下午有戏，可能不能陪你去见经纪人了。"雅昕不好意思。

我摆摆手，表示没关系。

没想到 Sunny 直接将我约去了陆菲菲的公寓，我仔细看了看陆菲菲的脸，看不出什么异样，除了脖子处贴了一点绷带，我都搞不明白她到底伤的是脸还是脖子，明明魏雅昕当时说那份粥洒在了陆菲菲的脸上。

"看够了没有！"陆大明星抱着手臂，有些不满地说，又不耐烦地冲对面看起来比她沉稳得多的经纪人说："Sunny，听说他们一个叫阿宝，一个叫阿花，这个叫阿花的，智商真的没问题？"

我努力忍住想揍人的冲动，为了钱包，我忍。

幸好 Sunny 还算客气，她扶了扶鼻梁上的镜框："不好意思，菲菲说话就是这样的，不大讨人喜欢。"

"没关系，我从来不大跟这种人计较。"我笑眯眯。

陆菲菲瞪着我，想要说话，被 Sunny 拦住了。

陆菲菲只好起身，去厨房给自己接了一杯冰水。

"菲菲就是这个脾气，你别放在心上。"Sunny 笑得很勉强，"这次事故，菲菲是受害方，你别看她的脸没事，但脖子上的伤，医生说估计要半个月才能完全休养好，因为这个，我们菲菲还丢掉了最新的护肤品代言。"

“可听现场的人说，阿宝的粥是洒在了陆菲菲的脸上，怎么变成脖子了？”我不解。

Sunny 咳了咳，有些不自在：“不管伤在哪里，我们都不需要你们做出相应的赔偿。”她大方道，转而又变了语气，“但是为了给公众一个解释，我们还是要做一份相应说明。这是说明以及合约内容，你可以先看看。”说着，推了几张纸过来。

我大致扫了一眼合约的内容，脸色渐渐变了：“你们要阿宝公开跟你们演戏？”

合约里，对方要求阿宝公开向陆菲菲道歉，而陆菲菲大方接受，也会上演一幕大明星不与唐氏综合症患者计较，不仅原谅对方，还亲切慰问患者家属的和谐画面。

“怎么能算演戏呢，我们都不计较菲菲脖子上的伤了。”

“首先，阿宝智商有限，就是因为这样，我跟宝妈绝对不会同意他出现在任何媒体上；其次，你们想拿这件事炒作，提高陆菲菲的公众形象可以，但是请不要演得那么恶心！”我气得站了起来，此事一旦上了电视，阿宝一定会出现在公众的视野里。先不说阿宝受不受得了那么多台摄像机，到时候全国都知道阿宝是个傻子，随之而来就是所有人或嘲笑或同情的眼光，我和宝妈绝对不能忍受。

“苏小姐，你不要激动。说实话，出了这么大的事，也请你理解我们菲菲的立场，丢掉代言、戏份暂时搁置，公司的损失大到你难以想象。如果阿宝肯配合，我们倒是能一起把这件坏事变成好事，你看呢？”

“别跟我说些有的没的，你们想要炒作可以，随便你们怎么炒，可是要把阿宝拖下水，不可能！”我气得火冒三丈。

“我说你这人轴不轴，不就让那个傻子上一下电视吗，多少人想上还上不了呢！”陆菲菲大步走过来，脸色难看，一副别给脸不要脸的施舍样。

我都气笑了：“陆小姐，阿宝被人绊倒将粥洒在您的脸上，非常抱歉，我给您鞠一躬，可我们家真没义务配合您提升您那高高在上的公众形象！”

“你……”陆菲菲气得胸脯起伏，说实话，越发显得人家波涛汹涌了。

她的经纪人却十分淡定，我看见她拉了拉嘴角，露出十分公式化的微笑：“如果你们坚持不配合的话，那我们只有走法律程序，你弟弟恐怕要为这件事承担一定的经济赔偿。”

“赔就赔！”我头也不回地说，砰的一声关上门。

一进电梯我就怂了，照陆菲菲经纪人的说法，如果陆菲菲真的因此丢掉代言，那显然我跟宝妈是无论如何都赔偿不起的，可我也不愿阿宝上电视，扮演一个令人同情的弱者，用以反衬对方的“善良”。

我抓了一把自己的头发，有些垂头丧气地走到不远处的公交站。

“被你这张乌鸦嘴说中了，陆菲菲的经纪人就是想拿这件事炒作。”等公交车的空隙，我忍不住给魏雅昕这妞发微信。

“怎么个炒法？”雅昕很快回复我。

“让阿宝配合她上镜演戏，衬托陆小姐的善良、大方。”

“什么？就阿宝那样的，真上了电视，阿宝估计方寸大乱。”

“是啊，阿宝怎么受得了那么多摄像机对着他，到时候肯定出问题。”

“陆菲菲那个经纪人是出了名的手段高超，基本上微博一黑陆菲菲，她就缺啥补啥。上次有粉丝黑陆菲菲逼格太低，她立马让陆菲菲拍了一部文艺片，也就是个女三号的角色，可人家就是好意思去蹭红毯。估计最近有人扒陆菲菲人品不好吧，才想着借阿宝来演这么一出。”

“所以我立马拒绝了，不想阿宝上电视出洋相。但是她的经纪人威胁我，如果不答应就只能经济赔偿了。”

“这么贱……”雅昕发来一个气愤的表情。

“不跟你说了，我等公车呢，晚上聊。”

打完最后一个字，我顺手想去摸钱包，准备待会儿上车刷卡，结果下一秒就忍不住给自己一巴掌，我的包好像忘在陆菲菲那儿了！

晴天霹雳！

我正想着该怎么厚脸皮地去将包拿回来，毕竟刚才那样不欢而散。

一阵风刮来，我下意识抬头望过去。

暮色四合，七月的夕阳已缓缓散尽最后一缕余晖，周遭的街灯一盏一盏逐渐亮起，光线其实并不好，但是我还是一眼看见那辆拉风的宝蓝色跑车里的梁子帆。

他静静地停在那里，透过摇下来的车窗看向我。

那是三年后，我第一次与他对视。

虽然在此之前，我已经在医院远距离地看过这个老熟人一眼，但是怎么说呢，梁子帆此刻给我的感觉始终不一样。在我的记忆里，这个小我三岁的少年是那个跟在我屁股后面“小姐姐、小姐姐”叫得很甜的小正太，是慢慢长大青春期叛逆的男孩，是知道我真实身份后整天嘲笑我给我取“小凰鸡”外号的少年，是我伤心难过的时候一边打击我一边安慰我的男闺蜜。

而三年后的梁子帆退去了记忆里所有的青涩、幼稚、张狂，他坐在副驾驶里，就那样静静地看着我，仿佛忘了要动。琥珀色的眸子明亮得宛如夜里最漂亮的星星，然后那些星星起了雾，染了尘，我看见他的眼眶一点一点地红了起来……

梁子帆可能要哭了。

这个认知让我讶然，虽然他这样大刺刺地出现在我面前，令我措手不及，可是此刻我还是下意识地避开了梁子帆称得上忧伤的目光。

该怎样去避免这场尴尬的相识？

我思考着的时候，跑车门被人推开，梁子帆大步走到我面前，他的喉咙好似被人掐住，良久才试探着叫我：“赵……赵萌萌！”肯定句。

我心里咯噔一下，良久，还是鼓起勇气同他演戏：“你叫我？你是不是认错人了？我叫苏小花。”

就像事先排练过很多遍那样，我无数次想过，如果与当初的那些人偶遇，该怎样表现得自然一点，让他们知道，赵萌萌已经是死去的人，活着的只有一个苏小花，同那个圈子没有半点关系的苏小花。

“我不信！”好吧，梁子帆依然是那个缠人的正太属性，我刚刚怎么会觉得他长大了，挺像个男人的？真是错觉。

“你可以看我的身份证，我有名有姓，真的叫苏小花。”我一边说着，一边习惯性去掏自己的包，这才发现刚才忘了拿包，只好抓了抓头发，“身份证好像忘包里了。不过最近真的很奇怪，老有人把我认错，可能长了一张大众脸吧。”

“你说的是这个包？”梁子帆随手从副驾驶拿出我那个破破烂烂的帆布包，递过来，我都惊了，不知道陆菲菲家里的包怎么会突然跑到梁子帆手上了。

“真是谢谢梁先生了。”我赶紧把包拿过来，客气道，“刚才忘了拿，差点连坐公车的钱都没有呢！”附上一个大大的笑脸。

“身份证，不是让我看身份证吗？”这小子步步紧逼，面无表情。

幸好我准备充足，宝妈当初帮我办身份证的时候，可是花了大价钱的，“苏小花”这个人物几乎没有任何破绽，我赶紧将包里的身份证取出，递给梁子帆：“喏，这是我的身份证，我是四川人。”

梁子帆拿在手上看了很多遍，一会儿看看我，一会儿看看身份证上的人，显然半信半疑，为了缓解尴尬，我只好在一旁“尬聊”：“其实身份证也跟我不像，显胖，我真人其实还是挺瘦的，是吧，梁先生。”

“你怎么知道我姓梁？”

“哈哈，您不是跟我开玩笑吧，全中国谁不知道您姓梁啊？梁先生，我可喜欢您的歌了，那什么，能跟您拍张合照吗？我……我真的好喜欢您！”一边说着，一边跟个花痴一样去挽他的胳膊。

如我所料，梁子帆推开了我，神情带出一丝厌恶，然后他一句话没说，转身上了那辆跑车。

演戏演全套，我屁颠儿屁颠儿跑去扒着车门，肉麻兮兮地说：“梁先生，梁子帆，我真的很喜欢你，咱俩拍一张呗，老公！”

梁子帆升上车窗，最后看我一眼，那一眼颇为复杂，我没有读懂，他最终绝尘而去。

我呆呆地站了一会儿，有些郁闷地踢了踢面前的石子儿。

看来我得跟雅昕那妞八卦一下，梁子帆确实跟陆菲菲有一腿，不然他怎么会有我的包。

回去后，店里在忙，宝妈来不及问我下午的事儿，等到半夜烧烤摊收摊的时候才紧张地问我：“你怎么一晚上心不在焉，那个姓陆的明星是不是变卦了，还是要咱赔钱？”

“她想借阿宝炒作，到时候阿宝肯定得上电视，你也知道，阿宝胆子小……”我有些犹豫地说。

宝妈叹了口气，看了一旁正兴冲冲拿着剩食儿去喂流浪狗的阿宝一眼，下定决心：“不行，我不能让阿宝上新闻！”

我与宝妈虽然统一战线，然而拿出存折凑钱，又实在捉襟见肘，只能各自叹气，一夜辗转难眠。

陆菲菲那头行动迅速，隔天我们便收到以她的名义发来的律师函。陆菲菲的伤势不严重，但因为此事丢掉的广告代言却实在是一笔巨款。

宝妈看到要求我们赔偿的数字，差点儿没当场晕过去。

我只能不停地安抚她老人家，我们当然不会坐以待毙，任人宰割，陆菲菲的要求显然不合理，逼急了咱们也可以打官司，又不是只有陆菲菲有律师。可私下里，雅昕又让我做好心理准备，陆菲菲的经纪人在圈子里是出了名的难搞，惹上她，不死也要脱层皮。

我一时焦头烂额。

一连三天我都没有去酒店上班，林皓在那头不停地提醒我，曾总监的怒火已经难以扑灭，若我再不出现，只能打包滚蛋了。我内心天人交战，毕竟那晚的事情，林皓在微信里丝毫不曾提起，谢芝这妞也是风平浪静，没有半点消息。如今宝妈与阿宝正缺钱，酒店的薪资实在让我难以割舍。

我试探着跟谢芝打了一个电话，被毫不留情地一通数落："你还好意思给我打电话，苏小花，有你这么不讲义气的人吗？三更半夜的，扔下我一个人……"噼里啪啦，简直跟放鞭炮似的。

我有苦难言，不停地跟她道歉，末了才小心翼翼地问："那你……有没有事？"

"你就烧高香吧，幸好新老板是真的喝醉了，以为自个儿做梦呢！我多机灵啊，当然打死也不承认有人来过，这才糊弄过去。"谢芝一副劫后余生的语气。

我呼出一口气，心终于慢慢放下，那样一场大地震，只怕我在秦墨心中已经是个死人，他当然以为自己做梦。

然而，不知为何心里忽然一阵空落。

略略思索一番，我还是厚着脸皮，准备回酒店正式辞职，至少将工资拿到手再走人。

总监办公室里，曾旭拧起好看的眉，对着我的辞职报告，半天没有吭声，不知道是不是因为屋内中央空调开得太低的缘故，我莫名其妙地打了个寒战。

然后我听见对面曾旭比气温还要低上几度的声音，他缓缓说：“苏小花，不知好歹的人我见得多了，像你这样不知好歹的，我真是头一回领教！”声音极为讽刺。

我抖了抖，身体哆嗦了一下，我知道他指的是什么。当初经人介绍，我好不容易才有进入酒店面试的机会，可是此前我没有任何厨艺方面的学习经验，连一张基本的学业证都没有，如果不是我死皮赖脸，缠了曾旭整整半个月，我根本连进入后厨的机会都不会有。

说起来，我是曾旭破格录取的。而整个后厨里，敢厚着脸皮明目张胆喊曾旭一声“师傅”的，只有我。

可曾旭此刻的口气实在让人难堪，我到底不服气：“怎么不识好歹了，我当初应聘的并不是菜墩子的活啊！我多相信您，您让我刷碗我就刷碗，让我擦地我就擦地，一待就是半年。可这半年，我一道菜都没学过！”说着说着，便很有几分委屈，脚趾头下意识抠着地板，大约最近压力又十分巨大，居然隐隐带着哭腔。

我摸了一下眼睛，自己也十分惊讶，这样一点打击，居然开始抹眼泪。

可曾总监压根儿就不吃这一套，他猛地拍了一下桌子，忽然将整个辞职报告扔在我面前，语气更加恶劣：“你早说你吃不下这份苦，我也不必白费心思让你进来，要走趁早走，滚吧！”

我心里难受极了，觉得曾旭十分可恶，一点情面都不留，一时又觉得分明是自己自作自受，根本解释不出自己辞职的真正原因。我的眼泪噼里啪啦往下掉，到底没有忍住，捡起那份辞职报告，跑出办公室。

林皓躲在后厨花园抽烟，刚好瞅见我，想也不想，灭了烟头追上来。

“苏小花……小花！”林皓几步追上我，“你怎么了？”

我很久没有这样哭过，其实想想也不全是因为曾旭的态度。这几日，我的生活好似突然被人掐住脖子，一方面被陆菲菲那头步步紧逼，愁得不知如好是好；另一方面，上次又差点被梁子帆认出，偏偏我谁都不能告诉。此刻被曾旭这般一激，仿佛终于到达临界点，忍不住崩溃。

“你别只晓得哭啊，怎么回事儿啊，挨骂了？你又不是不知道总监那臭脾气，你旷工三天，一声招呼都不打，骂你几句都是轻的了。要是我们哥几个，总监能一脚踹过来，直接开除了，你信不？”

我抽噎了两声，心想你知道个屁，曾旭那个混蛋，已经让我滚了！

“不是真被开除了吧？”见我的反应，林皓终于变了脸色，措辞小心翼翼。

“我辞职了。”我吸了口气，终于说出一句完整的话。

林皓的眼睛瞪圆了。

他是知道当初我有多死皮赖脸、不肯罢休地追着曾旭要求酒店录取我的。

“不是……你怎么想的？怎么回事儿啊！”

我断断续续将阿宝的事情说了。

“这娘们，忒过分了，不就是一点伤吗，还得理不饶人了！”末了林皓总结。

“反正现在家里一团乱，我都不知道自己会不会倾家荡产。上班是肯定不能了，我还是趁早辞职得了。”

林皓便有些唏嘘，讷讷地说：“那也犯不上非得辞职啊，总监什么态度？”

想到这个我就来气，哼了一声：“他让我滚！”

林皓：“……”

最后林皓也说不出啥，当了一回搬运工，将我宿舍里的东西全搬出来了。

走之前，我回头看了一眼这个工作了半年的地方，颇有点依依不舍的情绪。说起来，这也算是我人生中第一份正儿八经的工作，要不是因为秦墨，我也不一定非要辞职。

秦墨，秦墨……

想起这两个字，我的心脏便一抽一抽的——那是疼！

我永远忘不掉秦墨那时抱着周嘉怡从人群中逃出来，他们头顶的星空那样明亮，闪耀得让我想立刻瞎掉。

有时候，我宁愿像那些狗血电视剧那样来个大失忆便好了。

第六章 / 我没有办法原谅你

//

♥

宝妈见我拖着行李回来，神色了然，也没说什么，一边擦桌子，一边提起另一件事："下午有客人话里话外跟我打听咱家的情况，我听这口气总往你身上扯，估计是来打听你的。"

我握着的手指紧了紧，脸色隐隐发白。

宝妈瞅了我一眼，补充："被我三言两语打发走了，就是不知道对方会不会较真，跑去四川老家查。"

苏小花其实不是人名儿。地震那天，阿宝的狗慌乱中被压在墙底下，阿宝舍不得，又傻，没有空理会余震，冒着生命危险徒手翻找了两天两夜。他当然没有找出那条狗，而是翻出了奄奄一息的我。宝妈见我还有一口气，便骗阿宝说，这是他的狗，只是经历了地震，变身了。

阿宝信了，所以我成了阿花，代替了阿宝那只狗。

严格意义上来说，阿花是一条狗的名字。

我羡慕那条狗，它有对它不离不弃的阿宝。

我没说话，默默地回屋里收拾从宿舍带回来的行李。

晚间收摊的时候我忍不住问："宝妈，咱们还要在这儿待多久？找了两年，阿宝的爸爸好像也不在这儿。"

宝妈深深地看了我一眼，看得我心底发虚，良久才颇为冷淡地问："找来了？"

我垂下头，觉得宝妈有时候挺睿智的，我那点儿小心思在她老人家面前根本不值一提。

"哼！我就知道。"宝妈将没有卖完的烤串用保鲜膜包好，端进店内，"我早知道会有这么一天，你说当初收留你干什么！我就是可怜我们家阿宝，你要走了，这傻小子不知道怎么哭呢！"

“我不走！当初答应您的，帮您照顾阿宝一辈子！”

坐在门槛上埋头吃烤串的阿宝似乎听见我们提起他，抬头望了我一眼。这傻子吃得满嘴冒油，冲我憨笑。我坐过去，拿起纸巾给阿宝擦了擦嘴。

“得了吧！”宝妈将东西放进冷藏柜，“你要是真心对我们家阿宝好，你就跟他去扯证。我说了，只要你跟阿宝结婚，我就信你，我立刻就带你和阿宝走，不然你还是哪儿来的回哪儿去，我们家可供不起您这尊大佛。”

宝妈一直担心她死后没人照顾阿宝，于是费尽心机地想找到阿宝的亲生父亲。当初捡到我，一半是阿宝扔不下我；一半是看我年轻，要是能跟阿宝结婚，阿宝下半辈子也算有人管了。

“我把阿宝当弟弟，亲的！”我摸了摸阿宝的头，肯定地道。

宝妈哼了一声，不大满意。

唯有阿宝一人傻乐：“弟弟，阿宝是阿花的弟弟。”

“傻子！那是你娘给你捡的媳妇！”宝妈不服气，教训阿宝。

阿宝就迷糊了，抓着头发一副不知道该怎么办的样子。

“走，阿宝，咱们进屋洗手。”我转移了阿宝的注意力。

宝妈不愿意走，我当然也不可能就此一走了之。

然而陆菲菲的经纪人着实难缠，第二天来的，再也不是一封简单的律师函，她的经纪人亲自驾到，颇有些不屑地扫了一眼烤串店，盛气凌人地问：“怎么样？考虑清楚了吗？”显然觉得以我们的经济实力，唯有走她们建议的那一条路。

要搁我以前的脾气，立马就会上去削她，可还没等我动手，一向与人为善的宝妈突然抄起扫帚，想都没想朝着一身名牌的 Sunny 挥舞了过去。那架势，啧啧，不愧是四川大妈，我都惊呆了。

Sunny 大约没经历过这般泼辣的手段，披头散发地被宝妈赶出了烧烤店，临走前双眼喷火，显然被宝妈气得不轻："咱们走着瞧！"

"我呸！"宝妈叉腰唾了一口，"给我赶紧滚！"

回头望见一脸呆样的我，没好气道："愣着干什么，不做生意了？"

"宝妈，你就这么把人赶出去了？"我十分佩服她的勇气，可是想起雅昕私下里跟我说的话，又隐隐担心这事儿恐怕会越闹越大。

"不是你说的吗，就只能她明星有律师？咱们也请一个律师！我就不信了，还没地方说理了！"

显然，我大约安抚宝妈安抚得过了头，才让她老人家有这等自信，觉得可以与陆菲菲的精英律师团抗衡。

可愁死我了！

然而今天可能不是什么好日子，我总觉得有几分心神不宁，右眼皮不停地跳动。跟神神道道的宝妈混久了，总有几分迷信，我隐约觉得今天的倒霉事儿肯定没完。

梁子帆有些烧包地摘下他那副墨镜的时候，我的右眼皮终于停止跳动，今天这最大的倒霉事儿终于砸下来了。幸好是中午，店里还没有客人，我愣了好一会儿才想起要扮演花痴，立刻朝梁子帆花蝴蝶般扑了上去："梁先生，您来跟我合照吗？"

梁子帆的俊脸抽了抽，过了好一会儿，他才冲我意味深长地笑了笑："不是，我来喝粥。"

我有点摸不清楚梁子帆的来意，这小子向来是个直肠子，说话做事几乎从来不会拐弯抹角，这样大大咧咧地找上门，不知道是什么意思。

"梁先生想喝什么粥？"我只好笑眯眯地见招拆招。

"饿死我了，花姐，我要吃炒河粉！"魏雅昕人未到，声先到，扒着门框气喘吁吁，等看清铺子里的人，揉了揉眼睛，"青天白日的，我见鬼了？”

虽然是七月的尾巴，天气燥热得不像话，但雅昕说完这话，空气分明冷了几度。

梁子帆终于分了一点眼神给门口的魏雅昕，只一眼，两个人的目光在空气中噼里啪啦、火花四溅，分明是仇人见面分外眼红的模样。我想起前几天我给出的馊主意，一时担心梁子帆看出端倪，立刻请他坐下：“这里有菜单，梁先生可以看看吃什么？”

我一时情急，差点忘了梁子帆有洁癖，这种烧烤店通常干净不到哪里去。果然，对着油腻的餐桌和报纸一样的菜单，梁子帆微微蹙了蹙眉头。

我心里乐了，小样儿的，姐姐还治不了你？面上却是一派真诚的花痴状。

“啧啧！今天是哪里刮来的风，把咱们大歌星给刮来了。花姐，你还不赶紧拍照合影，裱到门口，咱们‘宝妈烧烤’估计要火了！”魏雅昕向来自来熟，也不用招呼，很快挑了一张桌子坐下，开了一瓶汽水，阴阳怪气地说。

“老板娘！”梁子帆高声向宝妈招手，我突然意识到他要做什么。果然，梁子帆看了隔壁桌的魏雅昕一眼，朝赶来的宝妈说，“我吃饭习惯包场，麻烦你把闲杂人等清理出去。”

我忍不住扶额，魏雅昕气得拍桌子。

宝妈还愣着，估计是没见过梁子帆这般气势的，有些结巴：“那清场费……”

好吧，宝妈果然只认钱。

梁子帆笑眯眯地说：“两万够吗？”

宝妈浑身都酥了，两万？那是铺子半个月的营业额。

我瞅着宝妈就要答应，突然来了脾气：“梁子帆！”差点没忍住朝他后脑勺拍去，好在手掌停在半空中，忍住了。

熟悉的语调让我跟梁子帆都怔了怔。

我很快反应过来，又换上一副狗腿样儿：“梁先生，铺子小，没有包场的说法。我们做的都是熟客生意，魏小姐是老熟人了，不好得罪。您如果实在不乐意一同用餐，要不然您挪个地儿？”

梁子帆用他那双琥珀色的眼睛瞅着我，有些迷惘，又有些不可置信，仿佛不相信我在赶他。

倒是宝妈不停地在身后挠我，显然觉得我是脑子抽筋了，有钱不挣。唯有魏雅昕这小妞挺感动的，扬扬得意地看着梁子帆。

彼此的目光在空气里交会，良久，梁子帆终于妥协，他懒洋洋地靠着桌子，仿佛也不嫌脏了，单手撑着好看的面颊，一双桃花眼似笑非笑：“行，依你，谁教你长得像赵萌萌呢！”

我心里咯噔一下，觉得梁子帆话中有话。

“梁先生看看点什么菜吧？”吃完赶紧滚！这小子，几年不见，练出来了。

我心里七上八下，不知道这小子打的什么主意，又知道多少。

梁子帆随手点了一份粥并两道小菜，全程一眨不眨地盯着我，配着他那双魅力十足的桃花眼，要是换个女人，估计能当场拜倒在他的牛仔裤下。可我只觉得毛骨悚然，背后好似还在冒冷汗，总觉得这小子已经看出了什么。

点完菜我便躲瘟神似的立刻往厨房走，偏偏魏雅昕凑过来跟我八卦：“赵萌萌是谁？”

“喝你的汽水吧！”我没好气地就着菜单拍她脑袋。

“我前女友。”身后，梁子帆轻描淡写地答。

我脚上一个趔趄，差点摔跤，幸好魏雅昕眼疾手快，扶了我一把。

我回头不可思议地看向梁子帆，那个家伙吊儿郎当地看着我，仿佛我的失态愉悦了他，配上那张该死的俊脸，真是怎么看怎么欠扁啊。

我赵萌萌什么时候成了他梁子帆的前女友？

我默念着“我是苏小花，我是苏小花”，控制住了想要揍一顿这个张嘴胡说八道的家伙的想法，转身去厨房煲粥了。

宝妈终于从金钱的诱惑中冷静下来，黑着脸来厨房问我：“这个就是你说的对你始乱终弃，连孩子都不要的男人？”

当初宝妈被骗，生下残障的阿宝，这是她一生的心病。她对始乱终弃的男人格外痛恨，因此问这句话的时候，是提着菜刀的。

虽然我也挺想一刀朝梁子帆那张欠扁的嘴巴劈过去，可想想当年梁子帆被我招之即来，随传随到，还是很贴心的，便也放下这等念头，替他伸冤：“哪儿能啊，就是一个比我小的弟弟，他比我小三岁呢！”

宝妈放下菜刀，揉着胸口，万分心痛状：“要死了，败家子！两万啊，清清场就两万，你让魏雅昕那个丫头改天来不成啊！”

梁子帆最后到底没有喝成粥。他太招摇了，忘记影视城这里也是游客聚集地，以他如今的人气很快被游客包围。幸好这人也不完全傻，经纪人跟保镖就在附近，倒是很快赶来救场。

望着梁子帆跟猴一样被保镖架出去，我忍不住得意地朝他挥挥手，只希望这尊瘟神再也不要大驾光临。宝妈却很懂商机，立刻招呼粉丝坐下，将她擅长的报菜名又表演了一遍。

雅昕的脑袋凑上来，眯着眼缝瞅我，意有所指：“有猫腻！”

我翻了个白眼，懒得搭理她。

本以为至此，梁子帆好歹应该消停几天，然而我大大低估了此人厚脸皮的程度。一连几天，梁子帆都能挑着店里人少的空隙前来，往往说些不着边际的话，每每提及赵萌萌，便以前女友称呼，回忆往昔，全是他与赵萌萌不可不说的甜蜜时光。

我实在忍无可忍，魏雅昕却一反常态，居然与此人化解恩怨，听他讲与赵萌萌的故事听得津津有味，就差拿把瓜子嗑上了。

“所以，你的第一张专辑也是为了纪念那个赵萌萌？她是你的初恋吗？好感人啊！”这妞双手托腮，感动得两眼泪汪汪。

是夜，已近凌晨，影视城终于退去白日的喧嚣。我清理客人的残羹冷炙，阿宝抱着剩余的烤串去喂附近的野狗，铺子里只剩梁子帆与魏雅昕，而魏雅昕不愧是个演员，泪腺异常发达，三言两语便被梁子帆的“爱情故事”感动得稀里哗啦，视线还若有若无向我瞟来。大约在梁子帆的叙述里，我完全就是那个跟他闹别扭生气不肯相认的“前女友”。

我终于忍不下去了，扔下手中的桌帕，叉腰冲梁子帆勾了勾手指：“你！跟我过来！”再让他这么编下去，我赵萌萌简直都快成了翻脸不认人的渣女了。

到底谁是花心大萝卜，对着胸大的女人就没原则的下半身思考的动物啊！

梁子帆终于抬头看我，一双眼睛衬着影视城的夜色亮得惊人。他依旧是十分简洁的打扮，白T恤衫搭配宽松洗旧牛仔裤，黑色运动鞋，浅棕色的凌乱刘海下是精致分明的五官，鼻梁弧度优美，嘴唇非常薄，带着自然的红润色泽，一双狭长的眼睛看人的时候，莫名会有迷人的感觉。

我的心跳突然就漏了半拍。不知道为什么，三年后的梁子帆给我的感觉再也不是那个跟在我屁股后面的男闺蜜，倒是有种说不清、辨不明的异样感。

我赶紧收回心神，示意梁子帆跟我走到不远处的大树下。

影视城也算百年历史文化老城，体积硕大的树木随处可见。夜里，凉风习习，吹得头顶树叶沙沙作响。

我深吸了一口气，打算跟梁子帆好好谈谈：“梁先生，你到底想怎么样？”

梁子帆笑了一声，有些轻松地靠着身后的梧桐树。他身材高挑，体型纤瘦，明明是十分随意的动作，偏偏比那些杂志上的模特都要好看一万倍。他微微扬唇，笑得很懒散：“不怎么样？只是看见你就想起我的前女友，想着多看几眼。”

又来了，我心中一万匹马奔过，此刻却不得不以苏小花的身份同他继续演戏：“梁先生对前女友的思念真是感天动地啊。”

“前女友”三个字几乎是从齿缝里挤出来的。

“但是您看，您这么隔三岔五地来，实在是影响店里的生意，要不然，您换个地儿思念去？”

“这倒没看出来，老板娘每次收钱的时候都挺热情的，我觉得她说‘欢迎下次光临’完全是发自肺腑，毕竟，我自认不小气，是吧？”他挑眉，说到句末，尾音上扬，无端让人尾椎骨一麻。

这个混蛋，就是算准了宝妈爱钱，每次结账，小费都能让宝妈数上好一会儿，惹得宝妈每每见他，就跟看一棵摇钱树似的激动。

我无可反驳，隐隐觉得梁子帆看出了什么，可我苏小花的身份证也不是假的，那可是上了公安局系统，有迹可循的。念及此处，我便烦不胜烦，索性破罐子破摔，冲他乱说一气：“你爱看不看！真烦人！我看你什么时候腻了就滚蛋吧！”说罢，转身往店铺方向走。

梁子帆突然钩住我的后衣领，像他以前做的那样，十分轻松地，用一根手指头就将我定在原地。

我没好气回头瞪他，却突然对上一张在眼前放大的俊脸。

不知道什么时候，梁子帆已经俯身过来，离我非常近，近得连彼此的睫毛都清晰可见。

我吓得瞳孔陡然放大。

梁子帆却兀自得意："不管你是赵萌萌还是苏小花，我都不会腻。你喜欢当谁就当谁。可是苏小花，我再也不要让你从我身边逃开了。"

脑子里有什么东西砰的一声炸开了。

我觉得我此刻的表情一定蠢透了，所以瞳孔里，梁子帆才笑得那般开心，是不是？

"放开我家阿花！"喂完流浪狗的阿宝刚巧路过此处，大约见梁子帆钩着我的衣领，以为他欺负我，很快冲上来。

他的体积庞大，竟然立刻将没有丝毫防备的梁子帆撞在树干上。估计撞得有些疼，梁子帆忍不住呜咽了一声。

梁子帆是谁，当年被他单身老爸惯得无法无天，是圈子里出了名的狠角色，当即扬起拳头，要揍阿宝。

"梁子帆！"我喝住他。

拳头硬生生停在空中，梁子帆收回手，笑得勉强："记住，这是为了你。"说完便迈着长腿离开。

天色有些黑，我却见着脖颈处仿佛撞出一块瘀青，又回头看一眼面前呆傻的阿宝，一时内心五味陈杂，不知道是个什么滋味。

说完那些莫名其妙的话后，梁子帆一连几天都没有出现，最想念他的人显然是宝妈。

"苏小花，老实交代，你是不是把我的财神爷得罪了，那个叫梁……梁什么的明星怎么好几天没来了？"

我摊摊手，表示我也不知道，心想，梁子帆最好永远都不要来了，想想那天晚上他的神情，我就莫名觉得有几分危险，这小子，真是一点都没有当初可爱。

"您就别惦记了，'梁小鲜肉'在A城宣传新专辑，估计十天半个月都来不了了吧。”魏雅昕喝了一口粥，答道，眼睛却意味深长地瞅着我。

宝妈没有等到她心心念念的财神爷，却迎来了“宝妈烧烤”店有史以来最严苛的一次卫生监督管理局的检查。对方声称接到举报，“宝妈烧烤”店卫生不合格，几位检查员来势汹汹，不到十分钟就检查出多处卫生不合格的地方，立刻开出罚单，要求店铺停业整顿。

我跟宝妈都傻了。

雪上加霜的是，陆菲菲那边当然没有被扫帚吓退，这一次，对方直接寄来了法院传票，要求阿宝赔偿陆菲菲丢掉的代言广告费，数字虽然没有上次那般夸张，但是也足够将宝妈吓傻了。

“铺子的事八成是那个经纪人做的，早就听说她手段卑鄙，没想到来这么一手，太可恶了！”魏雅昕捶桌子，气愤不已。

我握着拳头，看着一旁脸色惨白的宝妈以及一脸懵懂还不知道发生什么事的阿宝，胸口怒意翻腾，牙齿咬得咯咯响，想也没想，拔腿便往店外走。

“花姐！”雅昕急忙拦住我，显然清楚我的脾气，“你别冲动，Sunny 那个人很阴险，既然敢做，就一定有后招，人家有凭有据，咱们人单力薄，斗不过的。”说着，雅昕垂下头，声音逐渐低了下去。

我气得浑身发抖，第一次觉得在现实面前这般无力。此刻的我，渺小得仿佛一粒尘埃，只是一张法院传票，便将我轻易击碎。

我以前不曾在乎过金钱，脑子里甚至对钱没有基本的概念，除了名牌包包和首饰，对柴米油盐一无所知。后来被宝妈收留，终于明白赚钱的艰辛，可我以为只要不再起贪念，脚踏实地，便也没什么不好，哪知道突然飞来横祸。

我握紧手指，只觉得仿佛落入寒冬冰窟，冷得牙齿打战。

雅昕见我神色不对，有几分慌张，握着我的手心：“花姐，你……

你冷静一下，别吓我。”

宝妈也吓着了，上前搂住我：“孩子，别慌，别慌……总会有办法的。”缓缓顺着我的背脊，不知道是在安慰我，还是安抚自己。

宝妈身上常年带着一股烧烤味，并不好闻，却是极为熟悉的味道。我将头埋在她的肩膀，终于徐徐吐出一口气。

总会有办法？可哪里有什么办法！

就像雅昕说的，对方有理有据，拍摄现场那么多人证，阿宝确实将粥洒在了陆菲菲的脸上。

店内一时气压极低。卫生部门既然勒令停业整顿，生意是不能再做了。宝妈去厨房炒了两个小菜，留下雅昕一块儿吃午饭。

“要不然咱在找哥姐几个凑凑。我们这是影视城，随便砸中几个人都是土豪。花姐，我们借借吧。”雅昕打破饭间僵局。

宝妈放下碗筷，一副下定决心的模样：“不用了。”语气冷淡，然后宝妈看了一眼她旁边吃饭吃得香喷喷的阿宝，神色爱怜，忍不住摸了摸他的头，“阿宝这么帅，上电视好看，我答应她们的条件。”

我心一跳，刚想说话，搁在饭桌上的手机里传来微信信息，我点开微信，居然是林皓。

“小花，讹你们家的是这娘们儿吗？”配上一张模糊不清的图片。

虽然照片一看就是偷拍的，但是我依然认出这就是陆菲菲。

陆菲菲打扮简单，估计怕被人认出来，戴了一副墨镜，颈间系了一条丝巾，像是为了遮住伤痕。

有什么东西从脑子里一闪而过，我想了想，问对面的雅昕：“你当时在现场，我记得那天你说阿宝是把粥洒在陆菲菲的脸上，是吧？”

“是啊，我亲眼看见的，陆菲菲一辈子都没那么失态过，当场就跳起来了。”

“那为什么陆菲菲脸部没有任何烫伤，却单单是脖子留下伤痕。”我将图片递给魏雅昕看。

“不可能啊，粥是倒在她脸上的，要是有伤痕也是脸部最多，不可能脸上一点伤都没有，只在脖子留下痕迹。”

我思考片刻，末了总结：“有没有可能陆菲菲其实根本没受伤，只是单纯为了炒作？”

“不会吧，就算是炒作，她也没必要搞到自己丢掉代言啊？”

“可我那天去陆菲菲的公寓，近距离看过她的脸，压根没有一点痕迹，就是脖子上绑了绷带。”

魏雅昕眨了眨眼睛，表示也想不通。

“这娘们儿今晚住咱们酒店，要是点餐，我帮你弄点‘特殊调料’，好好帮你招待她一下。”林皓又传来信息。

我乐了，林皓这家伙鬼点子特别多，不知道给陆菲菲什么“惊喜”呢！

我想了想，突然站起来：“宝妈，咱别急着投降，陆菲菲的伤，还不一定呢！”说罢，拿起手机匆匆往酒店赶。

林皓说今晚酒店宴会厅举行大型晚宴，陆菲菲作为某位高层的女伴，一定会出席，就不信她穿着晚礼服还能往脖子上绑一条丝巾。到时候有没有受伤，一眼就能分辨，如果真是她冤枉我家阿宝，我得抽死这臭不要脸的女人！

雅昕却叫我不要冲动，关键是要留下证据，如果陆菲菲真没一点受伤的痕迹，多拍两张照片，亏她还敢在媒体面前装可怜，谎称自己伤势严重。

我们私下一合计，唯一能够有机会混入宴会的便是客服部的谢芝，就是不知道这丫头肯不肯帮忙。

偏偏谢芝因为上次的事还在和我生气，听说我想混入这场晚宴，以为我作死只是为了接触有钱人的生活或者近距离接触明星，想也没想便拒绝我："得了吧，就你这样不靠谱的，遇到事情拍拍屁股就走人，我可不敢让你添乱。小花，听我的，这种宴会没什么好看的，去看了也就那样，有钱的依旧有钱，漂亮的还是漂亮，跟咱们老百姓水深火热的生活不沾边。"

我就把我最近"水深火热"的经历跟谢芝讲了一遍，末了一把鼻涕一把泪地跟她分析："这是最后的机会，如果再找不着证据，我们一家三口是真要倾家荡产，流落街头啊！"

谢芝面色为难："可这次宴会的服务生也没有我，我也不能帮你混进去。"

"没事，你帮我弄套衣服就成。到时候真出了问题，你也不用担责。"我跟她拍胸脯保证。

夜幕很快降临，雅昕私下跟我咬耳朵说酒店门口豪车云集，下车的个个非富即贵，明星也多，堪比娱乐圈颁奖典礼时的红地毯。

我一边换下谢芝偷拿给我的侍应生礼服，一边跟她唠："不新鲜，你想想这家酒店怎么也算B城数一数二的，几乎承包了全B市土豪的宴会，又靠近影视城，请几个明星充场面多正常。"

雅昕也就淡定了。

我们的计划很简单，想办法混进宴会大厅，找着陆菲菲就行。

雅昕还揽着我的双肩，再三嘱咐我千万不要冲动，拍两张照片就出来，千万别跟陆菲菲起正面冲突。

我点头如捣蒜，跟她保证。

我已经充分见识了上次宝妈冲动的后果，这次自然能忍则忍，只要找着证据，绝不跟陆菲菲纠缠。

然而计划永远赶不上变化，我万万没有想到，原本以为只是B市某位土豪的生日宴会变成了秦氏收购该酒店的庆功宴。我躲在宴会大厅的一角，看了一眼台上正衣冠楚楚致辞的秦墨，忍不住惊愕地给林皓发了条微信：“今晚是不是哪位大老板的生日宴？”

林皓没有回复我。

这已经不重要了，我确实没有提前问清楚，想当然地以为与往常的宴会并无区别，才会让自己落入如此进退维谷的境地。偏偏此刻我已无法脱身，被忙得团团转的客服部经理随意塞上装满酒杯的托盘，很快推入人流里。

宴会大厅光影黯淡，大约是为了制造气氛，除了台上留给致辞者的一小撮光线，台下黑压压一片。女士们个个身材高挑、面容美艳，被包裹在昂贵又华丽的晚礼服里，一时难以辨认，我小心翼翼地寻找陆菲菲的踪影，暂时一无所获。

人群中突然爆发出一阵热烈的掌声。

我抬眼望去，秦墨的致辞已经完毕，大约足够慷慨激昂或者精彩绝伦，才会引得台下这般激烈的反应。然而此刻唯一亮堂的光圈里，那个高挺的男人看上去并不怎么愉快。

三年后的秦墨面庞几乎没有任何改变，只略微消瘦了些，下巴的弧度干净、锐利。他抿着唇，单手插进口袋，睥睨四周，仿佛下边的掌声与他本人没有丝毫关系，无端地显出一丝寂寥，衬得他周遭的光线都略显惨白。

我的鼻尖一酸，不知为何，又不争气地想哭。然而台下的灯光已全部亮起来，对于这场宴会而言，真正的社交才正式开始。我赶紧垂下头，稍稍退出了热闹非凡的人群，再抬眼，秦墨已经走下台，很快被酒店的几位高层团团围住。

我下意识便想逃窜，此生，我确实未曾想过再与秦墨有任何交集，偏偏错开眼，便望见陆菲菲挽着一位高层的手臂，艳光四射，而她的颈间如我所料，除一串典雅的珠宝外，没有任何遮挡，当然也没有所谓的伤痕。

我咬着唇，联想起近日来她的经纪人逼迫的手段，气得胸脯起伏。若是以前，我非要在大庭广众下狠狠扇这个女人两耳光不可。可雅昕的嘱咐在耳边回响，我也并非以前那个易冲动又惹是生非的赵萌萌，只好忍下这口怒气，垂下头，想想该怎样接近陆菲菲拍到证据，而此刻距离甚远，实在不适合偷拍。

“苏小花！”我正想着，熟悉得有些冷淡又惊讶的声音传入耳膜。我一抬眼，果然是曾旭那张万年不变的冰山脸。

我小腿一抖，莫名觉得今日计划真是不大顺畅。曾旭自然不曾料到我在这里，神情疑惑：“你怎么在这里？”好在他分得清楚场合，声音刻意低沉，倒并不引人注意。

“我……我……”我的手心急得冒汗，一时不知该如何交代，支支吾吾片刻，才终于找着理由，“我不想辞职了，总监，您再给我一次机会吧！”

曾旭的目光闪了闪，上下打量着我，显然试图辨认我是否说谎。我垂着头，一副小媳妇儿的可怜巴巴样儿，余光却紧紧追随着不远处陆菲菲的身影。

“你是说，你混入这场宴会的目的是求我继续聘用你？”曾旭的口气是十二万分的不相信，估计觉得我将他当作傻瓜。然而，我确实没有办法顾及其他了。余光里，陆菲菲终于放开男伴的手臂，往洗手间走去。

这当然是我最好的时机，我再也顾及不了许多，飞快地放下手中的托盘，拔腿便要跟着陆菲菲往洗手间跑。

“苏小花！”却被曾旭拉住了手腕，这次他十分失态，声调拔高了好几度。

一时间，周围目光汇集。我焦急万分，倒不再顾及曾旭的态度，干脆利落地挣脱他的手臂，追着陆菲菲的脚步跑去洗手间。

“我知道！我也不想丢掉代言，这不是已经尽力补救了吗？你以为我乐意跟一个死胖子来参加这种宴会啊，他还老在我身上揩油！”

“好了，好了！我会好好伺候他的！不过上次的事，幸好有那个傻子背锅，不然让人知道我陆菲菲是因为得罪高层才丢掉代言的，多没面子啊！”

洗手间里，陆菲菲一边抽烟，一边靠着洗漱台打电话，那满不在乎的口吻令我胸间一口气难以下咽。于是我上前一把扯住陆菲菲的头发，顺手给她毫无伤痕的脖子来了一个三百六十度无死角的拍摄。

“原来你是因为得罪人才丢掉的代言，还非要赖在我们家阿宝身上，你个小贱人！”我恨不得撕了这个女人，却没有那样充裕的时间，方才在宴会上闹出不大不小的动静，不知道有没有被秦墨看到。

既然已经拿到证据，我倒不想再与这个女人争执。所以，我很快放开吓得有些瑟瑟发抖的陆菲菲，揣好手机，走出洗手间。

“赵萌萌！”门口，秦墨的脸冷冽得仿佛寒冬，他的嘴唇颤抖、眼角赤红，好似要吃人。

我一直告诉自己不要哭，不要遇到事情就很没出息地只晓得哭，然而此刻，我又觉得眼睛生疼，鼻尖酸涩。

我想上帝真是讨厌，因为你越想躲避什么，他却越要安排什么。

我觉得喉咙生疼，一时想好的台词居然卡在舌尖一句都说不上来。秦墨死死地看着我，几乎没有眨眼，那模样，仿佛我是他的杀父仇人，简直让我觉得好像自己犯下了什么弥天大错。

我张了张唇，想说我不是什么赵萌萌，然而还未来得及发音，后脑勺突然一阵剧痛。我的脚下很快不稳，最后的记忆便是回头看见陆菲菲正高举着她的鳄鱼包。

材质真好，是真货！我想，眼前一黑，再无知觉。

我做了一个梦，梦境光怪陆离，像是现实又仿佛幻觉。

梦里面我跟秦墨撒娇，说杂志上这些包包的款式我都爱不释手，全都想要。秦墨捏捏我的脸颊，说我想得美，只能挑一个。我大骂秦墨小气，然而思来想去，还是不情不愿地挑了一个鳄鱼包，结果那只包包很快化作凶猛的鳄鱼，张开獠牙，气势汹汹地朝我扑来。我一边高喊着我再也不买包包了，一边朝秦墨呼救。谁知道秦墨那厮坐在那里，十分冷漠地瞅着我，我越跑，却离他越远，仿佛永远难以企及。我气喘吁吁，筋疲力尽，眼看快要被追上，梦境戛然而止。

我被吓醒了。

房间里黑漆漆的，只在枕边留了一盏床头灯。

我的脑袋晕乎乎的，觉得又重又疼，还不甚清明，一时分辨不清身在何处，然而被子里却是一股熟悉的味道。我稍稍侧头，竟然瞅见秦墨的轮廓，近在咫尺，悄然酣睡，我便又被吓着了，闹出些许动静。

秦墨大约还在梦中，迷迷糊糊地伸了一只手臂过来按住胡乱动弹的我："别闹！"声音透着一丝疲惫的沙哑，却是熟悉的语气，仿佛我们最亲密的时候。

记忆很快层层倒回，我想起陆菲菲砸我的那一瞬间，也便想起被秦墨接住的一刻。被一只包砸晕，我也算开天辟地第一人。

一时觉得羞耻，然而此刻的情形却也让我顾不得羞耻。秦墨这厮，就这般大大咧咧地睡在我身边，亲昵得仿佛从前，真是太不要脸了！

我想也没想，一脚便将这厮踹下床，找到室内灯的开关，闹出更大的动静来。

屋内顿时亮堂得惊人，光线有些刺眼，我与秦墨皆不适应地眨了眨眼。秦墨被我这么一踢，长腿长脚地倒在地上，有几分滑稽。我下意识想笑，却想起此刻的情形实在不适合笑，便做出一副瞪人的样子来，然而怒瞪的表情对此刻的我来说，十分消耗体力，是以这个表情并没有维持多久，我又一阵头晕目眩。

秦墨反应极快，立刻伸手过来扶住我，说："别乱动，医生说是轻微脑震荡。"

我多讨厌此刻的亲密，当即拍开他的手："不要你管！"

秦墨愣了愣，俊逸的面颊难得透出一丝窘然，又十分关切："萌萌……"声音软软的。

我觉得心酸。

他这样唤我，仿佛我是他失而复得的宝贝。

秦墨总有这样的本事，让人觉得，于他而言，自己也不是不重要的。然而被压在地底下的那两天，我已经彻底清醒了。秦墨对我，大抵出于某种教养，以我跟他的交情，他多多少少放心不下我，才会任由我在身边捣乱。而生死关头，他比任何人都清醒，才会毫不犹豫地选择去另一个房间拯救周嘉怡。

是我鬼迷心窍，是我不自量力，是我自作多情！

"我不是什么萌萌！"我微微垂下脑袋，再不想看此刻的秦墨，冷冷地说道。

空气静了静，明明是七月的天气，却无端觉出一丝冷意。

良久，秦墨好似隐隐叹了口气，妥协："不管你是谁，伤势还没有复原，你先好好休息。饿不饿？"

"我要回家。"我坚持道，下一秒却被肚子里"咕噜，咕噜"的响声出卖。

气氛一时尴尬，我多少有些羞赧。

秦墨倒也没说什么，穿上拖鞋，拨通床头的内线。我听他简单地在电话里交代了几句，像是早就准备好了食物。

“我昏迷了多久？”

四周静悄悄的，醒的时候一丝自然光线都没有，我断定此刻是三更半夜，却不知道自己到底睡了多久。

“整整一天一夜。”秦墨回答，又补充，“现在是半夜两点。

我睁大了眼睛，不可思议。怪不得我觉得饿，居然是一天一夜，明明我好像就做了一个梦而已，而且我是被一只包砸的……

大约我惊诧且略显愚蠢的模样愉悦了秦墨，他的嘴角轻轻上扬，有轻微的弧度。他下意识伸手想要摸我的头，被我飞快地躲开了，修长的手便一时僵在那里。

“医生说你可能只是睡着了，不怎么想醒来。”秦墨收回手，说到这里，不知道为何，顿了顿，才又道，“不管怎么样，明天我们还是要再去做一个详细检查。”

我没有说话，我还没有想好该怎样面对秦墨。

在梁子帆面前，我还可以淡定地充傻装愣，当一个花痴苏小花，然而一碰到秦墨，我所有的后备计划仿佛全被打乱。

因为只要一想到这个名字，一见到这个人，我的胸口就酸酸胀胀，抑制不住地伤心。

好在热腾腾的食物很快被人送上来，秦墨递给我一杯热牛奶，我没有矫情，此刻确实要先解决温饱问题，才有力气去考量更多。

秦墨大约也有些饿，跟我一起喝了一点粥。然而更多的时候，我能感觉到他的目光从对面射来，灼热的，又仿佛极尽克制，十分矛盾。

趁吃饭的时间，我已经大致明白现在所待的地方就是上次那间总统套房。不知道秦墨有没有想起上次的袭击事件，也不知道谢芝那小妞有没有受牵连。我胡思乱想着，很快腹中暖暖的，恢复了一点力气。

不能再待在这里，我抬头，刚想说话，对面秦墨好似知道我要说什么似的，截住话头："现在已经很晚了，你先好好休息，有什么事，明天再说。"不容置喙的口气，一如从前。

我都懒得挣扎了。

躺在床上却怎样都睡不着，大约是睡得太久的缘故。秦墨好似能摸透我的心思，这一次，只帮我掖了掖被子，没有再与我睡同一间屋子，转而去了隔壁。

我辗转反侧，突然后知后觉，打了个激灵，秦墨这一系列的态度，根本已经认定我是赵萌萌，没有丝毫怀疑。

真是自信啊！

临近天亮前我才迷迷糊糊睡了一小会儿，被卧室外轻微的说话声吵醒，是女人的声音。我没忍住好奇，赤着脚偷偷打开门缝。我也不知道自己想偷窥什么，大约也想知道秦墨如今的伴侣是谁，如果真是周嘉怡，我又该以何种态度面对，因此开门前的心情一度十分微妙，却在见到一道熟悉的身影时，撇了撇嘴，有些失望，莫名地又有些轻松。

是秦墨的助理南希。

"这是这两天积压的文件，我只带了比较紧急的部分。另外原本需要召开的会议，能推托的我已经尽量帮您挪开时间，只是下午的董事会，您看？"南希的话一如既往的简洁、专业。

秦墨正在签字，我看见被问到这个问题的时候，他好看的眉头蹙了蹙，却很快做出决定："改成视频连线。"

"可是……"

南希还要说话，秦墨已经注意到我，眉头依旧没有舒展开，声音却

是十分熟稔的语气：“醒了就出来吃早餐。”

偷听被人抓个正着，我有些尴尬，偏偏秦墨的口气，忒大爷了。我不情不愿，干脆敞开卧室的门，刚想冷冷拒绝，秦墨却注意到我脚下没有穿鞋，声音冷了几分：“穿上鞋！”

我下意识缩了缩脚趾头，大约秦墨的态度实在过于熟稔，又或者以前被他这样吼的次数太多，我居然忘了他已经没有资格这般管束我，一时呆呆的，忘了要动。

秦墨却已经走了过来。他个子高挑，身上还带着早晨沐浴后的清香，长手一伸，很快将我打横抱起，放在床沿上，很耐心地替我穿上拖鞋。

天气一直很好，清晨的阳光洒在他又软又黑的发丝上，隐隐镀上一丝金光。秦墨温暖且干燥的手指抚在我的脚踝上，有种奇妙的酥痒感。我却不大习惯，忍不住紧张地往后缩，再去看外头的南希，她已经识趣地避开了视线。

秦墨抬头看我，目光沉静，略微染上疑惑，仿佛这样普通的动作我都要躲避，委实有些矫情。我居然被他盯得面颊发烫，一时不知如何是好。秦墨却好似看出什么，嘴角含笑，手上动作没停，不一会儿便帮我穿好鞋。

“出来吃早餐，嗯？”他摸着我的脑袋，尾音上扬，语气柔软得不可思议。

我好像被色诱了！

直到坐在餐桌上的时候，我才稍稍恢复理智，再看对面一脸理所当然的秦墨，顿时觉得自己十分没出息，又被秦墨牵着鼻子走。然而此刻要走，却也过于造作，我只好随手捡了一块面包啃，脑子里乱糟糟的，也咀嚼不出什么味道，无意间与站在秦墨身旁的南希目光相撞。南希抬了抬眼眶，有些欣慰的模样：“赵小姐长高了一点。”笑眯眯的。

我噎住了，忍不住咳了咳。秦墨递来一杯温水，南希急忙过来帮我拍打后背。我缓了缓，终于顺出一口气。

“没……没关系。”我稍稍隔开南希，十分不自在地看了她一眼。秦墨认定我是赵萌萌，我还可以理解为鬼迷心窍，然而南希都这样毫不犹豫地认定我，倒像是已经做好了万全的调查，显然我苏小花的身份根本就是废纸一张，轻易便被识破了。

这还怎么演下去？

我有些懊恼，心情顿时糟透了，偏偏南希一点都没有察觉，想起什么似的说道：“对了，陆菲菲小姐和她的经纪人在门口等了两天，想亲口跟您赔礼道歉，听说您昨晚醒了，今天一大早就过来了，现在正在门口。”说完，她又谨慎地瞧了一眼对面的秦墨。

一想到陆菲菲冤枉阿宝的事我就格外生气，然而听南希的口气，陆菲菲与她的经纪人倒是识时务，估计听到一点风声，便也心惊胆战，不好得罪我。可他们其实哪里是怕得罪我，根本就是怕得罪秦墨。

我还没开口，秦墨已经帮我做下决定：“不见！”他随手将刀叉扔在餐桌上，英俊的面容带着一丝戾气，只要是个人，都能觉察出他的不高兴，“让她们滚蛋，等着我的律师函！”声音阴恻恻的。

秦墨其实鲜少有这般情绪外漏的时候，除非对方将他得罪狠了，否则以他的脾气，不大轻易将人置于死地，然而他此刻的态度，分明是“不留活口”的意思。

我忍不住打了个寒战，却又十分生气他帮我做决定，于是想也没想就插话：“这是我跟宝妈的事，我们会自己处理！”

秦墨，秦墨，好似只要沾上这个名字，不管我是苏小花还是赵萌萌，都不重要了，不过是个狐假虎威的纸人。但偏偏，我已经不想做这样的纸人了。

秦墨抬眼看我，仿佛我十分不识趣，连南希都不赞同地看着我，我却已经想通了。即使被认出是赵萌萌也没有关系，我已经不是以前的赵萌萌了，自然不用再依附秦墨生活，我也不再是孑然一身的赵萌萌，我还有宝妈和阿宝。

“你不是说有事今天谈吗？秦先生，我现在可以谈。”我盯着秦墨，再没有意乱情迷，目光笔直、严肃。我用了好大的勇气，然而一触及秦墨的眼睛，便忍不住缩了缩。

气氛陡然变化，南希十分自觉，悄然退了出去。

秦墨再没有心情吃饭，他亦看向我，目光死死地，就像那晚在洗手间外头，仿佛十分生气，又那样受伤，好像做错事的是我。

果然，他启唇，语气略带嘲讽：“赵萌萌，你想谈什么？谈你怎样费尽心机躲了我三年？还是谈你一个人在外头逍遥快活？或者继续装作你是苏小花？”

我真是不知道该说什么好！

从来没有觉得秦墨这样无赖，可是他这般倒打一耙，又实在是他惯用的伎俩。以前我还常常被他这样牵着鼻子走，老是觉得自己不对，如今好歹在宝妈身边混了三年，再没有那般愚蠢，立刻站起来跟他吵嚷：“你少倒打一耙了，秦墨，你那时候巴不得我死掉，好与周嘉怡双宿双飞吧？我躲你三年，不正好称你心意？”

秦墨的脸色极黑，山雨欲来的架势。他大步朝我走来，一副被气极了的模样，我下意识往后躲，条件反射地觉出一丝危险，却又很快退无可退，后背触及墙面，不得不稍稍推开面前的秦墨：“你……你……你要干什么？”

“你为什么总是扯上周嘉怡？”

秦墨原本就比我高出一大截，此刻这般居高临下地近距离瞅着我，尽管生气，目光却似乎还夹着一丝委屈，仿佛无理取闹的那个人是我。

我又觉得伤心，抑制不住地伤心。

心想，怎么不是周嘉怡，生死关头你选择的就是周嘉怡啊。可到了这样的地步，再去讨论一个周嘉怡，已经没有任何意义了。我别开脸，避开秦墨的目光，声音不知不觉中夹着一丝哭腔："我都那样求你了，秦墨。"我才后知后觉地发现自己哭了。

我都那样求你跟我结婚了啊，秦墨！

我都那样努力地争取过了啊，秦墨！

我都那样求你赶紧来救我了呀，秦墨！

秦墨整个身体都颤了颤。我看不清他的表情，也不知道他到底听懂我说什么没有，我只知道秦墨忽然整张脸凑了过来，将我脸上的泪痕抹去，良久我才听到他在我耳旁喃喃地说："对不起！"

我的胸腔震动，然而秦墨的心脏却比我跳动得更快，我能感觉到他整个身体都在颤抖，他说："对不起，我害怕。赵萌萌，我以为你……"秦墨哽咽了，一滴液体落在我的肩膀，我能清楚地感觉到，因为那不是自己的，可我又十分疑心它是否属于秦墨。

因为是秦墨，那样强大又高高在上的秦墨，从来不会流泪的秦墨……然而，我最终还是推开了面前的男人。

"秦墨，我没有办法原谅你。或许你不知道，但是我比谁都清楚，我们之间，隔着一条人命。"

秦墨怔住了，眼睛红得好似要滴血。

我用了最大的力气，止住了眼里的泪水，控制住自己的情绪："所以我们就这样吧！"

三年后的我终于出息了一次。

第七章 再回A市

我整整两天两夜没有回去，宝妈急得差点报警，可碍于我半个黑户的身份，没有那么大的勇气。雅昕却以为我被陆菲菲绑架，预备了一大堆陆菲菲的黑料，准备在网络上跟她鱼死网破。

我全手全脚地回去，两人十分惊诧，纷纷追问我这两天的行踪。我觉得疲惫，一句话没说，懒懒地倒在卧室里不想动弹。

我还没有从与秦墨重逢的悲伤中走出来。我觉得胸口那么疼，仿佛又回到当初被压在暗无天日的钢筋混凝土里的感觉。

我摸着小腹，有很多年，其实我都没有去想过那个孩子。我当初醒的时候，宝妈说我已经做过两次手术，孩子当然是保不住的，只当没有缘分。她说："姑娘，你还年轻，以后总有机会的。"

我当时其实没有什么感觉。人只要经历一段生死，很多事情都可以看淡，通常都不会在乎太多，所以我一直活得比较麻木。可如今再见到秦墨，我那些无处安放的委屈好似又汹涌而至，我老是忍不住去回想那时的点点滴滴，想起我与秦墨曾有过一个结晶，想起他其实原本也不想要这个孩子……光想起这些，我就十分难过，眼睛涨得生疼。

我其实是恨秦墨的，可是仔细回想，秦墨当年也没有怎么对不起我，是我自己死皮赖脸要缠着他，他也是无可奈何。

所以我此刻的难受，也不过是生气自己没出息，不争气，连恨秦墨的勇气都没有。

我就这么哭着躺了一夜，第二天醒来，眼睛肿得跟核桃似的。吃早饭的时候宝妈对我欲言又止，我却已经收拾好情绪，同她嬉笑："您放心吧，陆菲菲不会再来找咱们麻烦了，事情都解决了！"

不论是我手里的照片，还是我背后有可能站着的秦墨，我相信陆菲菲跟她的经纪人没有那么蠢，还要来招惹我们。

果然，没过几天，雅昕便捧来大新闻，她说陆菲菲最近在网上被黑得体无完肤，过去的那点儿破事全被扒出来了，整个清冷高贵的人设全部崩塌。

我倒是没什么兴趣，铺子被迫关门，我跟宝妈筹了一点钱准备重新装修一下。

雅昕进来滔滔不绝的时候，我正坐在折叠梯上粉刷墙壁。其实我压根儿不会干这样的活计，可人还不是被逼出来的吗？只能同宝妈一点一点地弄。而宝妈下午带着阿宝去建材市场挑剩下的材料，店里今天就剩了我一个。

“这不正好，她更没时间来折腾我跟宝妈了。”我一边刷墙，一边同梯子下面的雅昕闲聊。

“可这黑得也太及时了！”雅昕仰着脖子跟我说话，兴奋极了，“你说她到底是得罪哪路大神了，能下这样的黑手，这架势简直要把她黑得连她奶奶都不认识啊！”

我被她夸张地说辞逗乐了，忍不住笑：“说不定人家‘黑’到深处自然‘红’。倒是你，最近没怎么见你去跟剧组啊？”

这妞两手一摊，一屁股坐在地上几张废报纸上：“哎，我其实也算你们家阿宝事件的受害者。本来跟陆菲菲那个剧，我演的丫鬟的戏份儿还挺多的，结果陆菲菲被烫伤，导演的原计划是暂时耽搁几天就行。现在陆菲菲出这么大的事儿，我听副导演私底下说，估计要趁着戏还没怎么开拍，换个女主角，这可就不知道要耽搁到猴年马月去了。”

我还真没想到这一点，顿时面上有几分愧疚，说：“那个……不好意思啊，我们家阿宝……”

“你少来，咱们还用说这个吗？我天天在你们铺子里蹭吃蹭喝，难道还会埋怨阿宝？”雅昕很快将我的话堵回去，末了也有几分惆怅，“其实我都习惯了，我们跑龙套的，一时饥，一时饱，忙的时候一天能跑四五个剧组；没戏的时候闲一两个月都很正常。运气好的突然间大红大紫，一夜成名；运气差的，也就是一辈子跑龙套的命。能不能红，全赖老天爷赏不赏饭吃。”

别看这妞一副轻描淡写、满不在乎的样子，我知道魏雅昕私下里其实非常努力，很多时候为了一个小得不能再小的角色，可以准备很久。虽然我每次嘲笑她跟空气对台词的时候简直像个神经病，但是她一点都不在乎。

用她的话来说，影视城里的一棵树、一块石头都是她的练习对象。

这妞不是科班出身，家里条件也不好，年纪轻轻一个人背着行囊跑来影视城一待就是五年，穷的时候连饭都吃不上……

想到这里，我十分替她不值：“魏雅昕，你就没有想过万一红不了，你岂不是浪费大好青春？”

雅昕的眼睛就垂了下去，她其实十分漂亮，属于美人坯子那一类，特别是忽闪忽闪的大眼睛，专注看人的时候能把人给吸进去。可是娱乐圈漂亮的女生太多了，一抓一大把，雅昕没身份，没背景，势单力薄，也不屑去走捷径，只能靠自己傻傻地努力。

“可我的梦想就是这个啊。”良久，魏雅昕终于抬头望向我，眸子亮晶晶的，夏天明媚的阳光落在她那张年轻又漂亮的脸上，显得整张脸生动极了。她说话的声音也极为动人，她说：“我从小的梦想就是能够当演员。在电视剧里，演各种各样的角色，我觉得那样的人生特别有意思。虽然现在我只能演一些很小很小的角色，有的甚至没有台词，但是只要能演，我就很满足了。青春什么的……我觉得我正在做的，朝着自己梦想的方向走，不算浪费。即使没有成功，至少我也很努力、很拼命地活过一把啦。”

我正在刷漆，闻言，手上的动作顿住，忍不住回头看了一眼我以前老是觉得没心没肺的魏雅昕一眼，这姑娘坦坦荡荡地瞅着我，嘴角的微笑熠熠生辉。

我莫名觉得有点感动。

“你呢？花姐？你不会就跟着宝妈卖一辈子烤串吧，有没有什么想做的事？”

好像以前也有人问过我同样的问题，是陈筱。

我当时是怎么回答她来着，我说我的梦想是秦墨，被陈筱嗤之以鼻。

其实那会儿我不懂为什么陈筱不屑，甚至觉得她一副高高在上老是鄙视我的样子有些讨厌，过了这么多年，我好像突然有点明白了。

“喂！花姐！”我正愣神间，魏雅昕已经站起来，朝高处的我挥动手臂。我没注意，一个不小心，身体连人带漆往后仰，眼看着便要从折叠梯上跌落，腰间忽然被一双大手稳稳扶住，我才终于勉强定住身体。

然而我回头瞅见扶我的人是谁，顿时觉得有些人是想不得的。别人是“说曹操，曹操到”，我是想秦墨，秦墨就能自动出现，跟叮当猫一样。

“下来。”秦墨皱了皱眉，好似不满意我这项“高空运动”。

折叠梯略高，一米九的秦墨扶住我也不容易，还需要踮起脚尖。

“你怎么来了？”雅昕还在，我也懒得跟他唱反调，乖乖提着乳胶漆从梯子上爬下来。

秦墨却并没有回答我，他的手指放在我头上那顶为了防灰尘随手折叠的纸帽子上，随手便帮我摘下来了，这又让我生气，忍不住捂住头冲他高声说话：“秦墨！”

就是这样的，三年后的秦墨，明明那天已经说好了，可是他总是有意无意地做出一些亲昵得宛如从前的举动。

“很丑。”秦墨说，貌似解释他的行为。

我狠狠瞪了他一眼，毕竟哪个女人能受得了别人当面说丑。

“我是这面墙，刷得很丑。”这厮补充，大约这样就能不惹我生气。他有几分开心，嘴角隐约含笑，又挑了挑眉，“没有专业装修工人可以干这个吗？你为什么要爬那么高！”

听听这副大爷的口气，多让人来气，我想也没想就怼他：“请工人不要钱吗？还嫌弃我刷得难看，有本事你来啊！”

一旁备受冷落的魏雅昕终于看不下去，忍不住插嘴：“那个……花姐，我待会儿还有角色面试，我先走了。”

我这才想起雅昕还在旁边，顿时有几分不好意思：“那你晚上过来吃饭。”

“行，晚上再说。”雅昕已经小跑着出去，走的时候背对着秦墨，冲我挤眉弄眼，一脸晚上等你解释的得意劲儿。

我忍不住一阵头疼。雅昕一走，铺子里只剩我和秦墨，气氛一时冷清下来，有些微妙，我觉得我的头更疼了。

“秦墨，我们那天不是说好了吗？”我垂着头，有些不想去看秦墨的眼睛，声音低低的。

燥热的空气里吹来一丝凉风，秦墨穿着正装，再热的天气，这个男人的着装永远都是一丝不苟的。

我垂着脑袋，视线里便只有秦墨那双价值不菲的牛津皮鞋。我以前老觉得秦墨臭讲究，衣食住行样样挑剔，比我还豌豆公主。我盲目追求名牌，大部分心理是为了炫耀或者单纯的一时兴起，而秦墨却往往追求有品质的东西，并且从来不在乎价格，就像昂贵的白松露他能品鉴，老街的手工米粉他也能吃得开心一样。

我还记得当年秦墨在国外读书的时候带我去过一家皮鞋店，隐藏在英格兰街头的一家私人店铺。秦墨牵着我的手，带我穿过迷宫一样有些阴冷的古欧式风格街道，终于抵达。

彼时，秦墨握着我的脚踝，代替了店里服务的女士，亲自替我量尺寸。他说赵萌萌，你知道鞋子对一个女人有多重要吗？一双舒适的鞋子，能带你走你最想走的路。我那时忍不住搂着秦墨的脖子，有些感动，在心里默默说，我赵萌萌想走的路，在你的脚背上，你想去哪儿，我就去哪儿。

我十七岁生日，秦墨送我的第一样礼物，便是一双定制的皮鞋。此后每年生日，我都能收到那家店里的鞋子。而我的路，却已经不在秦墨的脚背上。

想一想，也不是不难受的。

"说好什么了，我只听见你一个人自说自话。赵萌萌，以前的事情，我再努力，都没有办法去挽回。"说到这里，秦墨顿了一下，语气里带着一丝沉重，惹得我终于抬头看他。可他的脸逆着光，阴影里，他的表情我一时看不真切，然而我分明能感觉到他下颌微微的颤抖。最后，他的目光笼罩过来，漆黑的眼睛郑重地看着我，说："萌萌，可我真的没有那么多时间跟你一同活在过去里，一直不停地去请求你的原谅。也许这样说，你会觉得无耻，可是赵萌萌，你躲了我三年，这三年你大约不知道我是怎么过来的，所以，你能不能当作已经惩罚过我了，再……"他顿了顿，这样的停顿莫名让我紧张，然后秦墨一字一句，几乎带着恳求，"给我一次机会……"

我惊呆了。

一方面这实在是秦墨第一次给我这样长的告白，虽然我十分不理解他所谓"我已经惩罚过他"的逻辑，而且也不知道这能不能算作告白；另一方面，在我的认知里，秦墨心头的"白月光"不是周嘉怡吗？

那么他此刻又是什么意思?

我一时便傻在那里，不知道怎么回答，幸好我也不用回答，因为秦墨的话音刚落下，门口便传来啪啪啪的掌声。

梁子帆这家伙也不知道突然从哪里冒出来的，一边鼓掌，一边忍不住嘲讽：“我都快哭了。秦哥，你这一通表白，多感人啊，可你也不能光把人当傻子吧？你把萌萌一个人扔在废墟里,就只带回来一个周嘉怡，现在这么几句话，就想轻飘飘地揭过，太便宜了点吧？”

说完话，梁子帆的长腿跨进来，摘下墨镜，大大咧咧地搂着我，一副我是他的人的架势。

我的太阳穴突突地跳动。梁子帆这家伙，实在是我人生中的意外。此人一向不按常理出牌，那天被他一通莫名其妙的话震住，今天他又上演这样一场好戏，大有跟秦墨撕破脸的架势。我不知道我不在的三年里他们俩到底发生过什么，可梁子帆当初也跟我一样，是屁颠屁颠儿跟在秦墨屁股后头的小尾巴，我还从未听过他用这样的语气同秦墨说话。

秦墨的目光落在梁子帆搂住我肩膀的胳膊处,眸色沉了沉:“放手。”

老实说被梁子帆这样搂着我也有几分不自在,下意识便挣扎了一下,却暗地里被梁子帆搂得更紧。他当然没有空理会我的小动作，目光紧紧锁住对面的秦墨，勾唇笑得很是挑衅：“你现在已经没有资格这样命令我，我相信比起你，萌萌更愿意跟我在一起。”说着，他侧过头，冲我露出勾魂摄魄的笑容，简直巴不得我立刻拜倒在他的牛仔裤下似的。

“在一起你个头！”我没忍住，一拳就冲梁子帆揍了过去。这个死性不改的家伙，“撩”妹都能“撩”到我头上来了。“‘萌萌’两个字后面记得加一个‘姐’！”

“‘小凰鸡’。”梁子帆被我揍出原形，有些狼狈，却也不还手，忍不住叫出我的外号，脸色臭臭的，全然没有方才那副得意样儿，我却觉得这样的他才更顺眼些。

店里一时鸡飞狗跳，连秦墨都没忍住摸着鼻尖咳了咳。

被梁子帆这么一打岔，方才尴尬的气氛一扫而光，我顿时也没了耐性，索性叉腰开始赶人：“你们两个，一个大明星，一个大老板，为什么非搁我这小店铺挤着，该干什么干什么去，滚蛋！”

“赵萌萌，你还有没有点良心，我可是一下飞机就过来看你了。”梁子帆不服气，有些委屈，“而且那几天你还装作不认识我，骗我你是苏小花，要走你也让他先走啊！”

我只好去看秦墨，谁知道这厮下巴一抬，突然开始一颗一颗解开胸前的西装纽扣。

秦墨一身烟灰色手工定制西装，将他一米九的身材衬得既挺拔又性感，肩宽腰窄，气质卓然，一张俊脸跟杂志上的模特似的，无一处不精致，走到哪儿都是一副衣冠楚楚的精英派头，堪称“行走的荷尔蒙”。

要知道，我以前就总是轻而易举地被他这样的动作弄得神魂颠倒，时常按捺不住内心的蠢蠢欲动扑上去，此刻望着他解扣子修长的手指，呼吸便习惯性地有些乱了节奏。

光天化日，朗朗乾坤，秦墨就要这样色诱我吗？

“喂，喂，喂，秦墨，大白天的，你，你，你……”我指着秦墨，居然很没出息地紧张得都不会说话了。

“我什么？”秦墨把西装往我怀里一扔，又挽起白衬衣的袖子，很随意地提起地上的乳胶漆，末了仿佛琢磨出什么，似笑非笑地瞅我一眼，将乳胶漆桶朝我面前递了递，“你想到哪儿去了，嗯？”

我发誓，那个“嗯”字他真是说得意味深长啊。

“帮你刷墙而已，看你刷得坑坑洼洼的样子。”一边说着，秦墨已经爬上了折叠梯。

我都恨不得给自个儿一巴掌，或者找个地洞钻进去，偏偏梁子帆这家伙还要来羞辱我，带着怒其不争的口气，阴恻恻地趴到我耳边，道："你脑子里成天装的都是什么乱七八糟的东西！"

说完，梁子帆也爬上梯子，不服输地跟旁边的秦墨较劲："别弄得就你能耐似的，不就刷个破墙吗，小爷我也行！"抢过了秦墨手上的乳胶漆。

秦墨当然没有那么容易放弃，两个人在折叠梯上你争我夺，把一个小小的梯子弄得摇摇晃晃，简直快散架了。

我去冰箱里拿了一瓶汽水。烈日炎炎，说句实话，我都不知道这两个大少爷是怎么受得了铺子里那台老旧得连吹出的风都是燥热的风扇的，居然还有心情在梯子上打架。

我扭开瓶盖，往嘴里灌了一大口汽水，瞬间觉得一阵凉爽，简直应了那句广告词"透心凉，心飞扬"，顿时也有了玩笑的心情，便笑眯眯地望向梯子上跟小孩儿似的还在争夺的两个人："要不然你们出去打一架好了。说真的，你们一个霸道总裁，一个当红明星，就为了争夺我赵萌萌，这么一个稍稍有那么点姿色的平凡女人，我的虚荣心还是很满足的。真的，要不你们出去打一架，谁赢了谁回来。"

大约是我这番玩笑过于不要脸，折叠梯上的两个人都怔住了。

梁子帆侧头望向秦墨："她喝的是汽水吗？"

"应该是酒。"秦墨抚着下巴，十分肯定，"不然不至于已经开始说醉话。"

"她刚刚居然还说自己有点'姿色'？"梁子帆继续羞辱我。

"醉话，别瞎信。"秦墨的胳膊已经搭在梁子帆的肩上。

我气得狠狠踢了折叠梯一脚。

也许是那天下午的阳光太好，最后，两个人也没有再针锋相对，居然很和谐地将十几平方米的铺子刷好了，虽然也免不了瑕疵，可两个大少爷从未如此屈尊降贵，也算难得。

宝妈回来见着两个大帅哥，着实愣了一下，等看清其中一个是梁子帆，立刻笑得花枝乱颤，屁颠屁颠地去跟财神爷套近乎：“哟，这不是我们小花的前男友吗？来吃烧烤啊？不巧，我们宝妈烧烤铺最近装修，等装修好了，我第一个请您……那什么，剪彩，对，请你来剪彩。以后再来我们铺子，给您八折优惠。”大约脑补了一下自己替一个街边烧烤铺剪彩的傻样儿，梁子帆的笑容很勉强，嘴角隐隐抽搐。

然而等看见秦墨的待遇，梁子帆又乐开了花。

因为一见着秦墨，一百八十斤的阿宝便想也没想，跟头熊似的扑上去，对着秦墨就是毫无缘由地一顿揍。

由于实在猝不及防，秦墨起初吃了亏，可他是练家子，很快反应过来，抓住阿宝的胳膊，扭转了局面。

我急忙喝住了秦墨，阿宝在他手里挣扎，很是闹腾，我又不得不去安抚阿宝，费了一些力气，才将两人分开。

我去检查阿宝有没有受伤，见他没事，心知秦墨到底是有分寸的，便也放下心，忍不住开口教训他，怎么能第一次见面就揍人。

阿宝还很委屈，噘着嘴，眼神迷茫：“是阿花说的啊，以后遇到一个个子高高的，长得跟竹竿子似的，摆着臭脸不会笑的哥哥，就是欺负阿花的人。阿宝要揍他，使劲儿揍，千万别手下留情。”

瞬间，空气有一丝静默。

我：“……”

秦墨：“……”

梁子帆捂着肚子：“哈哈哈……竹竿子……哈哈哈。”

秦墨反而是受伤最严重的那一个。阿宝傻，下手没有轻重，秦墨的下颌隐隐出现瘀青，嘴唇也破了，替秦墨处理伤口的活计因为阿宝的话自然而然落到我头上了。

傍晚的影视城，退去了一整天的燥热，起了一丝丝凉风。夕阳已经缓缓垂落，只剩几缕霞光还依依不舍地笼罩在云端。

铺子对面是几棵香樟树。夏季里，香樟叶茂密且繁盛，被风一吹，树叶沙沙作响，透出几分难得的凉爽来。

秦墨嫌铺子里太热，我只好搬了两张矮凳到树下替秦墨上药。

照顾秦墨这种事，我做得并不顺畅。因为同秦墨在一起的时光里，大多数时候，都是他在照顾我。譬如将逃课的我拽回学校，替跟人在酒吧打架的我处理伤口，好像我第一次来月事的时候也是秦墨替我买的卫生巾。在处理各种匪夷所思的麻烦事上，秦墨作为一个三好学生，圈子里那些富二代的楷模，家长口中那个赫赫有名的“别人家的孩子”，原本这些乱七八糟的事情他是沾不上边的，但好像因为一个我，他又处理得十分得心应手。所以后来他出国那几年，我总算消停了些，大约潜意识里也晓得，没有秦墨再来替我收拾烂摊子了。

梁子帆替我不平，他说当初秦墨一个人把我扔在废墟里，如今轻飘飘几句话便想揭过，实在太便宜，替我不值。

我也觉得我应该恨秦墨，可大约就是因为当年秦墨对我太好，如珠如宝到如今我想拉下脸来恨他，好像都没有立场。

毕竟他是秦墨。

我被相处了十多年的父母抛弃，他也能把我捧在手心，如同公主般宠爱的秦墨。

“嘶……”我愣神间，可能是酒精刺激到伤口，秦墨没有忍住，发出了一点痛苦的声响。

我急忙停下手上的动作，小心翼翼地瞅着他：“是不是很痛？”

秦墨看着我，漆黑的眼睛里有种稍微复杂的情绪，良久，他才启唇：“这样子，你有没有开心一点？”

“嗯？”我一时没弄明白，却很快反应过来，秦墨指的是阿宝的话。

“我跟阿宝开玩笑的。”我解释。

“没关系。”秦墨笑了笑，诚恳地看着我，目光十分爱怜，“你恨我，想揍我一顿是应该的。谁让我混蛋，把你一个人扔下了。”

我垂眉不语。

“萌萌，那天晚上……”秦墨忽然握住我的手，想要解释。

“已经不重要了。”我却打断了秦墨的话，从他手心挣脱出来，像是忽然有了勇气，对上他的双眼，“秦墨，可能那天在酒店里我没有说清楚，我没有回到你身边，而是选择跟阿宝、宝妈住在一起，并不是因为你救了周嘉怡没有救我，而是被困在地底下的那两天，我突然想通了，我其实……没有那么喜欢你。”

秦墨的脸色忽然变得惨白。

“我没有那么喜欢你……”我继续道，“或者说我没有想象的那么喜欢你。可能只是习惯吧，那么多年，你一直都在我身边，我突然被大家抛弃，也是你一个人守着我，我习惯什么事都去依赖你，所以当时才会有那么强烈的想跟你结婚的欲望。后来我就想试试，如果没有你在我身边，我……”

“够了！”秦墨打断我，他的额头青筋暴跳，显然气得不轻，闭了闭眼睛，才从齿缝间挤出几个字，“所以你试试的结果，是不是就是没有我，你也可以生活得很好？”语气已经是遏制不住的愤怒。

我垂下眼帘，算是默认。

“赵萌萌，你好得很！”秦墨突然站起来，脸色苍白得仿佛生了一场大病，衬着他那刚刚被阿宝揍过的伤。我甚至疑心他会不会突然倒下去。他额头上的青筋经脉突突地跳动，漆黑的眸子蕴着滔天怒火，像是随时有可能扑上来掐死我，“你好得很！”咬牙切齿。

可他大约也舍不得真的掐死我，而是不再说一句话，转身大步而去。

我垂着头看着地面，心里觉得大概秦墨这次是真的要把我扔下了。

“谈崩了？”神出鬼没的梁子帆这一次又不知道从哪里冒出来，他喝了一口汽水，望着秦墨的背影，淡定自若地冲我搭话。

“偷听人说话那么好玩？”我挑了挑眉，讽刺他。

梁子帆就咧嘴，笑得没心没肺：“说实话，我挺佩服你的，能把教养一等一的秦大老板气得跳脚，我估计除了你赵萌萌，这世上也找不出第二个人。”

我白了他一眼：“你怎么知道我只是气他，我说点真心话不行？”

梁子帆就捏着嗓子学我，摇头晃脑，声音要多作有多作：“我可能只是习惯……我没有想象的那么喜欢你……”

“喂，梁子帆！”我生气，我的声音有那么作？

然而换来梁子帆一击栗暴，额头被他弹得有点痛，同时遭到一顿鄙视：“台词念得一点都不好，也只有秦墨这个没有经历过女人的大傻子才会相信。”

我讨厌秦墨被人背后说坏话：“你少来，秦墨能跟你似的花花肠子忒多？而且什么叫没有经历过女人，我不是女人？”说到最后，好像才反应过来梁子帆的暗讽，忍不住瞪着他。

梁子帆笑得眼睛都不眨，那模样活脱脱在说你当然不算女人。

我踹了他一脚。

有风拂过，夕阳终于收尽最后一缕余晖，暮色完全沉静下来的影视城终于悄然拉开了帷幕。

不知道为什么，我突然有了倾诉的欲望。

“梁子帆，你知道吗？我在地底下躺了整整两天两夜。没有水，没有食物，没有力气，有的只是无边无际的黑暗与恐惧。”梁子帆看了我一眼，那目光格外温和，带着一丝爱怜，我却已经没有任何感觉，只是单纯地想要倾诉：“在那些恐惧里，我唯一可以期待的就是秦墨。虽然亲眼见着秦墨去救了周嘉怡，但是我还是觉得，秦墨一定会来救我。原来人在生死关头，真的不会去想太多。我那时候想的，就只是秦墨赶紧来救我就可以了，哪怕……哪怕要把他让给周嘉怡也没关系。所以，你看，其实我也没有那么爱秦墨，至少豁不出去性命，跟死亡比起来，我愿意用一个秦墨去交换，我赵萌萌就是那么贪生怕死。”说到这里，不知道为什么，我突然觉得眼睛微微发酸。

梁子帆摸了摸我的头顶，想了想说：“你只是太害怕了。人一害怕，就会胡思乱想，而且，跟生死比起来，爱情真的算不上什么吧。比如要是我被困在地震里，老天要让我放弃一堆美女作为交换，那我肯定一点都不含糊，求它赶紧把人给我收走，一个都不要留。”

我被梁子帆的比喻逗笑了，缓了缓，良久又继续道：“后来，你也知道，秦墨一直没有来。我又开始担心，秦墨会不会受伤了，虽然我是看着他跑出大楼的，可是地震的事情谁都说不清楚，万一他被哪块石头砸中了呢？我就这样想了很多很多，想得太多，最后突然反应过来，那就是，潜意识里，我非常确信秦墨会来救我。你懂我的意思吗？原来我对秦墨的信任，是盲目的，没有任何理由的。即使亲眼看到他选择救周嘉怡，我也确信他第二个要来救的，一定是我。我不会去考虑，他是不是会放弃救我这种情况。”

听到这儿，梁子帆有些无语地看着我，好像我在说什么废话一样。

“我为什么要这么相信一个人呢？我被交换身份，连从小疼我将近二十年的父母都抛弃我，我实在没有理由去盲目相信一个男人。这个时候我才发现，我对秦墨的依赖程度，已经远远超过你们看到的，和我自己的心理预期。那段时间，其实你们都不知道，我有轻微的抑郁症，陈筱都建议我去看医生，可是我很固执，大约觉得只要待在秦墨身边，就没有关系。这种状态，其实一点都不好，我把自己缠在秦墨身上，像菟丝花，拼命汲取对方的水分与温度，甚至有时候会有如果遭遇秦墨抛弃，我不如跟他同归于尽的想法。”

梁子帆张着嘴，显然有些被吓到了。

“是不是很可怕？我也觉得很可怕。所以我被宝妈救醒以后，我突然……突然再也不想那样活下去了。因为我知道，一旦回到秦墨身边，我又会下意识地，没有任何原则可言地，连自尊都可以丢掉地去依赖这个男人。我也不清楚这是不是爱情，但是我能肯定的是，我不想再继续缠着秦墨。所以我拼命说服自己，我是恨秦墨的。在外人看来，秦墨不肯跟我结婚，连孩子都不肯要，地震的时候抛下我一个人，实在不是什么好男人。可是两个人的事情，外人都说不清楚，秦墨对我，真的是仁至义尽。你也知道，在我最痛苦、被全世界抛弃的那两年，是秦墨耐心地陪我走过来的。上学那会儿，我闯出天大的祸事，也是秦墨在后面替我兜着。一个男人对一个女人，如果能够忍受她父母都不能忍受的东西，我不知道这算不算爱情。当然，在你们看来，可能是我对秦墨死缠烂打。可是如果秦墨对我不好，我为什么要死缠烂打这样一个男人，我又不是真的受虐狂。”

梁子帆摊了摊手，懒懒地靠在背后那棵香樟树上，没好气地插嘴：“行了，知道你对他是真爱，用得着炫耀吗？你的眼睛从来都长在天上，好歹也回头看我两眼啊。”

我摇了摇头，没有理会梁子帆酸溜溜的语气，继续道：“所以，在没有确定好自己想要什么之前，我不想再重复过去的生活，不想再战战兢兢地活在秦墨给我编织的金丝笼里，那样秦墨会活得很累，我也不会开心。”

梁子帆不屑，又灌了一口饮料，想了想，戳穿我：“其实你就是没胆量再去赌一场爱情吧，你害怕赌输的代价又是被人抛弃。说得这么冠冕堂皇，根本就是个胆小鬼。”

“那你就当我是胆小鬼好了。”跟梁子帆说完这些压在我心里的话，我整个人好似轻松了许多，笑了笑，宽容大度地不想跟他斗嘴。

梁子帆却不满意，眯着眼睛瞅我，突然靠近我的脸，阴恻恻地说：“其实你对秦墨说那番话，未尝没有一点报复的意思吧。秦墨的软肋在哪里，你最清楚不过，一句‘不喜欢’简直是把他的自尊踩在脚底下狠狠地碾压啊。”

我觉得三年后的梁子帆智商真的不可小觑，简直跟我肚子里的蛔虫一般，太厉害了！

大约我的表情实在跟默认没什么两样，梁子帆突然双手环住自己，一副哆哆嗦嗦又很嫌弃的模样：“噫……你们女人真的太可怕了！”

我没好气地踹了他一脚。

梁子帆却优哉游哉地站起来，将手中的空瓶随手往不远处的垃圾桶投去。我就看见瓶子在空中画过一道抛物线精准地落入了垃圾桶，然后耳朵里传来梁子帆吊儿郎当的警告：“赵萌萌，我看你就作吧！等秦墨真的受不了你了，落到周嘉怡手上，你就成功地把自个儿给作死了。”他回头看着脸色有些青白的我，笑了笑，“到时候可别忘了还有我这个备胎。我呢，就张开怀抱，等着你扑进我怀里可劲儿地哭。”

我到底会不会在梁子帆怀里哭我不知道，但是没过几天，我是真的想在曾总监的怀里好好哭一把。

那天雅昕问我有没有什么梦想，我仔细地考量了一番，我赵萌萌作为一个混吃等死了小半辈子的伪富二代，确实没有什么拿得出手的成绩，唯一的兴趣，大约都用在了研究美食上。前段时间为了躲避秦墨，我想也没想就向曾旭冲动地递交了辞职信，事后回忆，实在是捶胸顿足，后悔莫及，且那天又跟秦墨彻底说开，以秦墨的自尊，必定不会纠缠于我。

何况一个酒店，秦墨也没那闲工夫天天跑来管理，我这么一想，又屁颠屁颠地去跟曾旭磕头认错。

所谓大丈夫能屈能伸，更何况我一个小女人。

连曾旭都十分敬佩我，他说："苏小花，我是真没见过你这么死皮赖脸的女人。你当酒店是你们家后花园呢，想来就来，想走就走？"

伸手不打笑脸人，我笑眯眯地给曾总监捶肩揉背，下足了功夫，十分讨好地跟他老人家伏低做小："师傅，我那什么，前段时间，不是家里摊上大事儿了吗？递辞职信真是一时冲动。您又不是不知道我，我多敬佩您啊！您是我的偶像，我的心、我的肝、我生命的四分之三，您就跟空气一样，我哪儿离得开您啊！"说着又可怜兮兮地，"您就可怜可怜我，让我在您的厨房继续打杂，这次您让我切菜我就切菜，让我洗碗我就洗碗，就算您罚我打扫一个月的厨房我都甘之如饴。"

曾旭笑了笑，末了将手中的茶杯狠狠往桌上一磕，只扔给我两个字："没门！"就十分不客气地将我扔出办公室。

连林皓都觉得我纯属找死，为什么喜欢在老虎头上拔毛，他跟我说："曾旭是什么人哪，那可是大名鼎鼎的名厨。你一封辞职信扔过去，简直是在打他当初保你进酒店的脸面，现在说回来就想轻轻松松地回来，你真当曾旭是吃素的。算了，小花，你还是重新找个师傅吧。

我偏生不信这个邪，对着职员栏里曾旭的那块玻璃甜蜜地哈了一口气，用力擦得干干净净，跟林皓贫嘴："放心吧，曾总监现在就是拉不下脸面，像我这么百年难得一见的天才厨师，曾总监这种伯乐肯定会网开一面。电视剧不都那么演的吗，‘精诚所至，金石为开’，他总有一天会被我感动，重新收留我的，哈哈哈！”

林皓目瞪口呆，忍不住喃喃：“你这是哪里来的自信？”

“不！”我目视远方，“是梁静茹给了我勇气！”

“那龚琳娜有没有给你忐忑？”曾总监忽然出现，冷冷地甩了我一个眼神。

我却心花怒放，这还是这一个多星期，曾旭主动搭理我，我立刻屁颠屁颠地迎上去，笑嘻嘻地道：“师傅，您啥意思啊？”

曾旭用鼻孔对着我，冷哼：“不知天高地厚的人我见得多了，苏小花你算个中翘楚！”

我的脸色渐渐变了。我一个女生，死皮赖脸到这份儿上，多少还是有些羞耻的，不过是找着了真正想做的事情，多多少少愿意放弃自尊罢了，可被曾旭一而再再而三地讽刺，我的脸也是涨得通红通红的。

“你上次不是说我不给你机会，老让你切菜吗？我现在给你机会，让你这个‘天才’好好发挥。你在厨房待的时间也不短了，只要你能把我那几道拿手菜随便做一道出来，我觉得合格了，就考虑重新聘用你，怎么样？”

我的脸色白了。

一旁的林皓冷汗都出来了。

曾旭是谁？

你如果有兴趣去翻一翻他的履历表，那你一定会拜倒在他的西装裤下。这个十六岁就开始学厨的总监，在厨艺界完全可以称作真正的大师。不仅国际奖项拿到手软，年轻的时候，还受邀给国外很多政要名流做过中餐。在厨艺界里，用“登峰造极”四个字形容他的厨艺是没有丝毫夸张的。

当初我被人推荐进入酒店，原本是没有任何兴趣的，后来有幸目睹曾旭本人做菜的现场，差点没五体投地，当场下跪，所以才死缠烂打要进入后厨。虽然只做了半年的菜墩子，但有曾旭这根萝卜在前头吊着，我偶尔也会有前途一片光明的错觉。

总而言之，倘若能够拜在曾旭门下，绝对不亏。可这同时也意味着，曾旭的拿手菜并不好做，对于我这样一个进入酒店半年至今连勺子都没拿过的“小白”来说，要做他的菜，根本就是天方夜谭。

曾旭这个提议的确足够让我忐忑不安了。

“怎么，不敢？”曾总监挑眉，一张面瘫脸冷笑更甚。

“总监，小花这大半年一道菜都没学过，就只是切菜、洗菜，做菜对她来说实在是……”林皓忍不住帮腔，提醒他。

“她刚才不是吹嘘自己是天才吗？天才连这点小事都做不到？”

“瞧您说的，小花那不是喜欢开玩笑嘛……”

“您的拿手菜，随便哪一道都可以吗？”我却插嘴道，心底下了一个大大的决心，决定接受曾旭的挑战。

“哟，这么有信心？可以！只要是我的拿手菜，你随便做一道，合格我就重新聘用你。”

“那不行！您得正式收我为徒，教我做菜，不然我可太亏了。”既然已经决定接受挑战，我也没什么好顾虑的，索性厚着脸皮，狮子大开口。

曾旭磨了磨牙，眯着眼睛瞅我，大约是觉得我一定会输，于是矜持地，高冷地，缓慢地点了点头。

我一蹦三尺高，已经乐得跳起来，张牙舞爪道：“您说话算话，可不许反悔。”

林皓跟看傻子一样看着我。

曾旭冷哼一声，可能觉得我这个不知天高地厚的人已经无药可救，再不屑同我搭话，扬着高贵的头颅走远了。

“小花，你是不是最近被家里的事情刺激得脑子出问题了？”林皓看我开心的样子，发愁得不行。

我就跟他分析：“反正以曾旭目前的态度，我再死缠烂打，他也不会回头看我一眼。这个挑战虽然看上去是不可能完成的任务，但对于现在的我来说，完全可以死马当活马医嘛。”

“什么叫你再死缠烂打，他也不会回头看你一眼，你以为自己谈恋爱呢……”

我也不想管林皓说什么了，我得回家仔细研究曾旭的拿手菜。

曾旭今年三十八岁，学做菜时间近二十二年，一句“学贯中西”套用在他身上根本一点都不夸张，因此要选择一道他的拿手菜，我作为一个刚入门半年的厨房小白，还真是困难重重。

困难到我挠头抓耳，无计可施。一边恨自己一时嘴快，不知天高地厚，轻易答应曾旭；一边又豪情万丈，将曾旭曾经上过的美食节目统统观摩一遍。可是实际操作起来，却总是差了那么几分火候。

我这样的状态终于惹怒了梁子帆，他戳了戳我的脸蛋，说：“你当人家大厨是吃素的，拿手菜被你这么观摩几下就能做出来？你做梦呢！”

我撇嘴：“没招儿就别老说风凉话，我这不是死马当活马医吗，反正曾旭也没想过收我为徒。”

“得，你还挺有自知之明。”梁子帆笑。

我可不想浪费时间跟这家伙斗嘴，没好气地开始赶人：“梁子帆，你过气啦？三天两头往我们店里跑，这还没开张呢，还不到你剪彩那步。”

梁子帆气得转身就走：“好你个赵萌萌，我要不是看你最近因为这事儿发愁，我能这样巴巴地跑来？你就好心当成驴肝肺吧你！”

我听了眼睛一亮，急忙讨好地拦住梁子帆，拽住他的胳膊：“这么说你有招儿？别那么小气嘛，说来听听呗，我道歉好不好？”

“哼！晚了！”

这家伙还挺傲娇，可人在屋檐下不得不低头，梁子帆有时候还真有些鬼点子，我只好绽开大大的笑脸，晃了晃他手臂，撒娇。

梁子帆显得很受用，笑眯眯地逗我：“再叫声老公来听听，就上次你跟我要合照那样的。”

我将他的手臂甩开，老规矩，撸起袖子便开始揍人。这家伙就是死性不改，不揍一顿老想着上房揭瓦。

最后梁子帆终于被我揍服帖了，老老实实道：“那什么，你就是脑子短路。曾旭再大的厨子那不也是厨师吗，总有亲自做菜的时候。我可帮你打听好了，曾旭最近接了一单私活，在A市，对方花了重金，聘请他掌勺，到时候有你现场观摩的时候。”

“谁啊？”我对A市有钱人的圈子还算熟悉，毕竟作为“伪天鹅”混了那么多年，此刻见梁子帆不敢指名道姓，便有几分怀疑，皱着眉头问。

梁子帆讷讷地，良久才吞吞吐吐地回答：“你前爸，六十大寿。”

我一脸“你这什么馊主意”的脸色看他，顿时失了兴趣，转身便走。

梁子帆急了，追上来：“这可是你最后的机会，赵萌萌，否则你要赢曾旭，根本不可能。我可是厚着脸皮从我爸那儿拿来的请帖，你当我乐意凑这样的热闹呢！”

“你当我傻啊？第一，我一点都不想回到A市，完全没有归属感！第二，你也知道我跟那家人的关系，更何况还有一个周嘉怡。我就算脸皮再厚，也不至于再把脸凑过去让人当场踩扁。”

“我还以为你是下定决心要拜曾旭为师呢！就这么点陈年破事儿就能让你放弃，你早点说啊，我还费什么力气去我爸那儿弄一请帖。”梁子帆激我。

我知道梁子帆在用激将法，可这般听着依旧不舒服。我当初死缠烂打，下定决心拜曾旭为师，为了一个秦墨，轻易放弃，如今又有机会摆在我面前，我却始终放不下面子，我这样三心二意、犹犹豫豫，最终能有什么成就呢？

我的脚步顿住，脑子里两个我厮打、挣扎了许久，终于默默地问梁子帆：“我以什么身份出席？”

隐约地，传来梁子帆的一丝轻笑，他很快将我整个人拢了过去，得意扬扬地说：“我女伴啊！”仿佛能够做他女伴特有面儿。

我最终还是跟梁子帆回了一趟A市，走之前跟宝妈报备，宝妈叹了一口气：“我早就知道会有这么一天的。”仿佛我一去不回的样子。

我搂着宝妈：“您说什么呢！就三天，我去偷师呢！要是成功了，以后就是大名鼎鼎的曾大厨的徒弟了，出师后指定带着您跟阿宝吃香的喝辣的，您就瞧好了吧。”

宝妈笑了笑。

到了机场，我却跟梁子帆大吵一架，差点上不了飞机。起因是原本我让梁子帆帮我订的经济舱，转账给梁子帆的也是经济舱的费用，谁知道梁子帆这厮私下将我换成了跟他一样的头等舱，我气得拖着行李半步都不想挪动。

梁子帆大骂我矫情，他说：“赵萌萌，你怎么这么‘作’，不就一张破机票的事儿，我压根儿没想过让你掏钱，你还巴巴地给我转账。我好心好意给你升成头等舱，你还冲我摆脸色，有你这样的吗？”

我更加没好气，冲他嚷嚷：“梁子帆，你当我还是以前那个没心没肺的赵萌萌呢？你好心帮我，我当然谢谢你。可我不想再让你做第二个秦墨，不想事事都靠着你、赖着你，成吗？我现在的经济能力，已经够节衣缩食了，根本就没有多余的能力去负担一张头等舱的机票，你能为我想想吗？”

梁子帆素来是个牛脾气，压根儿不吃我这套，更加大声地怼回来：“那你有为我想过没，我这么大一腕儿，跟你坐经济舱，合适吗？”

“你多大腕儿啊？不就一个唱歌的吗？我也没让你非跟我挤经济舱呀，不让你自个儿坐头等舱吗？

“赵萌萌！你瞧不起我！我怎么不是腕儿了！老子现在红得发紫，紫得发青，青得发黑！”

扑哧！我没绷住，终于被梁子帆一脸坦荡的破比喻逗笑。

梁子帆也乐，很快拽过我的行李，扔给助理，“我的姑奶奶，咱们赶紧登机，待会儿误机了！”

我不情不愿地跟他挪去 VIP 通道。

“行了，行了，下次就算你想坐头等舱我也给你买经济舱，行不行？”这家伙搂着我哄。

万万没想到这一幕被周围的网友拍到。我们一下飞机，他的助理就脸色难看地递来手机，今日头条上，赫然是我跟梁子帆两个情侣吵架的绯闻。于是我刚下飞机，身份便成了当红小鲜肉梁子帆的绯闻女友。

他的经纪人不得不勒令我们俩分开行动，梁子帆如今事业正在上升期，不好再传出莫须有的绯闻。

梁子帆却大大咧咧地搂着我，满不在乎的样子：“得了吧，我的绯闻女友多着呢，可没有萌萌这样胸小腿短的，那些网友瞎不瞎啊？”

气得我顺手给了他一倒拐：“滚蛋，坐你的保姆车去，我才不想跟你一块儿出名呢？”

“那你去哪儿？”梁子帆揉着胸口，见我不想跟他同行，问道。

我想了想：“见一个人，陈筱还是在原来的地方上班吗？”

这个城市我并不是完全没有归属感的，我想。这么多年，我最对不起的人就是陈筱了，回到 A 市，我便有些迫不及待地想去见陈筱。

“是倒是原来那个，可你不怕被她碎尸万段，当场射杀吗？”梁子帆冲我开了一枪。

想想陈筱那脾气，我顿时打了个寒战。

我不告而别三年，让大家都以为我死于地震，陈筱还不知道怎么伤心呢。如今我突然出现，让她知道以前的眼泪都是白流的，这里面有我故意隐瞒的成分，陈筱估计能当场将我拍死吧。

第八章 未婚妻

我没有被陈筱拍死，因为我站在下班的陈筱面前的时候，这个女人尽管眼睛都红了，却压根儿不搭理我，转身就走，一副根本不认识我的模样。

我摸了摸鼻子，幸好如今的我已经练出了几分厚脸皮，很快屁颠屁颠地追上怄气的陈筱，声音软软地叫她："筱筱……筱筱……"

陈筱看都不看我一眼。

我只好跟着她的脚步挪，她一上班，父母就在附近几百米的地方帮她买了一套高级公寓。陈筱上下班连车都不用开，几步路就走回公寓。

我一路跟着陈筱上了电梯，却在门口被她无情地挡在门外。面对砰一声关上了的公寓大门，我呆了呆，也无计可施，拖着行李站在门口，不知道该怎么办。

语言在这种时候变得无比苍白，我对陈筱的依赖程度，其实丝毫不亚于我对秦墨的依赖。

长久以来，陈筱是我唯一的朋友。以前我傻，见谁都笑呵呵地撒钱，学校里的同学面上恭维我，背后骂我二傻子，这些我都知道。唯有陈筱是真心真意对我，不管我是不是有钱人，不论贫穷富贵。哎，这样一想，陈筱这样的闺蜜，我上哪儿找啊，比找个老公还难。

我傻坐在行李箱上，准备默默地等着陈筱消气。可楼道上一点风都没有，闷热得不行，我呼哧呼哧地喘着热气，好想吃根冰棍啊。

过了大约有半个小时，公寓门突然开了，我立马端端正正地站起来。陈筱从里边探出一个脑袋，她的眼睛有些红肿，好像刚哭过。我心底特别不是滋味，鼻尖一酸，突然也有点想哭。陈筱红着眼睛瞪我："你以前的聪明劲儿哪儿去了，不知道敲门啊！"

我一听这口气，有戏，能让我进去，不禁翘了翘嘴角，提着行李往公寓里挤，果然里头凉爽极了，我忒大爷地回头问陈筱：“有冰棍吗？好渴！”

陈筱那个气，那么小一张脸，额头上的青筋都快出来了，咬牙切齿地瞪着我：“赵萌萌，三年，一千一百零八天，你有多少机会可以偷偷给我打一个电话，告诉我你好好的。你现在问我要冰棍是吗？你信不信我把你分尸了，冻成冰棍？”

我下意识打了个哆嗦，连说话都有些支支吾吾：“那不是……听说秦墨还在找我吗……我没敢给你打电话。”我埋着头，不敢去看陈筱的眼睛。

“哟！你消息挺灵通的啊！还知道秦墨那个疯子不死心满世界找你啊。怎么？你还怕我跟秦墨站一块儿，把你的行踪透露给他？”陈筱半靠在门框上，已经俨然一副审犯人的架势。

我多机灵啊，一听这语气，立马背都挺直了，端端正正地跟她认错：“我错了！下次再也不敢了。筱筱，你就原谅我吧，我以后再也不失联了。我特别想你，真的，很多次都差点忍不住给你打电话了，可想想自己以前实在太没出息，可能害你觉得有我这样的朋友挺丢脸的吧。”

“那你现在不觉得让我丢脸了？”

“我……我……我没靠着秦墨了，真的。他上次找我来着，估计有那么点复合的意思，我都没干，特别争气。而且我也很努力了，你看，我在酒店做了半年多的菜墩子，手都磨出茧子了。”我把那双已经有些粗糙的手递给陈筱瞅。

陈筱依然瞪着我，嘴角却有了笑意：“白痴！”

我抓抓脑袋，就知道这妞容易心软，不禁心里乐开了花。

“我饿了！”陈筱忽然说。

我立马举手，十分积极："我……我给你做饭去！"

厨房里，我嘴里咬着冰棍，手上利落地切菜，心想交个闺蜜太不容易了，我都快赶上二十四孝好男友了，跟孙子似的哄着她，还得上得厅堂，下得厨房，啧啧。

等到把三菜一汤做好，我们俩上桌子吃饭，屋子里的气氛总算恢复正常。

陈筱问了我很多事情，我一个一个回答。

跟她讲宝妈背菜单能一口气背完不带喘气的，就是特别抠门；阿宝是个一米八七的大傻子，有唐氏综合症，可阿宝的心最清澈，最干净，认死理，他到现在还相信我就是当初地震时他走失的那条叫"小花"的狗；魏雅昕是个大美妞，就是运气不好，老是演不上好点的角色；林皓算我半个弟弟，我们俩在厨房里最熟，经常一块儿被罚洗水箱、拖地；曾旭是我的师傅，但是人特别傲娇，暂时不想认我，不过没关系，我会努力证明给他看，我以后一定是他最得意的徒弟。

"你真打算去你'前爸'的寿宴，周嘉怡可在呢！"末了陈筱听闻我要作为梁子帆的女伴前去偷师，十分不可思议，不确定地问道。

"可目前为止，除了这个办法，好像没其他办法了。"我跟她摊手。

陈筱点头："那倒也是。"继而又皱了皱眉头，十分怀疑地瞅着我，"你不是憋着什么坏吧，到时候闹得现场多不好看！"

"我有那么无聊吗，真是的！"我瞪了她一眼，觉得她忒不信任我了。

"就你当初跟人家周嘉怡那不死不休的劲儿，我还真担心寿宴上你又不知死活地跟人家闹腾，到时候丢人的可是你自己。"

想起以前我跟周嘉怡那点破事，好像通常都是我单方面挑起战火，简直是伤敌八百，自损一千，傻透了。

"你到底为什么那么不待见周嘉怡啊，就因为秦墨喜欢她？可也许我们以前都想错了，秦墨可能不……”

“也不全是因为秦墨。我以前没告诉你们，是因为觉得丢脸，现在我也想通了，就告诉你们得了。我亲妈走的那天，嘴里念叨的全是周嘉怡，根本没提我，我想着她都那样的状态了，总得让她见周嘉怡最后一面吧。结果周嘉怡根本不肯来，我……我就跪着求她，结果她还是不愿意来。我回去的时候，我亲妈咽下最后一口气。没见到周嘉怡，她走得一点都不安宁。我当时特别嫉妒周嘉怡，又刚被人从千金小姐的位置上扒拉下来，所有不好的情绪当然全朝她一个人身上招呼啦。其实现在想想也挺偏激的，作为受害者，周嘉怡确实没必要陪我去见她最后一面，毕竟当时的局面全是我亲妈一个人折腾出来的，周嘉怡可能也跟着她吃了不少苦吧。”

“那也是养了她十几二十年的人啊，而且我们当时调查的时候，不是说你亲妈是卖了房子供她留学吗？看她面上冷冷清清的，没想到骨子里也这么冷血，人都要走了，也不肯了一个心愿。”

“算了，咱们不能道德绑架，人家周嘉怡根本没这个义务！反正我现在想通了，就当我真的欠她周嘉怡呗，我才不去招她呢！”

陈筱笑了，眼神颇有些复杂地瞅着我。

我被她看得莫名其妙。

陈筱就伸手过来摸摸我的头，一副长辈的架势，十分欣慰地说：“看来我们萌萌真的长大了啊！多懂事啊！来，顺便把碗也洗了吧。”

我：“……”

晚上，我找陈筱借一套可以参加宴会的礼服，打开衣柜发现衣帽间里的礼服还是那些我熟悉的款式，并没有添置，不禁随口问了一句。

谁知道陈筱面色不太自然地回答我，她跟家里人闹掰了，目前她妈已经切断她的经济来源，陈筱已经快一年没回过家了。

“怎么闹掰的？”我惊讶不已。

陈筱倚在门框，脚尖无意识地点地，勉强笑了笑：“犯蠢呗，为了一个男人。”

“咦？陈筱你交男朋友啦！”我挺兴奋的，要知道陈筱在外人面前压根不怎么说话，但跟我特熟，有时候甚至充当我感情的狗头军师。可这妞从来都是纸上谈兵，当初学校也有男生追她，这妞觉得男人没一个不蠢的，又受父母的影响，压根儿不太相信爱情这回事。

“瞎高兴什么呀！”陈筱白我一眼。

“我的心情堪比自家的猪终于会拱白菜了。陈筱，你要是谈恋爱，那准是惊天动地。什么时候介绍给我认识？”

陈筱更没好气：“你这什么破比喻，已经分手了，没下文了！”

我：“……”

“你忽悠我呢！为了一个男人，你都敢跟你妈对着干，怎么能说分就分啊。筱筱，你可不能小气，当初我喜欢秦墨这件事，我可一点都没瞒你，就连我‘睡’完秦墨，第一个找的也是你。怎么到你这儿，我就成外人了？你好歹也让我有点参与感啊，我闺蜜的男朋友欸，我也想把把关，好不好？”

“你要什么参与感？”陈筱哭笑不得，“我都怀疑自己有没有参与进去，人家跟前女友复合了，我当然自动、圆溜地打包滚蛋咯。”

“我靠！哪个男人这么渣！拿你疗伤呢！”我撸起袖子，气得胸脯起伏，随时准备提着菜刀砍人。

“得了吧！”陈筱踢我一脚，“我真难受那会儿，你可不在我身边，不知道背着我在哪儿逍遥快活呢！现在跟我这儿装什么两肋插刀，你先自插两刀！”

我就怂了，垂头丧气又小心翼翼地瞅着她。

陈筱一副满不在乎的模样，像是说给我听又像是说给自己听：“我才不在乎呢！这个世界上，三条腿的蛤蟆不好找，两条腿的男人还不好找吗！”

我没吭声，不管陈筱怎么安慰自己，我都知道，面前这个女人从来不动真感情，如果真的动心了，甚至动到能为他反抗父母的地步，那就是真的陷进去了。

气氛忽然又变得十分奇怪，我也不知道怎么安慰陈筱，幸好手机这时候响起来，是梁子帆。

梁子帆在那头说，为了庆祝我回A市，特意帮我办了一场小型欢迎会，让我和陈筱去酒吧喝酒。

我问陈筱的意思，陈筱大约提到男友心情不好，可有可无地点点头。

我们俩便收拾了一番，直奔梁子帆说的那家隐秘酒吧。

梁子帆这家伙忒够朋友，包间里除美女外，还有他们同公司的几位小鲜肉，各个肩宽腰窄、脸帅腿长。我跟陈筱对视一眼，分别从对方眼睛里见到了久违的兴奋。

总之，一整个晚上我们都特别放得开。

梁子帆也喝高了，他甩开那堆美女，过来搂着我，笑嘻嘻地说：“赵萌萌，你想过明晚我带你出席你们家老爷子的生日宴有多拉风吗？周围至少有一半儿认识你的，到时候一看，‘哇，诈尸啊’这是！”

我那时也喝了不少，晕乎乎的，听梁子帆这么一说，顿时也觉得那场景忒逗，不禁点了点头：“嗯，到时候咱俩肯定是全场焦点！一定把老爷子的风头都抢了。他不是特别在乎他那个交换回来的宝贝女儿吗？哈哈，我让他不在乎，我让他想把我送出国。你说他可恶不，我们做了快二十年的父女，他说把我踢走，就把我踢走，一点情面都不留……”

我一定是喝醉了，否则不会把心里最隐秘的伤痛都唠叨出来，看旁

边梁子帆的脸也觉得特别缥缈。

我们都醉得不轻，以至于怎么进的派出所，我都没什么记忆。好像是我跟梁子帆说着说着，就见有个男人把手伸进陈筱的衣服里去了，被我一眼瞅见。陈筱那是谁啊，向来只有她摸别人的份儿，还没人占她便宜的时候，我想也没想，跌跌撞撞地起来，一拳就向那男的招呼过去了。

梁子帆的这些朋友，各个都不是善茬儿，没几下子，包厢里就打起来了，一片混乱。我连谁报的警，警察什么时候来的，都没弄清楚。

半夜两点半，我跟陈筱、梁子帆，我们仨坐在派出所的审讯室里，跟孙子似的，一声儿没敢吭，酒也醒了大半。

对面的警察叔叔跟居委会大妈似的，叨叨个没完："你们瞅瞅，瞅瞅把人揍的，那是钱能了的事儿吗？肋骨断了两根，脸上乱七八糟的。我说你们俩姑娘，下手还挺狠的。"又指着梁子帆，"还有你，女人打架，你瞎掺和啥？非弄出点人命才好看，是不？"

梁子帆还跟人叫板："叔，咱能私了不，得赔多少钱，您吱一声。那哥们儿我不太熟，都是朋友叫来的。我怎么知道他那么能耐，咸猪手能朝我朋友身上招呼！"

我捅了捅梁子帆的胳膊，冲他使眼色，让他少说两句。不为别的，这地儿我熟，这位警察叔叔我更熟，人特别较真儿，千万别跟他对着干，否则能让你在警局里待一晚上。我当年在外头作天作地那两年，没少吃这些暗亏。

果然，梁子帆话一说完，对面的警察冷笑了两声，转身就不搭理我们了。

我忙叫住他，腆着脸道："不是，叔，大叔，您还记得我吗？赵萌萌，以前经常被您教育的那个。天这么晚了，您看这样，我们明天去跟人家赔礼道歉，您先把我们放了成不？而且我朋友是明星呢，要上了报纸，影响多不好，是吧？”

大叔冷哼一声，瞅了眼还是一脸不受教的梁子帆：“晚了！老实在这儿待着吧，或者找能保释你们的人去。”说罢，人头也不回地出了审讯室。

“梁子帆，我不是跟你使眼色了吗？你以为你那破钱在这儿管用啊，人家压根儿不吃你这一套。”我叉腰，气得狠狠地点了一下梁子帆的额头。要不是这家伙认错态度不诚恳，我们能被人揪住不放吗。

“行了，我还是头一回进派出所呢。赶紧找人保释我们吧。”陈筱估计第一回上派出所，脸色很差。

我们俩齐齐看向梁子帆，这家伙却突然怂了：“别指望我，我爸是不会管我的，他巴不得我吃这亏呢，至于我的经纪人，今天因为机场的新闻，现在还在跟我怄气呢，估计不会接我的电话。”

我跟梁子帆又只好去瞅陈筱，陈筱莫名其妙，说：“我跟我家闹掰了，你们又不是不知道，难道指望我跟那个前男友打电话？”

两个人同时望向我，我摊手：“我刚回来，除了你们俩，我谁都不认识。”

“秦墨呢？”陈筱想了想，居然十分自然地提起他。

我立马做了一个“抹脖子”的动作，一脸谁跟他打电话、我跟谁急的态度。

我们仨只好继续垂头丧气地在审讯室里等着。

“赵萌萌，你刚才什么意思，怎么在派出所还遇上你的老熟人了？”陈筱皱了皱眉头，突然反应过来。

我顿时有几分赧然：“那两年不是老闯祸吗，巧了，每次进的都是这家派出所，就混熟了呗。”

仔细想想好像每回来这儿，都是秦墨将我捞出来的，且几乎都是夜间。那个时候秦墨好像刚刚接手秦氏的国内市场吧，成天忙得不可开交，也不知道他有没有烦过。

“你还真能耐！”陈筱撇嘴，嘲讽。

“好说，好说。”我有点尴尬。

半个小时后，终于有值班的警察搭理我们，告诉我们有人保释了，可以回家了。

我正纳闷是谁，抬头便看见南希那张熟悉的脸，显然是有人通知了秦墨。

我回头恶狠狠地瞪了梁子帆一眼，梁子帆摆手：“不是我，我怎么可能去求情敌。”

我又用杀人的眼光盯着陈筱。

“也不是我，我手机没电了。”

“是我！”警察大叔端着茶杯进来，笑眯眯地，“姑娘，这么多年了，你死性不改，我教育不了你，总得让你男朋友教育教育你啊！赶紧走吧，你男朋友等着你，回家好好跪键盘啊！”

你才跪键盘呢，你全家都跪键盘！

我气得脸色通红，一出门就见着秦墨，也不知道这个臭警察的话他听进去了多少，我觉得丢脸死了。

明明那天才将秦墨打发走，依照秦墨的自尊，我琢磨着他肯定再也不会搭理我了，谁知道我还没嘚瑟两天，就破了功，简直是被人狠狠抓住了小辫子。

实在太丢人了。

我垂头丧气、慢腾腾地移到秦墨面前。

八月的 A 市，凌晨时分退去了白日的燥热，有轻微的寒意。秦墨应该是半夜被吵醒的，只随便套了件外套便出来了，衬衫的扣子也随意地开到锁骨处。

我的视线于是很快只能到达这里，根本不敢去看秦墨的脸：“那个，谢谢你啊。”我支支吾吾地说。

秦墨的目光冷冷地朝我射来，我能感觉到，不知道这大半夜的，他会不会发脾气。果然，他的声音很冷：“你应该谢谢南希。挺出息啊，赵萌萌，刚回来就闹得惊天动地，生怕别人不知道你回来了是吧？”

这要搁平常，我指定不能就这么受着，非得怼回来不可，可这三更半夜的，秦墨又是从被窝里爬出来保释我的，我也不能不知好歹，于是十分内疚地瞅了旁边的南希一眼：“不好意思啊，南希，还有，谢谢你。”

南希倒没有秦墨那般大牌，仍是笑眯眯的模样：“人没事就好。”又抬起腕间的腕表看了一眼，“挺晚了，要不然先送你们回去？”

“我就算了，我有车。”梁子帆打了个呵欠，抬腿走出来，“那我先回去了。”做了个拜拜的手势。

“等等，梁子帆，我跟你一块儿。”陈筱很快追上他。

我正想跟着一起溜之大吉，秦墨高大的身影突然挡在我面前：“赵萌萌，你就这样走了？”

那不然还能怎样？我看着陈筱那厮好像一点都没有要搭理我的模样，忍不住踮起脚尖唤了她一声，谁知道陈筱好像一点都没听见似的，头也不回地追着梁子帆走了。

“我不是跟你道谢了吗？”我没好气地回应秦墨。

一听这话，秦墨的脸色便彻底黑了，抿着唇，头也不回地大步跨出警局，弄得我莫名其妙，压根儿不知道他生什么气。

南希抬了抬镜框，几步走近我：“老板最近脾气差了不少，不过也好，总好过跟个机器人似的没有喜怒哀乐。”

我疑惑地瞅了南希一眼，没听明白她的意思。

南希抿了抿唇，突然说："赵小姐，你知道秦先生很爱你吧？这么多年，你根本不知道他怎么过的，请你……别再折腾他了。"说完话，她也不等我反应，兀自跟上秦墨的脚步。

我心里挺不是滋味，怎么成了我折腾秦墨了，真是笑话。

我皱着眉头这样想着，默默地走出警局大门，门口停着一辆低调的SUV，我看见南希弯腰跟车窗里的秦墨恭敬地说了几句话，又回头看了我一眼，很快开了路边另一辆车走掉了。

我在原地站了一会儿。

SUV 静静地停在那里，没有要走的意思。

我突然想起几年前，我跟那群混混在外头出了事，秦墨几乎每次都找南希帮我解决。我一出大门，必然看见他熟悉的车牌。我那时候很会哄人，特别能伏低做小，每每犯错，认错态度良好，搂着秦墨的脖子，好话一套一套的，什么甜言蜜语都往外冒，等把他哄得晕头转向，秦墨也就奈我不何。然而下一次，我照样能做出让他更头疼的事来。

这样一幕，仿佛又跟当年重合了，我有时候也弄不明白，倘若秦墨的真爱是周嘉怡，那么，为什么他对我，又能那么有耐心呢！

我琢磨了一小会儿，识时务地拉开车门。秦墨面无表情地坐在里面，路边的街灯将他稍显瘦削的脸颊衬得如同雕塑。

我只好戳了戳他的肩膀："坐进去一点嘛，不然我怎么坐。"

他大爷的，终于肯瞅我一眼。我有些不自在，实在是上次将话说得太满，连"我其实没有那么喜欢你"这种话都能说出来，大有老死不相往来的架势，此刻又原形毕露，多少有些尴尬。

大爷没说话，却终于往里挪了挪，空出位置来。

我也不矫情，大晚上的，又不好打车，为什么非得跟秦墨较劲儿，很快爬进车里去。

车内，秦墨也没有想要搭理我的样子，幸好司机是秦家的老师傅，我只好甜甜地与司机寒暄：“张叔，好久不见。”

张叔从后视镜里瞅我，我当然不大看得清楚他的表情，但是我听见他“哎，是……”了一声，声音有点抖。

我突然想起今晚跟梁子帆喝酒时的谈话，他说赵萌萌，你这么陡然出现，估摸现场都以为是诈尸呢！想到这里，再联系张叔的语气，又是三更半夜的，我不知道张叔是不是误会了，于是急忙安慰他老人家：“您放心，我没诈尸，是活的。”一边说，一边冲他老人家比画了几下，要不是在车上，非得当场活蹦乱跳几下来证明。

张叔咳了咳，有些忍俊不禁的样子，很快说：“嗯，家里都知道了。太太盼着您回来呢！”

我还要再说什么，一旁的秦墨终于忍无可忍：“闭嘴。”

我也不知道哪里又招惹这尊大佛了，可大半夜的，我才不想跟他吵架呢，偷偷白了他一眼，闭嘴不说话了。

结果汽车一路行驶，开到我熟悉的山路时，我终于想起我方才想说什么却被秦墨“闭嘴”两个字打断了。

我急忙冲张叔开口：“张叔，我……我住云辉路，市中心。”

张叔没回应我，透过后视镜，偷偷看了一眼后座正闭目养神的秦墨一眼。

哼，果真是别人家的司机，看老板脸色行事。我心中不平，却也知道该找谁，于是侧身去戳秦大爷的肩膀：“秦墨，你说话！”

秦大爷眼睛都懒得睁，压根儿就不搭理我。

哼，装死呢！

我想也没想，狠狠踹了他小肚子一脚。估计踹得有点狠，秦墨很快惊醒，制住我作怪的腿：“别闹！”

我才不吃他这套，很快拽过他的衣领，冷冷地威胁：“我要回家。”

秦墨扼住我的手，声音里带着深夜的一丝沙哑，仿佛刚睡醒。事实上，我也不知道他闭目养神那会儿是不是真的睡着了，只听见他说：“这是回家的路。”

“我是说回筱筱家。”我一字一顿。

秦墨的脸色有点冷，抓住我的手往他怀里带了带，一副我是个大麻烦的模样：“你少给人家添麻烦，大半夜的，不许闹！”

听听，又是这种对白，从头到尾，秦墨好似压根儿不考虑我们分开的三年，依然当我是那个他攥在手心里的赵萌萌。

可大约实在是隔得太近，近到秦墨眼下的青痕清晰可见。不知为何，南希走时的声音又在我耳边回响，她说“你知道他很爱你吧，别再折腾他了”。

联想到此刻凌晨时分，我该死地又心软了，不甘心地哼哼唧唧：“我才没有给筱筱添麻烦呢！”

秦墨用鼻孔瞅我，很是不屑地戳穿我：“陈筱今晚是第一次进派出所吧。”

这话堵得，我当然辩白不出啥了。我确实三年后跟陈筱第一次重逢，便激动地赠送了人家派出所半夜游来着，可我习惯跟秦墨拌嘴，死鸭子嘴硬道：“筱筱才不嫌我烦。”

秦墨冷哼了一声，没说话。

我却暗自得意，觉得终于赢了一回，可等瞅见车身缓缓驶进熟悉的秦家大门，我再也得意不起来。虽然没有矫情地闹着要回去找筱筱，可三年后，这样大大咧咧地再次住进秦家，即使我脸皮够厚实，心理上也没有那般坦然。更何况，我不久前才狠狠地拒绝了秦墨。

是以，秦墨下车后，我的屁股都还粘在真皮座椅上，半分都不想挪动。

我承认，我的矫情劲儿又上来了，忍不住抓了抓脑袋，突然恨死梁子帆那个混蛋，非搞什么欢迎派对，搞到派出所不说，最后还搞到秦家来了。

“怎么，等我抱你呢！”秦墨见我没跟上，回头瞅我一眼，似笑非笑的模样。

我把心一横，也实在不想再“作”下去，只好钻出了车子，又欲盖弥彰地准备跟他划清界限:“那什么……暂时借住一晚，明早我立刻走。”

秦墨抱着手臂，眼睛眯了眯，没说话，很快转身上楼了。

我毕竟在秦家住了那么多年，怎么也算熟门熟路，想也没想就跟着秦墨到了同一楼层。我以前的房间就在秦墨隔壁，见秦墨也不搭理我，我只好握着门把，很自然地准备住以前的房间。

秦墨也握着门把，见我的动作，终于大爷般开了尊口，有些讥诮的口吻：“你就这么肯定你的房间有人收拾，不怕满屋子的灰？”

那我能住哪儿，总不能大半夜找佣人给我铺床，去住客房吧。

想到这里，我顿时一肚子火气，觉得跟秦墨回家简直就是个巨大的失误，方才的心软十分可笑，完全是自个儿把自个儿给坑进去了。

我当即转身便走，心想哪怕半夜睡大街上，也不要再搭理秦墨这个混账。

“赵萌萌！”秦墨挡在我面前，握住我的手腕。他捏得很紧，胸脯起伏，仿佛气极，良久，才缓了缓，声音带着切齿的寒战，“你就这么矫情，非要跟我划清界限？”

我垂着脑袋，眼睛不争气地又隐隐发红，想来想去，方才好似从上车起，就又被秦墨这厮牵着鼻子走，根本就是自己找死，偏偏还被这厮逼得无路可退，居然到了此等局面。

我红着眼睛，一时不想说话。

秦墨终于叹了口气，抚着额头，一副拿我没有办法的样子：“很晚了，先休息，我们明天再说，好不好？”声音已经软下来，算是妥协

我想了想，到底不愿意再折腾，抬头看他：“那你睡沙发！”

秦墨金丝边眼镜后的眼睛闪了闪。我却等不及他答应与否，很快推开秦墨的卧室门。反正我们俩也不是多纯洁的男女关系，大半夜的，我还能矫情到哪里去呢。

结果一拉开卧室门，我又傻了。我都忘了，秦墨的房间极为简洁，根本就没有沙发。

“我总不能睡地毯吧？”秦墨摸了摸鼻子，走进来。

我：“……”

算了……我认命地闭着眼睛想。

然后我转身，忍不住搂住秦墨的脖子，吻了上去。

我知道一碰上秦墨这个混蛋，我一定忍不住就范。我压根儿没有害怕秦墨，我是害怕对秦墨说完“不喜欢”这三个字以后的我，又没皮没脸地缠上秦墨，所以我已经尽量将秦墨推得远远的了。谁知道这厮一点警觉性都没有，非要把我带回家。

就当我喝醉了，横竖这种没皮没脸的事情我赵萌萌一直无师自通得很，顶多来个翻脸不认账。

谁教我那么想念秦墨，谁教我那么喜欢秦墨。我吻着秦墨的唇，闻到他身上熟悉得不能再熟悉的味道，这样想着。

秦墨估计压根儿跟不上我的脑回路，可是秦墨那样高兴，我能清晰地看见他眼底的欢喜，很快这种欢喜转为回应，让我觉得好像这种想念和喜欢也不算单方面，这个混蛋几乎快咬破我的嘴唇。

夜色很晚了，窗口那棵梧桐稀稀疏疏地倒映进窗子里，投下斑驳的影子……

我不知道此刻我跟秦墨有没有影子，如果有，那一定是可耻地，热烈地，奔放地缠绕在一起吧……

第二天早晨来个死不认账这种事情，我一直觉得自个儿肯定驾轻就熟，根本不需要演习。此等场景，通常得趁对方熟睡之时，方便溜之大吉。

可我大中午醒来，连秦墨一个影子都没见着，显然，我才是“熟睡”的那一个，或者是被对方翻脸不认账的那一个。

我气得狠狠捶了一下床，继而想起秦墨大约是出门了，此时不走，更待何时。于是我很快去浴室草草地洗漱一番，看到秦墨那只电动牙刷，更没好气地一把扔进垃圾桶。

结果我猫似的偷偷下楼，却发现秦墨压根儿没走，不仅如此，楼下坐着的还有秦阿姨。

我也不知道秦墨是怎么发现悄无声息的我，反正等我发现他的时候，我们的视线已经对接在一起。

我老脸一红，突然跟只兔子似的，又没头没脑地重新往楼上冲。

这回没敢往秦墨的卧室冲，我扭开门把，钻进自己当初的那间屋子。

我摸着扑通扑通跳个不停地心脏，啧啧，又摸了摸滚烫的脸颊，突然有一股很想跳窗的冲动。结果等我环顾四周，这才发现上当受骗，三年没住过的房间干净得很，几乎就是我走时的模样，连床单被套都是新的。我立刻琢磨过来，又被秦墨这厮涮了！

“赵萌萌，下来吃饭。”秦墨敲门。

敲隔壁的门。

我抱着手臂在沙发上等着。

一两分钟后门把终于被人扭开，我顺手扔了一个抱枕过去，不偏不倚，刚好砸在秦墨那厮脸上。

“又在发什么脾气！”秦墨脸色臭臭的，却异常好脾气地捡起抱枕朝我走来。

我恶狠狠地瞪着他：“你不是说满屋子的灰吗？”

这家伙的目光闪了闪，突然整个人笼罩了过来，那张该死的帅脸很快在我面前放大，带着秦墨独有的气息，又是那副似笑非笑的表情，怎么看都透着一股得意劲儿：“我什么时候说满屋子的灰了？”

我的眼珠子转了转，这才发现昨晚被秦墨的文字游戏给玩了，顿时恼羞成怒，恶向胆边生，想也没想一巴掌便要朝这家伙招呼过去，谁知半路被这厮拦截。秦墨顺势吻了我一下，倒也没怎么生气的样子：“别闹了，下楼吃饭，嗯？”

我被他这样宠溺地态度弄得七上八下，一时不知道是该气还是该恼，脸色涨得通红，情绪忽然上来，眼睛又酸酸的，没甚好气：“你就知道欺负我！”

秦墨这回笑了，额头抵着我的额头，蹭了蹭，弄得我鼻尖全是他的气息：“就昨天那样，你好意思说我欺负你？”

我的脸更红了，好似浑身都烫了起来，简直羞耻极了，忍不住蹬了他一脚，就想离他远点儿。

大约那一脚太狠，秦墨“嘶”的一声，皱了皱眉头，终于放开包围圈。我半点不同情他，赤脚站在沙发上，好歹终于高出他一截，顿时也有了争辩的勇气：“昨天怎么了，昨天那是我鬼迷心窍。你少得意，我才没当回事儿！”

“赵萌萌！”这回秦墨终于生气了，忍不住吼我。

我多嚣张啊，不知道还好，如今看见这间被人打扫得干干净净的房间，我还有什么不明白的？秦墨压根儿没忘记我，房间打扫得这样干净，估计没少睹物思人。

秦墨喜欢我，这是南希亲口说的，我心里得意极了，一时甜蜜，一时又想起秦墨当初的所作所为，恨得牙痒。此刻不折磨他，更待何时！

“怎么，你还想找我负责吗！我告诉你秦墨，晚了！当年你没想过娶我，现在还想我对你负责，门儿都没有！”我双手叉腰，抖着腿，完全一副无赖样，要不是秦大爷站得稍远，我非得好好拍拍那张脸，学学电影里调戏良家妇女的恶霸。

我正得意着呢，冷不防瞅见门把已经被人拧开，也不知道秦妈妈是什么时候走进来的，听到了多少。总之，秦妈妈瞅我的眼神，忒惊讶了，估计被我这阵势吓到了。

我小腿一抖，急急忙忙跳下沙发，穿上拖鞋，哆哆嗦嗦地，十分不好意思：“秦……秦阿姨。”化身乖宝宝。

秦阿姨好歹是个过来人，什么大风大浪没见过，很快收起脸上的情绪，笑了笑，说：“我就是上来叫你们吃饭。”又看了一眼我皱巴巴的衣服，“换件衣服吧，萌萌，衣柜里都是你以前的衣服，应该能穿。”

“哦！”我十分乖觉地点头。秦阿姨这样的态度，根本一点都没有重逢的喜悦，相反，居然有几分说不清道不明的生疏，弄得我心里怪不是滋味。

我也不知道自己是怎么坐上秦家那张饭桌的。三年后，秦家好像也没怎么变，还是老样子，就是饭桌上，我再也不敢叽叽喳喳地讲话了。

一场午饭，吃得极为安静，秦阿姨好像一点儿都不好奇我为什么突然回来了，又在外面经历了些什么，从始至终，不曾分一点目光给我。末了，快吃完的时候，这个极有教养的贵妇才擦了擦嘴，笑眯眯地冲我道：“萌萌现在住哪儿，我让司机把你房间里的东西送过去吧，你刚回来，用自己熟悉的东西方便点。”

虽然我压根也没想过住在秦家，可秦阿姨话里话外赶人的意思我再笨多少也听出了几分，顿时有些不知所措，一时愣在那里，望着这个陌生的贵妇，忘了要说话。

“妈！”秦墨却忽然抬高了语调，有几分不悦，“萌萌就住家里，哪儿也不去！”不容置喙的口吻。

饶是我二愣子，此刻饭桌上剑拔弩张的氛围我也感觉到了。虽然不知道三年后秦阿姨为什么突然变了一副态度，可我十分不愿意看他们为了我相互争吵，只好极快回应道：“不用了，阿姨，那些东西都是以前秦墨帮我买的，没有一件属于我。我现在暂时住陈筱家，回 A 市就是办一点事儿，很快会回 B 市的。”

坐在对面的秦墨瞪着我。

秦阿姨却十分满意：“那就好。”又语重心长地补充，“萌萌，不是阿姨赶你，只是现在我们两家都看好嘉怡跟秦墨……你住在这里，恐怕不太方便。”

轰隆一声，我好似被一阵闷雷击中。

我刚刚才因为秦墨喜欢我的那一点小嘚瑟瞬间化为满满的苦涩，显然，这次打脸很疼，我再一次自以为是，自作多情。

我都不知道我是怎么走出秦家的。大门口，秦墨还想拦我来着，被我一巴掌招呼过去，这回秦墨可没躲开，人是打着了，我却把自己哭成了一个傻瓜。

被打的秦墨显得异常冷静，他向来那样冷静。他说：“赵萌萌，你哭什么？你不是说不喜欢我吗？”

我实在没想到都这时候了，这厮还能跟我掰扯这个问题，顿时气不打一处来：“滚蛋！秦墨！老娘眼瞎了才喜欢你！”

“那你哭什么？”秦墨抿着唇，好似跟这个问题杠上了，异常执着地问。

我哭什么，我当然哭自己眼光差、品位低劣，到现在了还舍不得你这个世纪大渣男，我真是快被自己气死了。可我向来死鸭子嘴硬，想也没想，眼泪流得更凶了，口是心非道：“我就跟秦阿姨客气两句，那一屋子的好东西呢，我那么多包包，我能不哭吗，呜……呜……”

秦墨的脸色陡然变黑，跟乌云压顶似的，再也懒得看我一眼，将我往老张的汽车里拽：“你不是说要回 B 市吗？赶紧回，赵萌萌，你给我赶紧滚，滚得越远越好！”

我都不知道他这一通脾气是怎么来的，明明跟周嘉怡不清不楚的那个人是他，怎么反倒错的那一个是我。我气得浑身发抖，甩开他的手，哭着打了个嗝，特有骨气道：“用不着你拽，秦墨，跟我喜欢赖在你家似的。我后天的飞机票，压根儿一辈子都没想过回来！”说罢，坐进车内，很快升起车窗。

最后一眼，是秦墨赤着眼睛看着我，好似要将我拆骨入腹。

领秦墨工资的老张还犹犹豫豫地，频频往后视镜里瞅。

我拍了拍老张的肩，让他赶紧出发，暗暗发誓再也不想回到这个伤心地！

周末，陈筱躺在沙发上敷面膜，一见我红肿的眼睛，跟大仙儿似的立马算出来：“又吵架了？”

我一屁股往陈筱旁边坐，眼睛莫名其妙地一阵疼，忍不住跟陈筱掏心窝子，声音十分哽咽：“筱筱，你说这都快三年了，我怎么还是那么蠢，喜欢谁不好，偏偏忘不了一个秦墨。你说当初他生死关头都选择周嘉怡了，他那么喜欢周嘉怡，为什么现在还要来招惹我，我真的特别……呜……呜……特别不明白。”我捂住眼睛，心里觉得难受极了，这么多年，我不敢回到 A 市，不敢去面对秦墨，就是担心自己又没出息地陷进去。事实证明，我的确是十分没出息，才会到现在依然为这个男人感到难受。

陈筱摘下面膜，想了想，坐直了身体：“谁说秦墨选择周嘉怡了？”

我的心脏难受得一抽一抽地疼，含糊道：“刚才秦阿姨让我把以前的东西搬走，说两家都特别看好他们俩交往，我是不是特别傻？”

陈筱将面膜往桌上一甩，不知道为什么好似突然来了气，陡然站起来：“你不傻谁傻？三年……赵萌萌，不是三天，也不是三个月，我们都以为你死了，为了你，我掉了多少眼泪？”

我吓了一跳，忍不住抬头看向陈筱，她的眼睛赤红，一如那天秦墨在酒店第一次看我的眼神，仿佛气极，又十分无可奈何的模样。

“你凭什么觉得每个人都该对你死心塌地、念念不忘！你一个人在外头逍遥自在，有没有想过我们也会伤心难过？每年，每年一到地震纪念日，我都觉得喘不过气，你知道我有多后悔当初没有管你，害你一个人跑去跟秦墨求婚吗？我每想一次你当初那个状态，我就恨不得自个儿把自个儿掐死，你知道吗？”

我都快吓傻了，不知道筱筱为什么聊到这个话题，急忙摆手：“没有……我从来没有怪过你，筱筱……我只是……对不起！对不起，筱筱，害你担心了！”

“赵萌萌，我跟你说这些不是想让你跟我道歉。”陈筱叹了口气，单手叉腰，有些泄气，又诚恳道：“我跟你说这些，是想告诉你，作为你的闺蜜，你‘死而复生’我很开心，也很愤怒，这种情绪很复杂，我不知道你能不能懂，所以，站在秦墨的角度，我特别理解他！”说到这里，陈筱顿了一下，“你可能不知道秦墨这些年是怎么过来的，可我看在眼里，你知道他都快把当初地震那座山移平了吗？”

我怔住了，傻傻地看着面前的陈筱。

“而你现在还在纠结秦墨选择了周嘉怡。如果他俩真的在一起了，三年后还能有你赵萌萌的戏？你觉得秦墨昨晚能巴巴地跑去管你，是因为什么？”

我眨了一下眼睛，忽然有些明白秦墨的怒气。

陈筱揽住我的双肩：“赵萌萌，如果你觉得你对秦墨还是念念不忘，那就不要逃避，把一切事情弄清楚，有什么事情当面问秦墨，不要一直去纠结一个周嘉怡，也许那从来不是你跟秦墨之间的问题，你懂吗？”

在陈筱颇有压迫力的眼神下，我傻傻地点了点头，脑子里却仍然一团糨糊。

“可……可当初不是你跟我灌输的，秦墨的真爱是周嘉怡吗？”我终于反应过来。

“是我吗？”陈筱指着自己，一副不可思议的模样。

我点头：“你一直跟我说他俩郎才女貌、天生一对，我就是那个棒打鸳鸯、强行介入的万年女配！”

陈筱咳了咳，很是不自在，末了一巴掌拍到我额头上：“你傻啊，我那会儿连恋爱都没谈过，我的话你都能瞎信？”

不知道为什么，瞅见陈筱这副十二万分不大自在的模样，我总觉得她好像知道点什么……

虽然十分不愿意承认，但是陈筱的话到底有几分打动我。我曾经一直觉得如果我走了，秦墨理所当然会跟周嘉怡在一起，可是昨晚南希的话让我忍不住动摇，隐隐觉得秦墨可能、大约也是喜欢我的。一时鬼迷心窍，没有忍住被这厮勾引。倘若没有今早秦阿姨的话，我应该已经鼓起勇气问清楚秦墨当年的种种，然而一个周嘉怡，却仍旧成了我的心魔，很快将我打回原形。

可秦墨一点解释都没有，到底因为他从未在乎过周嘉怡，还是仍旧觉得我无理取闹，懒得跟我解释？

我不知道，我只知道，对于秦墨，我再喜欢，也不敢再放任自己宛如当初的菟丝花般紧紧缠绕在他身边。梁子帆说得很对，我再也没有勇气在秦墨身上赌上全部的爱情。

我已经后悔回到 A 市。

好在晚宴就在今晚，倘若安然度过，我倒是能迅速逃回宝妈身边，然后当作从未回来过。

三年后，我已经拥有足够多的退路，我比任何时候都要庆幸，我不再是孑然一身的赵萌萌。

可秦墨当年为什么不肯娶我，甚至连孩子都不要。那个晚上，他为什么舍近求远，宁肯救下对面大楼的周嘉怡，也不肯敲开隔壁的门，理会一下睡熟的我。

我坐在梁子帆的车上，忍不住垂眉深思。

这么多年，每每念及秦墨，我便抓心挠肝地纠结。说到底，困惑我的问题，仍旧是这些，只要想起这些，我仍然看不出秦墨对我有一丝一毫的爱意，我依然觉得心里抽疼。

"'小凰鸡'，咱俩是去贺寿的，你就算再恨你'前爸'，也不必一副奔丧的表情吧？"梁子帆开着车，吐槽。

我回过神，经他提醒，忍不住拍拍自己的脸颊，告诉自己不要再去纠结这些问题，我来 A 市的目的，并不是为了秦墨，曾旭才是我的重点。

还有……我的"前爸"。

"梁子帆，你能找个卖保健品的地儿吗？我想顺路买点东西。"

"干什么？宝妈身体不舒服？"

"不是……咱们不是去贺寿吗？想一想，我以前做他女儿的时候，还真是不大孝顺。"

我苦笑，其实到底有些紧张，当初被周父一副要将我打包出国的模样气极了，就再也没有出现在他面前。今天跟着梁子帆去，也是为了曾旭，可他毕竟养育我那么多年，虽然不算慈父，却是实实在在对我有养育之恩。

“得了吧，就周叔那样的，什么好玩意儿没有，能看得上你那些破保健品？”梁子帆不屑。

要不是他正在开车，我真想撕这小子的嘴：“你懂什么叫心意吗？”我瞪他，又有些羞赧，不好意思地垂下头，“这是我自个儿攒的钱，我能买得起的，也就一些保健品了。”

梁子帆摸了摸鼻子，有些意味深长地看着我：“得，你还真跟以前不大一样了。”

我知道我的出现对于这场生日宴一定是个重磅炸弹，颇有些砸场子的嫌疑，可我的本意并非如此，于是十分低调地挽着梁子帆的胳膊。我莫名有些紧张，手脚都不知道该往哪里放。

梁子帆就笑话我：“真没看出来，你也有紧张的时候。”

我偷偷地狠狠掐了梁子帆一把：“我要是今天丢脸了，一定跟你算账，总感觉是你跟周家有仇，我才被你忽悠来的。”

一边说，一边顺着主位望去，第一眼见着的是我们家老太太。别说，这么多年过去了，老太太保养得真好，一点都不像五十岁的人，说她三十都有人信。

我想起以前，我妈从小喜欢打扮我，我十四五岁的时候已经跟她老人家混迹各大美容院和名牌场所，她还美其名曰：女孩子要富养。我大手大脚花钱的习惯还真是被这老太太宠出来的。想起以前我们俩手挽着手出门的时候，谁不夸我们俩跟姐妹似的。老太太心里美滋滋的，面上还要瞪人家一眼，骂人家把我年龄说老了。

那会儿谁能想到我不是她亲生的啊。

我一时惆怅，感叹自己身世狗血。说真的，谁能有我赵萌萌经历丰富啊，人生路走到三分之一，亲爸、亲妈换了一波不说，连地震都经历了一回，用一个“跌宕起伏”形容我的前半生真是一点都不为过。

“去不去打招呼？”梁子帆冲我努努嘴

我抬头挺胸，深吸一口气，冲梁子帆点点头。作为客人，虽然我是名副其实来蹭饭的，但不去主人面前露个脸，也不太像话。

“姐……”最先看见我的是周子聪，这家伙估计吓傻了，嘴里能塞下一颗鸡蛋。

三年不见，周子聪又长高了一点，虽然没有梁子帆这样的明星颜值，但高高瘦瘦的，怎么看怎么顺眼。

周父、周母见着我也惊疑不定，尤其是周父，新闻里多冷面的一个人啊，向来不喜形于色，能够露出这副模样，看来我的出现对他们的冲击力还真是挺大的。

“周叔，周姨。”梁子帆这小子嘴甜，小时候就能靠一张正太脸将我家老太太哄得心花怒放，这会儿声音颇为客气，十分礼貌。

“萌萌……”老太太手中的酒杯差点不稳，她摇摇欲坠，还好被老爷子一把扶住，但表情十分激动。我不知道有没有看错，她眼底竟然有几分泪光。

我心中一酸，到底也觉得有几分难受。犹记得当初被周父勒令打包出国，我毕竟还没从二十年的骨肉亲情里回神，忍不住想要依赖的还是这个女人。可那时她老人家哭得比我还厉害，口中念的也不过是，再见我，实在觉得对不起她的周嘉怡，我亲妈干下的事儿，她还是不能原谅云云。我那会儿不懂事，天旋地转，只觉得他俩绝情，暗暗发誓再也不要跟这一家人见面。如今想来，这两位心里的伤，不比我少。

“周叔叔，周阿姨。”念及此，我的舌尖滚了滚，跟着梁子帆叫人，又把手上看起来实在拿不出手的礼盒递过去，“今天是您的生日，生日快乐！”

周父定了一会儿才接过，很快身旁有侍者帮他将东西提走，他缓了缓才叹道：“人能平安回来就好。”

周母已经背过身去，调整了一会儿情绪才道：“我去趟洗手间。”

这算是打过招呼了，很快我们便被侍者引入席间，是中式宴席。周家商场来往者颇多，总有一两个不合的，因此座位都极为讲究。我作为梁子帆的女伴，自然和他在一块儿。

周子聪屁颠屁颠地凑上来：“姐，你真的没事儿了？我们都以为你……”话只说了一半，不敢将那个字说出来，可周子聪素来智商高、情商低，又补充道，“你身体怎么样？有没有缺胳膊少腿？脸呢？原装的还是进口的，有没有受伤，整过容吗？”

我顿时哭笑不得，都不知道这家伙到底是关心我还是单纯好奇。

连梁子帆都听不下去，随手甩了这小子一记栗暴：“你能盼着点你姐好不！”

“这是基于地震‘活遗址’最合理的推理。”得，我都成他嘴里的“活遗址”了。

“你俩怎么来了？我还以为你一辈子都不想跟咱爸妈联系了呢！你别看咱妈那样儿，不稀罕搭理你，当初听说你在地震里没能回来，偷偷哭了好几回，估计这会儿又蹲厕所里哭呢！”

我心中感动，更加不好意思跟他说我这次就是单纯来蹭个饭，偷个师，只能眯着眼睛装弥勒佛。

“你姐呢？”梁子帆引开话题，我们都知道，他说的“姐”，当然是周嘉怡。

“甭提了，她就一个工作狂，就今儿这种大日子，估计不到饭点儿她也赶不回来。我爸天天拿她跟我比，以前是你还好点，咱俩半斤八两，现在被她衬得，我整个一烂泥扶不上墙。”

虽然周子聪这话里怎么听怎么透着跟我一股子亲热劲儿，可我就是听着不大舒服，颇为刺耳。

梁子帆捂着嘴偷笑。

“怎么说话呢？”我忍不住踢了周子聪一脚。

“行了，不跟你们瞎聊，我招呼客人去了，你俩自便。待会儿秦哥来了，咱几个聚聚。”周子聪说完便闪人了。

我一听秦墨要来，胸口一跳，有些不大自在。

梁子帆一张俊脸凑过来，一眼将我看穿：“我警告你啊，赵萌萌，今晚你可是我的女伴，少把心思往别的男人身上放。”

这种莫名其妙的占有欲是怎么回事，不过我一直喜欢逗弄梁子帆，几乎把他当我半个弟弟，也知道这家伙是个美女就能扑上去的性子，嘴里从来没半句真话。此刻闲来无事，又想逗他，于是捧起梁鲜肉的帅脸，故意深情款款地跟他对视：“心肝儿，我今晚只看你一个。你粉丝成天嚷嚷的口号是什么来着，帆帆，帆帆我爱你……”我话还没说完，梁子帆的神色一变，突然搞偷袭，朝我额上吻了一下。

调戏人是一回事，被反调戏可不是我的风格。我正想拧这家伙给他点颜色看看，却见梁子帆神色有异，顺着他得意扬扬的眼神往后望去，一身烟灰色西装的秦墨挽着秦阿姨从大厅门口走进来，显然已经看到这亲昵的一幕。他的薄唇抿得很紧，眸色深深。我觉得尽管隔着那样远的距离，都能快速而精准地被他一眼射杀了。

有种被当场捉奸的错觉……

我脸一热，立刻放开梁子帆的脸，下意识避开秦墨冷漠的目光，瞬间犯了怂。

“出息！”梁子帆轻蔑地讽刺了我一句。

我偷偷踹了梁子帆这个罪魁祸首一脚，想起秦墨方才的目光，有些心惊肉跳。

不过梁子帆下句话很快将我那点羞耻感打消。他一只手搁在我后面的椅子上，有些吊儿郎当地补了一句："别怂了，周嘉怡在他旁边，真不知道到底你是备胎，还是我是备胎。"

我的目光往上抬，果真站在秦阿姨另一边的不是周嘉怡又是谁！尽管秦阿姨挽着秦墨的胳膊，可却不时与身旁的周嘉怡搭话，那副亲切的模样显然印证了今早秦阿姨所说的两家都看好秦墨与周嘉怡的事实。

隔了这么多年，周嘉怡依然是那个气场全开的周嘉怡。连我都不得不承认，三个人站在一起，实在是婆媳友爱的和谐画面，原本又是一对俊男美女，真是赚足人眼球，惹得大堂内宾客频频朝三人望去。

我瞬间有些傻，毕竟听到是一回事，亲眼看见又是另一回事。亏得陈筱方才还跟我做了一大堆心理辅导，告诉我秦墨不可能选择周嘉怡，现在看来，简直是被打脸。

我心里一时不知是个什么滋味，明明昨夜还那样亲密的人，到了今夜，仿佛已经陌生到不认识。

有侍者带他们入席，是主位那桌。今晚这样的场合，凭借秦家与周家的关系，坐上主位没什么可惊讶的，两家估计又有联姻的意思，更是顺理成章。

我强迫自己收回目光，随手端起桌上的茶杯，一饮而尽，又拼命提醒自己，今晚是为了曾旭，尝完曾旭的手艺我就回 B 市，永远都不要再回来。

梁子帆摸了摸鼻子，有些想要安慰我又不知道怎么安慰的模样。

我委屈得要命，把头埋在杯子里，怕自己哭出来，那多丢脸啊。

"赵萌萌。"秦墨冷冷的音调响起。

我有点蒙，侧头呆呆地看着他。

大庭广众之下，作为周家的准女婿，真是不知道秦墨这会儿还来勾搭我这个前女友是什么意思。

我眨了一下眼睛，秦墨却已经伸出手掌："跟我过来。"

秦墨的声音是平稳的、冷静的。他姿势随意，仿佛这只是一个无关紧要的邀请。

说完话，他便抿着唇，静静地看着我，仍旧是那副高傲的、睥睨天下的模样。

我的心脏突然就缩紧了。

不知道为什么，原本闹哄哄的大堂全都鸦雀无声了，我能感受到周围投来的目光，好奇、惊诧、意味深长，然而这些都不足以抵得上秦墨那一双眼睛。我一直觉得秦墨的眼睛生得好，小时候还偷偷嫉妒过这厮的睫毛比我长。后来，秦墨越来越严肃，大有长成一副小老头的架势。我每每犯错，便不敢触及他的目光，久而久之，我仿佛忘了秦墨还有这样一双眼睛，媲美星辰大海，看人的时候，几乎能将人吸进去。

我赵萌萌从来都不怎么聪明，说好听点叫没什么心眼儿，说难听点就是笨。从小到大，别人轻轻松松能想到的主意、做好的题，对我而言，却是十分困难的事。好在那时家里条件好，我妈又觉得我是女孩子，安安分分做个臭美的花瓶也行，于是养成我更加偷懒不想动脑筋的习惯，人也显得越来越笨。

有生之年，我从未像这一刻这般聪颖，望着秦墨那只干净修长的手，我突然领悟这是秦墨给予我的最重要的一次选择，倘若我此刻还敢同他矫情，断然拒绝，那么大抵，我与秦墨是真的要彻底分道扬镳了。

"赵萌萌今晚可是我的女伴！"

梁子帆正抱怨着，十分来气的时候，我却已经用实际行动背叛了他，有些忐忑却又十分坚定地将手搭在了秦墨手上。

这实在是十分没有出息，可我已经顾不得了。

秦墨合上手掌，很快抓住我的手放进他胳膊里。

我不知道这是不是我的幻觉，转身的时候，我似乎看见他的嘴角弯了弯，十分满意的神色。

我回头给了梁子帆一个“抱歉”的眼神，胸口小鹿乱撞，有些跌跌撞撞地跟随秦墨的步伐。他领着我到了主桌，态度谦和，口吻却是不容置疑：“周伯父，麻烦您加个位置，我未婚妻刚才可能走错了位置。”

一桌子大人的表情都十分……呃，精彩！

埋着脑袋的周子聪偷偷冲我竖了个大拇指。

周嘉怡背对着我，她坐得笔直，从头到脚一副端庄美丽的样子。听到这句话，她几乎没有任何失态，只是握着水晶杯的指节泛了白，然后我看见她抿了一口红酒。

我其实没有太多精力去留意大家的表情，秦墨的“未婚妻”三个字让我差点原地爆炸，脑子晕乎乎的，一时分不清楚东西南北。

第九章 / 独一无二的赵萌萌

这顿饭我当然吃得不大好，我是因为被秦墨“未婚妻”三个字弄得忐忑不安，脑子乱糟糟的，至于其他人是个什么情况，以我的智商跟情商，实在没有办法顾及了。

当然，桌子上都是比我智商和情商高的人物，脸色再难看，也没有当场为难我。

脑子乱糟糟的结果是，桌上的菜我连味道都没有尝出来，更别说能理清哪些是曾总监亲自掌勺的了。

我有些懊恼，借着去洗手间的机会，狠狠拍了拍自己的脸。镜子里的蠢女人双目含春的样子。尽管我深吸了好几口气，告诉自己要冷静，秦墨的这三个字也许并没有什么含义，可我还是忍不住嘴角轻轻翘了起来。秦墨连女朋友这一阶段都跳过了，直接上升到未婚妻的身份，而且是在周嘉怡面前。我承认我的虚荣心简直爆棚！要不是旁边洗手的美女跟瞧个傻子一样瞧着我，我能再反复折腾自己好一会儿，但被人这样用看神经病的眼光瞧着，我还是不大舒服，提醒自己要收敛，再想起今天原本是为了曾旭而来，顿时脸色便沉了下去。

不行，我得见曾旭一面。

待会儿怎么去找曾旭呢？我思考着走出洗手间，再抬眸居然瞧见秦墨，他高挑的身影立在那里，一副明显在等我的样子，脸色难看。

又怎么招惹这尊大神了，我心里嘀咕着，冷不防被这厮握住了手腕，连跌带撞地被他拽到了酒店走廊的拐角处。

“秦墨！”我是真觉得这厮比以前更加喜怒无常。

“怎么，后悔了？”夏日的晚风凉爽极了，隐约还带着一丝莫名的花香。尽管秦墨此刻这副该死的似笑非笑的嘲讽样看上去有些可恶，可因着他“未婚妻”三个字，我还是觉得这张脸有点赏心悦目。

“什么后悔？”我捏了捏被秦墨握得有些疼的手腕，下意识反问，问完后反应过来，秦墨大概指的是我方才默认是他未婚妻的事吧。

“你拿着包干什么？赵萌萌，你又想玩逃跑那一套吗？这次走多久，一年，两年，还是又一个三年？”秦墨冷冷地瞅着我，额头上青筋一跳一跳地，仿佛在极力忍耐。

我瞅了一眼面前的男人，又看了一眼手上跟陈筱借来配礼服的小包。我是为了方便补妆才随手带上包包的，真不知道为什么被秦墨猜测成要逃跑。

联想起早上陈筱的分析，再想想吵架时我对秦墨放下的“再也不回来”的豪言壮语，秦墨有这样的猜想，好似也能理解。

可他这般患得患失的模样，我还真是不大习惯。

“不是你让我滚的吗？还让我滚得越远越好！”我撇嘴，脚尖摩挲着地砖，小声地嘀咕了一句。

我这人记仇，又十分矫情，觉得秦墨如今连“未婚妻”三个字都放出来了，内心十分嘚瑟，此刻再不气气他，显得我多笨啊。

果然，秦墨深吸一口气，闭了闭眼。

再睁开，眼睛已经一片赤红。

我立刻就心软了。

心尖一跳，还没等秦墨开口，就突然踮起脚尖，吻住了他的唇，将他要说的话全部堵住了。

秦墨的气息很好闻，他刚刚喝过酒，我却好似一点都感觉不到那讨人厌的酒气，只觉得他唇齿间带着葡萄酒的甘甜，一时有些心猿意马，忍不住环住他的脖子，欢喜极了。

“赵……萌萌……”难得地，秦墨的耳朵竟微微泛红，声音尽管气恼，却十分温柔。

我搂着秦墨的脖子，将整个身体往这个男人的怀里挤，我从来没有一刻感觉这样踏实。我承认，我就是十分没有出息，一碰上这厮就一点原则都没有，爱一个人，可以低到尘埃里。秦墨这个家伙只要稍稍放一点诱饵，我就跟饿了整整三年的鱼一样，扑上去……

他只要对我露出一点点的喜欢，我就分不清东西南北，不管不顾地往前扑，哪怕依然会头破血流。

“萌萌。”秦墨推了推我，声音已经软下来，想要说话。可我已经很久没有这样肆无忌惮地拥抱过他，一时不想分开，忍不住把脑袋搁在他的肩膀上。天上挂着一轮圆月，月光柔柔地将整个园子笼罩在一层温柔里，我一点都不想去管这是不是又是一场陷阱了，反正横竖我也没有什么好失去的了。

“秦墨，我很高兴，真的特别高兴。”我把头搁在秦墨的肩膀上。他昂贵的西装不知道是什么材质，十分柔软舒适。我心里有块地方因为这个拥抱被填得满满的，总觉得有些不真实。

秦墨僵硬的身体终于软下来，他动了动，像是想要说话，却被我固执地抱得更紧了。

“南希说你喜欢我，陈筱说我们之间的问题从来都不是一个周嘉怡。你知道我一直特别笨，所以你不亲口说，我也不敢往那方面想，我……我上次说那些话是故意气你的。”

我怎么可能不喜欢你呢！我用了好多好多年去喜欢你，中途虽然很努力地放弃过，上次还跟你放下狠话，可是除了你，我真的不知道还可以去喜欢谁。

“赵萌萌！”

“嗯？”

"你还真是够笨的！"

原本特别好的气氛被秦墨这么一搅和，我真是一口老血含在嘴里，差点血溅当场。

我觉得自己都表白得那么明显了，这个家伙还一点都不温柔，说句喜欢我会死吗？再想想那些困扰我的问题，顿时也没了花前月下的心思，很快放开他。

"你还是快回去吧，我有点事儿，现在心情好，才不想跟你吵架。"说着我转身便走。

"你去哪儿？"秦墨追上来。

"我找我师傅去，今晚本来就不是为了寿宴来的，被你这么一打岔，我可一点收获都没有！"我忍不住抱怨。

"曾旭？"秦墨微微皱眉，一副了如指掌的样子。

想起当初他能毫不犹豫地认出我，连我有可能是长得像赵萌萌的苏小花这一丁点儿的可能性都没有想过，估计我在影视城的那点儿破事儿早被他查得清清楚楚，知道曾旭是我师傅，也不奇怪。

想想还不是因为他。

新仇旧恨一上来，今晚的那点开心好像瞬间就烟消云散了，我来气："托你的福，我被曾旭开除了，他都不要我这个徒弟了！"

秦墨被我气乐了："你这锅甩的，不是你自个儿辞职的吗？"

我老脸一红，一时没法反驳，觉得秦墨这厮不温柔就算了，还老爱揭我老底，真是一点都不可爱，我到底看上他什么啦！

"反正就是因为你！"我胡搅蛮缠。

秦墨乐得很："行，这锅我背了。那我陪你一块儿去找曾旭？"

我心里甜滋滋的，觉得这厮态度终于好了一点，转念又皱起眉头："不行，你要是陪我去，那就是半胁迫，我师傅还能不给你面子？就跟上次陆菲菲的事儿一样，算了，你还是别掺和了。”

秦墨怔怔地看着我，那目光有些陌生，好似第一次认识我一般，弄得我怪不自在的。

“你怎么这样看我。”我摸摸自己的脸。

秦墨就笑了笑，忍不住摸摸我的头：“没什么，觉得你好像长大了一点。”台词莫名地跟筱筱重合了。

我以前到底是有多不懂事儿啊！我躲开他的手，有点郁闷。

“那你能处理好吗？以曾旭的个性，可不是那么容易妥协的。”秦墨又问，有点担心的样子。

我头发一甩，得意道：“没关系，我脸皮厚！”

十分钟后。

“赵萌萌，你脸皮可真厚啊！”穿着白色制服的曾总监双手抱臂，鼻孔朝天。

我的嘴角一抽，想了想还是跟只拉布拉多一样跟他老人家卖萌：“您相信我呗，A市我特熟，咱们师徒一场，我总不能怠慢你呀，请您续摊去！”

“你请一个五星级大厨吃夜宵？够有创意的。”曾总监顶了顶上槽牙，有点无语。

“那我就请您夜游A市。师傅，您看我千里迢迢赶来，一片孝心的份儿上……”我继续谄媚。

曾旭抖了抖身上的鸡皮疙瘩，懒得跟我废话：“有话就说，有屁就放，少跟我这儿搞自来熟那套！”

我立刻站直身体，垂下眼帘，老老实实地答：“您的菜太难做了，我把您写的书和您上过的视频都仔仔细细观摩了一遍，就是做不出您那味儿，今儿本来是来偷师的，可……”

曾旭冷笑，随手解下制服："我还以为你多能耐，没那金刚钻就别揽那瓷器活。赵萌萌，是你自个儿交的辞职报告，也是你亲口接受的挑战，别跟别人逼你似的，做不到就耍无赖，你真当你三岁小孩呢！"他一边说，一边大步往外走，估计是下班时间到了。

我急忙狗腿地跟上，小心翼翼又真挚无比："我知道，曾经有一份千载难逢的机会摆在我面前，我没有珍惜，等到失去以后才后悔莫及，师傅，我错了！"

"你少跟我贫！做不到就滚！哪儿来那么多废话！"曾旭理都不理我，大步往外跨着。

"那我也没说不挑战啊，这不来跟您攀攀关系，看能不能放点水嘛。您好歹指点指点我，再让我上战场，行吗？"我屁颠屁颠儿地跟上去。

"滚蛋！真当过家家呢，说你脸皮厚你还真敢蹬鼻子上脸。我告诉你苏小花，你要是后台够硬就老老实实做你的花瓶去，别给我在这儿耗着，我们后厨这巴掌大的地儿，还真容不下你这尊大佛！"曾旭头也不回地说。

把我给气得，我知道曾旭脾气不好，说话伤人，可被这样打击，我还是气得浑身发抖，忍不住追上去一把拽住他的胳膊，正要义正词严地损他一顿，顺便表一番决心，还没开口，便被一声伤心的诘问打断了。

"我到底哪点儿不如赵萌萌？"

我下意识侧头看去，郁郁葱葱的景观树后面，周嘉怡提着裙摆。她背对着我，影影绰绰，我只能瞧见月光下一截白得发亮的蝴蝶骨。

不知道为什么，我虽然看不清她此刻的表情，可是任谁都能听出她声音里的绝望。

我想起那一年，周嘉怡拿着DNA检测报告，也是这般伤心。

我还能清清楚楚地记得她当时发抖的模样。那么漂亮高傲的女孩，在后来无数次的交锋里，尽管我用“伤敌一千自损八百”的方式给了她数不清的难堪，可她从来都是高昂地扬着脖子，何曾这般低声下气、脆弱无助？

我这才发现我已与曾旭走至拐角处，对面刚好是我与秦墨暂别的花园，显然我走后秦墨并未顺利入席。因为此刻站在周嘉怡面前的，就是刚与我分别的秦墨。

曾旭刚想说什么，我立刻捂住他的嘴，将他整个人拖回去，藏了起来。

我紧张兮兮地拽着曾旭的胳膊，求饶似的用眼神拜托他不要说话。

我也不知道自己为什么不敢正大光明地过去，可能是因为周嘉怡太高傲，倘若此刻出现只会让她难堪，又或许其实我也十分想知道秦墨的回答。

“你哪里都比她强。”

离得有点远，但也不妨碍秦墨清晰的话语传过来，我的角度正好能看见秦墨那张脸，他比周嘉怡高出一截，月光下一张俊脸性感得要命，可吐出的字眼也真是恶毒得要命。

我气得拽住曾旭的胳膊都用力了些。曾旭看看对面说话的人，又瞅瞅面前的我，好似明白了什么，挑了挑眉，一脸嘲讽。

我的脸唰地就红了，毕竟偷听人说话实在有些不要脸，而且秦墨的回答气得我肝疼。我正想冲出去跟秦墨理论，却被曾旭捂住了嘴。

显然此刻若冲出去，丢脸的不止我一个，所以曾总监才毫不犹豫地阻止了我。

“她没有你漂亮，脾气还差，脑子又笨，虚荣得要命，喜欢偷懒，做事情冲动，还三心二意，随随便便就放弃，没有自理能力，好像稍微放开一点，她就能惹出一堆麻烦。总之，她真的是个一无是处的人。”

秦墨一条一条列数我的缺点，气得我手脚并用想要挣脱曾旭去跟这厮理论，可曾旭到底要脸，死死地将我制住了。

好你个秦墨！我咬着牙想，前一秒才跟我花前月下、情意绵绵，这才多久，居然说我一无是处，太可恶了！

“哈……”周嘉怡笑了一声，不知道为什么听上去格外难过，“她哪里都不好，但就是谁都替代不了。是这个意思吗？”

我突然停止了挣扎。

胸口麻麻的，像有一万只蚂蚁在噬咬，心里无比期待秦墨的回答。

空气里有一丝静谧，秦墨的脸隔得太远，我看不清楚，但分明隔了很久，我都没有听见他回答。

颇有一点默认的意思。

我突然觉得心跳有点快，刚才还气愤得恨不得撕掉秦墨的心情，此刻却忽然有一丝甜蜜。

“你喝醉了，我送你回去。”良久，秦墨才有些淡然地说。

“我不！”周嘉怡甩开他，“师兄，你让我输也输得明白一点儿，好不好？”声音已经带上哭腔，“这么多年，我真的不明白，我追了你这么多年，花了多少心血追上你的脚步，为什么就比不上一个赵萌萌！”

起风了，能听见风吹动树叶沙沙的响声。

我没来由地觉得有一丝尴尬，纵然我用了很长的时间去讨厌周嘉怡，或者说去嫉妒周嘉怡，但这种场合，我再偷听下去，就实在太卑劣了。

我朝曾旭比了比手势，示意我们俩悄悄换个方向走。

“嘉怡，你很优秀，是我碰见过最优秀的女孩。”秦墨顿了顿，坚定道，“赵萌萌可能哪里都不好，但她永远是独一无二的赵萌萌！”

秦墨后来再说了什么，我就听不见了。

我只晓得他说“赵萌萌可能哪里都不好，但她永远是独一无二的赵萌萌”！

我跟着曾总监的步伐在酒店附近飘荡。

曾旭都懒得搭理我，任我一个人脸红地回味着秦墨的话。

过了一会儿，我拍拍自己有些发烫的脸颊，小跑着过去挽住师傅的手臂：“我请您喝酒去，A市特别有名的冰啤酒，吃大排档好不好？”

不知道是不是我的错觉，师傅好像翻了个白眼，不过还是被我拖着打车去了大排档。

嗯，一定是我看错了，曾旭这种高冷面瘫的人怎么可能会翻白眼呢。

酒壮人胆，我喝得有些晕乎乎，大约今晚心情实在太好，越看对面的人越顺眼，想也不想地捧着脸对着曾旭一顿猛夸：“师傅，你好帅，师娘真有福气！嘿嘿！”

曾旭瞥了我一眼，剥了一颗花生米扔进嘴里，估计也想逗我，一边嚼着，一边不大在意道：“有刚才那小子帅？”

我歪着脑袋想了想，这才想起他说的是秦墨。

一想起秦墨我就想起他说我是独一无二的，心里甜滋滋的，忍不住瞪了对面的曾总监一眼：“人家有名字，叫秦墨！他那种怎么能叫帅，叫超帅好不好？”

“呵！”曾旭喝了一口啤酒，冷哼。

一提起秦墨我就没完没了，“他是我的初恋，您知道什么叫一见钟情吗？就是一看到他你就觉得全世界都是亮的，然后什么人你都看不见了，就觉得他是最好的，秦墨就是那样的。我觉得我就是个花痴，天天看到他我都不会腻。嘿嘿。”

“得了吧！不是听说你消失了三年，理都没理人家吗？”曾旭剥着花生壳，嘲笑我。

我的脑子晕乎乎的，有点奇怪师傅怎么知道这事儿的，晃了晃脑袋，也没想清楚，不过还记得要反驳他：“那是因为他伤了我的心，否则我才舍不得呢！而且，我以为……我以为我要是走了，他就可以跟他心里的‘白月光’在一起了。”

“就刚才那女的？”

“嗯。”我重重地点头。

“确实挺‘白月光’的。”曾旭点头。

我眯着眼睛瞪他：“就知道你们男的一看见周嘉怡那种女人就走不动路，哼！”

“这叫英雄难过美人关！”

“我……”我使劲儿拍自个儿胸口，十分不服气，“我不美吗？”

曾旭正在喝酒，闻言，呛我：“小花，来，师傅教教你，你要记住一个女孩可爱的前提是一定要有自知之明！”

“……”

我连可爱都算不上了？！

“反正……反正你也听见了，秦墨说我是独一无二的，我……”我指着自己，傻笑，“我赵萌萌，是独一无二的！嘿嘿！”

曾旭大概也累了，没了听下去的兴趣，“得，你就自我感觉良好吧，好好做你的花瓶去，别跟我们后厨一大堆老爷们待在一块，那不是你这种千金小姐干的事儿！”

一听他说我是千金小姐，我便重重地摇摇头，“我才不是什么千金大小姐！我就是一个特别……呃……”大概真的喝得有点多，我不仅脑袋疼，还有点想吐，很快将这种恶心感压下去，“我就是一个普普通通的卖煎饼的女儿，要是没有那些破事，说不定我现在跟我亲妈一样，在哪里摆个摊子卖煎饼呢！”说到这儿，我突然很有一股倾吐的欲望，跟师傅摇头晃脑，“我以前特别看不起卖煎饼的，觉得特穷酸。就这种大排档，您知道吗，我觉得好脏，根本都不会来。我真的……真的以前就是一个特虚荣、特要面子、脑子里除了名牌包包跟高级餐厅就什么都没有的绣花枕头。一直到……一直到我被压在那堆废墟下面，我饿了好久好久，想了好多好多，你说秦墨那么优秀的人凭什么要看上我这么一个一无是处的女人？他选择救周嘉怡是正确的，换作是我，我也去选她。可我还是会觉得难过啊……”想到这儿，我忍不住吸了吸鼻子。

曾旭估计懒得听我的感情史，起身要走，“结账！苏小花，你喝醉了，回去好好睡一觉，想想自己究竟要什么，再来找我吧。”

我急忙拉住要走的师傅，因为头昏脑涨，整个身体趴过去才够着他老人家，“别，师傅，您别走，您教我做菜吧，我肯定好好学，使劲儿学，再也不辜负你了。”我迷迷糊糊地瞅着面前的曾旭。

曾旭想了想，忽然问我：“苏小花，你为什么想学厨？”

为什么想学厨呢？

我歪着头想了半天。

“不想下次有人在问秦墨喜欢我哪里的时候，他还是只能挑‘一无是处’四个字，我总得有个优点吧，嘿嘿。”

“那你适合报个太太班，好好做你的富家太太去。”曾旭失望，转身又要走。

我抱住他的胳膊，“不，不全是。我……我想开一家餐厅！”

说到这里，我还有点羞涩，这个想法压在心里好久了，一直不敢对人说。

“师傅，我想开一家餐厅，就是那种永远不涨价又超级美味，任何人都可以吃到美食的餐厅。”说到这里我的脸红了，胸口又涨得难受，十分想吐。

曾旭挑了挑眉，大有听我说下去的意思。

我索性一股脑儿全倒出来：“我被压在废墟里的时候，真的好饿啊，才发现原来食物是这么珍贵的东西。什么名牌包包、高级定制都没有给我一个煎饼来得强。后来跟宝妈回四川老家，我才知道原来不是每个人都可以悠闲自在地坐在高级餐厅里享受美食的。我就想要是能开一家价格便宜的美食店就好了，大家都可以吃到我赵萌萌做的菜，尝到我赵萌萌的手艺，而且不需要很多钱。这个想法我都不敢跟人家说，怕人家骂我虚伪，嘿嘿……可我真的就是这么想的……呜……不行了，我想吐……哇……”一说完，我再也忍不住，哇地把刚刚喝进去的啤酒全往曾旭脚下招呼了。

曾旭：“……”

完蛋了！

宿醉的感觉并不好受，我觉得自个儿好似被碾压过好几遍，脑袋晕乎乎的，浑身无力，偏偏光线刺眼得很。我翻了翻身，还是觉得不大舒服，不得已睁开双眼。

脑子里依然迷糊得很，洗手间里传来哗哗的水声，我转了转眼珠子，这才发现自己在酒店套房，猛然便想起，昨晚上似乎跟曾总监喝酒来着！

赵萌萌，你这个禽兽！

曾总监就算再帅，也不至于把持不住扑上去吧？你对得起师娘吗？我忍不住顺手给了自己一耳光，悔得肝肠寸断。

浴室里的水声便更刺耳了，我想也不想，蹑手蹑脚地裹着浴衣准备找到自己的衣服逃跑，可找来找去，我昨晚穿的礼服没了踪影，沙发上除一套皱巴巴的略显眼熟的西装外，啥也没有。

我正盯着那件西装发愣，身后传来熟悉的声音：“赵萌萌，你在干什么？”

苍天可鉴，我从来没有像现在这样渴望听见秦墨的声音，一颗七上八下的心终于落回原处。

我回头，秦墨披了件跟我一样的浴袍，松松地系了一截腰带，露出诱人的锁骨，再往下，便是若有似无的腹肌。

大清早的，陡然见着这么一副好身材，我有点晕眩，再想想昨晚秦墨说的那句“独一无二”，瞬间觉得心花怒放，忍不住要扑上去，来个熊抱。

谁知人还未到，秦墨好似知道我要做什么似的，一指定住我的额头，将我的热情定在十厘米开外。

我撇着嘴。

“你胆子挺大啊，赵萌萌，昨晚的事还想得起来吗？”秦墨嘴角一扬，笑得有几分瘆人。

我眼睛一眨，脑袋迅速转动起来，昨晚好像缠着曾旭教我学厨来着，后来我还说了很多话，然后还吐在曾旭身上了。至于怎么落在秦墨这厮手里的，我真是一点印象都没有了。

我顶多就是睡过去了呗，仔细想想应该没有做什么出格的事，否则不至于一点记忆都没有。

秦墨这家伙十分狡诈，我才不上他的当呢。万一被他知道我偷听，多丢脸。想到这里，我立刻掰开秦墨的手指，站直身体，说：“能有什么事，不就是喝醉了。”

秦墨一副拿我没有办法的样子，忍不住狠拍了一下我的头：“喝得东西南北都分不清，还好曾旭给我打了电话，否则你要怎么办？”一边说，一边往客厅的实木圆桌走，大约是在找电话。

我还不服气，下意识回道：“你就算把我搁那儿，师傅也不会不管我，更何况还有筱筱呢。”

闻言，刚拿到手机的秦墨回头看我一眼，仿佛没有料到我会这样回答，有些愣。

我却已经留意到外头的阳光，心中大惊："遭了，今天几号？"

还没等秦墨回答我，我便拿起沙发上的电话，一看已经是早上十点半了，顿时吓得花容失色——我中午的飞机！

"完蛋了，我中午十二点的飞机，行李还在筱筱那里！"又手忙脚乱地去找我的礼服，一边找，一边想问，"秦墨，我的衣服呢？"

好一会儿，急得像热锅上的蚂蚁的我都没有听到秦墨的回答。我觉得气氛不对，有些条件反射地去看秦墨，这厮面无表情地站在那里，目光岂止是用"瘆人"两个字能形容的，几乎已经是暴风雨的前奏。

"你还要回B市？"果然，秦墨冷冷地问。

我想起昨晚这家伙患得患失的模样，心中一惊，顿时觉得遭了，忘记跟秦墨说了。

"又不是不回来。我就是……就是想跟着师傅学厨，而且宝妈和阿宝也在那里。"我抓抓头发，有些忐忑地站在那里。

其实我也没想好怎么处理这些事，跟秦墨复合原本不在我的计划之内，所以我压根儿还没想过这些事。

秦墨的脸色终于缓和了一点，他走过来，微微将我拢了过去："我可以把曾旭调来这边的酒店，你喜欢阿宝和宝妈，我也可以把他们接过来。宝妈不是在找阿宝的亲生父亲吗，我也可以帮忙找，就当感谢她照顾你这么多年，好不好？"

我愣了愣，随即推开他："不好！"

气氛有点僵，秦墨定定地看着我，细细的金丝边眼镜镜片后面，一双眼睛黑得惊人，仿佛不相信我拒绝了他。

我咳了咳，继而解释："师傅全家都定居在B市，你这样突然将他调过来，他的家人怎么办？烧烤铺才装修好，宝妈刚刚在影视城站稳脚跟，她老人家漂泊了大半辈子，已经不想再漂泊下去了，我怎么能因为自己，又让他们搬来搬去？”

“这些我都可以解决！”秦墨却不以为意。

“可这些明明都是我自己的事情！”我毫不退缩地看着秦墨，语气坚定，等触上他不可思议的眼神，转而一叹，“你以前没有这么自私，秦墨。”

“你觉得这是自私？”秦墨怒极反笑，一副不认识我的模样。

我微微垂下脑袋：“你以前不会这么不顾别人的感受，我能想到的这些，你只会考虑得比我更周全。”

“那你觉得我为什么变得这么自私？赵萌萌，你走了整整三年！”他忽然握住我的下巴，迫使我抬头看他。

我突然觉得难过，眼睛有些酸，但一时也不想输掉气势：“秦墨，这三年我过得很开心，心里很踏实。你想知道原因吗？”

秦墨愣了愣，随即有些狼狈地避开了我的视线。我顺着他的动作望过去，他的手指微微颤动，又很快收拢，紧紧握在了一起。

气氛一时尴尬得要命。

我别过脸，一时不想说话。再说下去，我不知道我会不会口不择言伤害秦墨，却也十分不甘心这样跟他妥协。

恰好门铃声响起。

不想再继续较劲，我不得不过去开门。

是南希。

南希抱了几件衣服进来，朝我微笑示意：“秦总让我替您准备了几件衣服。”

“谢谢。”我当即说，“南希姐，能顺便麻烦您替我叫一辆去机场的车吗？”

大约是感受到屋里的气氛，南希没有答应我，下意识地去看秦墨的脸色。

秦墨深吸一口气，终于妥协："你查一下下午的航班，订两张去B市的机票。"

"两张？"南希有些吃惊。

"我和赵萌萌。"

"可是晚上您跟……"南希大约想提醒秦墨的行程，被秦墨一个眼神止住。

"好的。"南希很快关门出去了。

我还埋着头在那里磨着脚尖，一时不知道可以说什么。

秦墨突然大步走过来，一把将我抱到实木圆桌上，蹭了蹭我的额头，哄道："还生气呢？"

这算是，彻底妥协了。

我心里酸酸的，秦墨极少这般哄我，更多的时候，是我死皮赖脸地去跟他道歉，再想起昨天陈筱跟我说的话，她说她理解秦墨的愤怒，我便有些不知所措了。

"你总得留点陪我吃午饭的时间吧。"大约以为我在为他改机票的事情生气。

我立刻摇摇头，忍不住抱着秦墨的脖子，心里酸涩极了，觉得自己有些过分："秦墨，我……我只是……"

好像一碰上秦墨，我总会莫名其妙变得十分矫情。

"好了。"秦墨拍拍我的背脊，"饿不饿？我们去吃午饭，我再送你回筱筱那儿取行李。"

我点点头，又害怕耽误他行程，想了想嘟哝道："我可以自己坐飞机回去，你晚上不是还有……"

“赵萌萌，你再得寸进尺，信不信我让你今天哪儿都去不了？”秦墨蹭着我的脖子，声音有些压抑，恶狠狠的。

我的脖子一烫，感受到他有些灼热的呼吸，顿时老老实实，不敢再说话。

两个人简单地在机场附近吃了一顿午饭，秦墨陪我回到B市。他让助理递给我一个硕大的行李箱，据说全是带给宝妈他们的特产，又安排了酒店这边的高层人员来接人，十分妥帖，最后，连亲自送我回影视城的时间都没有，吻了吻我的额头，又风尘仆仆地转机回A市。

惹得陈筱在电话里咯咯直乐，嘲讽秦墨也有这样患得患失的一天，问我：“赵萌萌，你过瘾不？”

要搁以前，我心里一定美滋滋的，指不定偷着乐，可到了现在，秦墨对我越好，我却越觉得我们之间的关系如履薄冰，那个至关重要的问题始终没有解决，我不敢问，秦墨也不敢提。我舍不得秦墨，不愿意往后退，却也不甘心就这样毫无畏惧地前进。

我到底不再是那个傻乎乎的赵萌萌了。

是以，秦墨拿给我的箱子，我并没有将东西拆开分给宝妈与阿宝。我总觉得如果得了秦墨的东西，迟早有一天，跟温水煮青蛙似的，我又变成那个事事依靠秦墨的赵萌萌。

我走了两天，阿宝极为想念我，好似怕我又突然离开，有事没事都往我身边凑。宝妈瞧见了，倒不太高兴，直说该给他讨个老婆，否则这样粘着我，等我真要走的那一天，阿宝得多难受。

我听得心里发酸，却并不觉得会有离开他们的一天。我在这个世界上已经没有一个亲人，阿宝自然是我的亲弟弟，宝妈自然是我的亲妈。

前段时间铺子装修过，宝妈又重新整理了一遍菜单，应上时节，再

加上梁子帆的明星效应，店铺生意好上许多。即使我也撸起袖子进厨房帮忙，宝妈也忙不过来，还好有雅昕时常过来搭把手，饶是如此，宝妈也在暗暗盘算请服务员的事儿。

我总觉得我出去这一趟，宝妈好似多了许多心事。

林皓打电话过来，问我准备好了没，酒店半年一次的考核过两天就开始了，这可是我最后的机会。

我顿时觉得压力大，差点没哭天抢地，成天埋在厨房里，简直快要将自己弄得神经衰弱。雅昕与宝妈陪我试菜，也几乎快吃到吐。

等到真正考核的那一天，整个后厨严肃得跟军队似的整齐划一，我算半个局外人，要等以前的同事考核完毕才能轮到我。这对我来说，无疑是场折磨，想想我赵萌萌的前半生，好像面对高考，也没有现在这般紧张。

谢芝这妞还算有点良心，知道我在生死关头，绕了大半个客服部专程跑来安慰我："小花，咱考不过也没关系，就这破酒店，啥福利都没有，隔壁酒店还有每年一次员工旅游的福利呢，有什么好留恋的。"

我觉得她说得十分有道理，顿时两眼泪汪汪，"那你赶紧打辞职报告去，跟我换一家酒店？"

"那什么，你也不能这么快认怂啊，咱们新老板的颜值还是很高的，我还想多留两天。"谢芝扭捏道。

我让她赶紧滚蛋，敢情压根儿就没看好我。

林皓就没这么拐弯抹角了，他说："苏小花，我本来还想追你，可你这关肯定过不了，咱俩估计以后就是异地恋，成本太高，还是算了。"

这个宅男，十公里之外的恋爱统统都被他称作异地，我真是谢谢他的"不追之恩"。

轮到我时，已经大半夜。月上枝头，后厨里黑压压地站了一排人，个子高挑的曾总监自然是最有气势的那一个。他抱着手臂，仍旧是那副不苟言笑的模样。

我偷偷看了他老人家一眼，因为狂妄地打出挑战曾旭的名号，周围全是一群看热闹不嫌事大的人。我深深吸了一口气，暂时将一切杂念摒除，开始专心致志地做菜。

我也不傻，这几天除了在家潜心修炼，剩余的时间打着孝顺师傅的旗号，有事没事就往曾旭家里走。曾旭虽然是个不近人情的“黑面虎”，可师娘确是个温柔可人的家庭主妇。

我时不时地跑去打扫卫生外加做饭做菜，哄得她心花怒放，曾旭再黑脸，也不好意思当着老婆的面赶我。是以，我也简单地得了曾旭几分指点。

曾旭说：“苏小花，你在后厨待了大半年，一道菜都没学过，不管你天资如何，如今在厨艺界顶多算是婴孩阶段，还没有学会走，就想学会跑，根本就是费时费力、得不偿失。”

我急忙点头如捣蒜，又愁眉苦脸，“可您怎么着也算我半个师傅，当初气极了想挑战您，也是想跟着您学手艺的意思，要是考核那天太丢人，丢的也是您的人不是？”

曾旭冷哼一声，半天才指点我，道：“调味与火候这一块儿你就别丢人现眼了。你做了半年菜墩子，是否真的有长进，就看你刀工如何了。”

是以，今天这场考核，我再也不会痴心妄想做出曾旭的拿手好菜。曾旭既然想要看我的刀工，我也只好暂时投机取巧，选择一道以刀工可取胜的菜——文思豆腐。

这样既不会输得太难看，也不会让曾旭觉得我全无可取之处。

文思豆腐是扬州的传统名菜，属于淮扬菜系，调味与火候算是简单，唯独刀工一项，极具挑战，只因要将一块豆腐切成丝状，稍不注意，便是前功尽弃。

因豆腐极嫩，切丝时要求用力务必均匀，稍有差池便容易将豆腐弄碎。我全神贯注，下刀时尽量用力保持速度均匀，偌大的后厨一时极为静谧，刀刀都能听到与案板接触的声音，宛如机器运作。

只是切好一块豆腐的时间，我额上已出些许薄汗，好在并没出任何差池，再看周围的目光，已略有服气的模样。

我暗自得意，偷偷嘱咐自己万万不可骄傲，一步一步分别将香菇、香笋、生菜、火腿、煮熟的鸡脯肉切丝，最后加入已经提前做好的鸡汤并烧沸，一道软嫩香醇、入口即化的文思豆腐便出炉了。

我小心翼翼地捧到曾旭的面前。

一时后厨静得出奇。

曾旭扬了扬嘴角，居然一点都没有要品尝的意思："行了，明天回酒店报到。"便大步离去。

这是……过关的意思吗？

我怔在原地。

林皓特别兴奋地凑上来："苏小花，你真行，这都让你过关了。你啥时候练出来的刀法？别说，怪能唬人的。"

"唬谁呢，这刀法，没个一年半载练不出来！小花，你可真厉害！"

耳朵里传来夸赞声，我傻傻地站在那里，觉得难以置信，又觉得十分高兴。胸腔中充盈着很多情绪，各种情绪宛如五彩斑斓的烟花绽开，令我一时晕头转向，找不着北。

晕头转向的结果是我一连几天都跟活在梦里似的，连走路都飘飘然。林皓十分不解，觉得我小题大做，不就是有资格留下来学厨吗，怎么就能高兴得中了五百万似的。

我都懒得跟他解释这是我人生中第一次被人肯定的心情。

然而物极必反，乐极必然生悲，

夏季特大暴雨将我一腔热情浇个透凉，我华丽丽地感冒了，且因为发现不及时，大有发展为肺炎的趋势，差点没丢掉半条小命。

回到酒店上班后，我自然重新搬回酒店宿舍。宝妈烧烤铺最近生意极好，我倒不好意思将自己生病的事告诉宝妈，是以医院里就我一个人，除了林皓与谢芝偶尔来瞅我两眼，只有我孤零零的一个，好不凄凉。

陈筱打来电话的时候我正在输液，躺在床上跟她哼哼唧唧："筱筱，我疯狂地想吃麻辣小龙虾，感觉现在给我十斤，我能啃得渣都不剩！"

陈筱乐得很："你的品位什么时候变成大排档了？以前可是非米其林三星级以上的餐厅不可的啊。"

我吸了吸因为感冒皱得紧紧的鼻子，好似已经闻到小龙虾的香味儿了，口水直流："我嘴里都快淡出鸟来了，你可就别说风凉话了，要不飞过来陪我呗？"

"美得你！"陈筱毫不犹豫地拒绝了我，又跟我卖惨，"你当我还是那个衣来伸手、饭来张口的千金小姐呢，我现在买张机票都得掰着手指头数数这个月够不够用。"

我这才想起陈筱说过，她跟家里闹掰了。

可医院病房里，周围全是殷切的家属，就我的床位边空空荡荡，我心里怪难受的，忍不住跟陈筱撒娇："筱筱，我想你了。"

陈筱终于听出几分不对劲儿来："你怎么了，声音有气无力的？"

我吸吸鼻子："医院输液呢，肺炎。"

陈筱沉默了一会儿，突然怒了："赵萌萌，你搞清楚没有，到底谁是你的男朋友？合着你这么多年一直把我当男人使了？生病了就跑我这儿来撒娇？秦墨那厮呢，我才不信他不管你！"

我眨着眼睛想了想，好像这只能怪我自己，压根儿没告诉秦墨我生病的事。要搁以前，别说肺炎了，就是一个小感冒我都能跑到秦墨面前呼天抢地扮可怜，可到底是这么多年不见，让我跟秦墨撒娇，我还怪不好意思。

总而言之，下意识地，我不大想要秦墨知道我生病的事，是以十分严肃地告诫陈筱不要在秦墨面前提起。

陈筱倒是答应了，末了忍不住叹口气，她说："赵萌萌，你到底怎么想的，这个世界上没有人比秦墨更关心你，你是不是还是过不去那道坎儿？"

我沉默，想了想，陈筱果真一针见血，比谁都明白。

我可不是过不去那道坎儿嘛。

挂完电话，我把被子拉起来，心里酸酸的，忍不住埋在被子里小声地哭。我想人一生病可真是太脆弱了，这样一通电话，够我矫情半天，这么一个人孤零零地躺在医院，实在是太可怜了些。

被子被人扯了扯，我心想一定又是隔壁床位的小孩，这孩子安安静静的时候挺可爱，眨巴着水汪汪的大眼睛"小姐姐，小姐姐"地叫得特甜，跟梁子帆小时候一模一样，可要调皮起来，翻脸不认人。熊孩子成天缠着我陪他玩游戏，稍不如他意，能把人闹腾死。我正难受着呢，压根儿没有陪他玩游戏的心情，是以，准备凶巴巴地将他瞪回去。谁知道瞪人的动作做到一半儿，我跟抽筋似的半路改了表情。秦墨长身玉立地站在那里，有些风尘仆仆的模样，脸色并不好看。

我的眼睛红红的，乍一见到秦墨，还有点傻，脑袋不甚清明，忍不住眨了一下眼睛，可面前西装笔挺得仿佛刚从一场商务谈判中下来的人不就是秦墨吗？他抿着薄唇看我，眼神冷冷的，颇有几分意味不明。

其实我们昨天才通过电话，为了掩护我的鼻音，我还跟他瞎掰是宝妈烤铺的油烟味儿太重，我才捏着鼻子跟他通话，没想到现在当场被人抓了现行。

我的第一反应是肯定被陈筱出卖了，转念又觉得，陈筱若是真将我出卖，秦墨也不可能来得这样快。一时便搞不清楚秦墨是怎么知道我在医院的，可此刻的情形，却也由不得我追根究底。秦墨这副模样，明显不是一个温柔可亲的探病者，倒是一副兴师问罪的架势。

我不自在地咳了咳，莫名心虚，大约是脑子实在太乱，居然哪壶不开提哪壶，“你怎么来了，昨晚通话，你不是还在国外吗？”

秦墨没有回答我，余光挑剔地扫了一眼周遭的环境，继而皱了皱眉头。病房是有四张床位的普通病房，周围是家属。我自己一个人的时候还不觉得，可秦墨一来，便显出几分格格不入。

这厮气场忒强，一进来，原本吵嚷的病房忽然寂静得有些诡异。

“换个病房。”秦墨压根儿不搭理我，侧头低声吩咐身后的助理。

然后他俯身，并不询问我的意见，很快将我抱起。这厮气压极低，我十分识时务地不敢反抗，顺势搂着他的脖子。

被人当众公主抱，原本是件十分浪漫的事，可秦墨眉间的弧度极深，他抿着唇不说话，我便有些忐忑，哪里还有心情去想浪不浪漫。我的眼睛一眨不眨地注视着秦墨的表情，从我的角度看过去，隐隐约约能够瞅见秦墨下巴的胡茬儿以及微微陷下去的眼窝，仿佛没有睡好的样子。

我这才忽然发现，三年后秦墨的脸颊消瘦得厉害，导致整个轮廓比以往深邃了些，看着看着，忽然有种奇异的陌生感。

其实这么多天的分别，我觉得十分舒坦。秦墨不在身边，我并没有特别想念，总觉得一旦见面，好似不大自在，便有意无意地排斥，下意识地不想让秦墨知道我生病住院的事，大约是因为见面后，总有一种陌生感吧。

可此刻见了面，我又十分贪恋地瞅着秦墨，忍不住将他的脖子搂得紧了些，只觉得这样温暖的怀抱和他熟悉的体温，仿佛回到婴孩时代，有种别样的安全感。

一路上我胡思乱想，心底隐隐发虚，以至于秦墨将我放在病床上的时候，我赶紧乖乖招认，以便驱除这份陌生的尴尬，“那什么，你不是在国外吗，我觉得你肯定挺忙的，才没有跟你提。”我摸了摸鼻子，自个儿都觉着这个解释站不住脚。

秦墨终于肯正眼瞅我，可那眼神，显然不相信我赵萌萌也有温柔体贴的时候，但他一副不想计较的模样，替我拉上薄被，转身要走。

我突然握住了秦墨的手指，秦墨生气得这样明显，我再傻，也能看出来。

作为男女朋友，我生病差点得肺炎，却不愿意跟他提，站在秦墨的立场，生气是自然的。好不容易见一面，我不大想这样莫名地冷战下去，忍不住握着他的手指撒娇：“秦墨……”

我那会儿刚哭过，眼睛还有些红，跟兔子似的，以前秦墨还肯吃这一套，不知道现在还管用不。

我其实很久没跟秦墨撒娇了，我们俩也才刚刚和好，彼此都带着一份小心翼翼，虽然竭力都当空缺的三年没有存在过，可有些事发生了就是发生了，彼此再也回不去当初的亲密无间与肆无忌惮。

秦墨微微叹了口气，盯着我的眼睛，“赵萌萌，我两天没有睡觉，现在很困，没有力气收拾你，只想找个地方睡觉。”

我的视线落在他下巴的胡茬儿上，顺手拍了拍床边的一侧，很是自觉，“那你睡这里好了。”

秦墨倒也没什么意见，顺势躺下来。他果真十分困倦，不一会儿，我便听见他均匀的呼吸声。

我这两天躺在病床上，除睡觉以及陪隔壁床的小孩玩游戏外，也没有其他活动，是以一点睡意也没有。虽然秦墨躺在我的床边，安静得除了呼吸声什么都没有，但我却更睡不着了，又不敢乱动吵醒他，百无聊赖，只好偷偷去玩他的睫毛。

秦墨的睫毛十分纤长，记得小时候我还偷偷嫉妒过，那会儿脑子也不知道想些什么，总觉得喜欢一个人就会忍不住同化他。

秦墨的模样打小便十分扎眼，身边的狂蜂浪蝶就没断过。我那时候仗着青梅竹马的身份，将这家伙视为自己的所有物，是以别人送给秦墨的情书，我见一封扔一封，所有告白通通被我跟周子暗地里阻挠。

有次实在气狠了，觉得秦墨这样引人注意完全是因为这张脸，脑子一抽，想要秦墨变丑些，可对着一张俊脸，我这个“重度颜控”实在下不去狠手，最后想了想，居然趁他熟睡，朝他的睫毛下手。

两剪刀下去，那可真是捅了马蜂窝，醒来后的秦墨暴跳如雷，逮着我就是一顿狂揍。那会儿秦墨这厮还是个“中二少年”，比我更早地经历青春期，估计对自己的外在也十分看重，是以结局很惨烈，我俩足足冷战了小半年。

我迷迷糊糊地想着这些小事，秦墨的睫毛又重新长出来了，好像比以前更长些，也许有些东西也不是不可以复原……

大约是受了他的感染，不知道什么时候，我也睡着了。

这一觉睡得十分安稳，并没有那些乱七八糟的梦魇，因此异常满足。

我伸了个懒腰，打了个哈欠，翻过身，便瞅见坐在沙发上的秦墨。彼时夕阳倾斜，落日余晖洒在这个一身严谨的男人身上，给他漆黑的头发、浓密的眉毛、轮廓清瘦的侧脸以及正在敲击键盘的修长手指，一寸一寸镀上金光。

我一直是个特别肤浅的人，所以很多次我问自己为什么对这个男人念念不忘，最后得出的结论都很让我羞涩，大概是看脸吧。

真是鬼迷心窍！

我跨坐在秦墨身上，有些百无聊赖地将他鼻梁上的金丝边眼镜摘下来，秦墨那双如黑曜石般剔透的眼睛便露了出来。

“饿不饿？”他随手将商务电脑搁置一旁，捏了捏眉间，不掩疲倦，大约我难得主动，这厮显出几分受用，方才的生冷气息半分不见。

我摇头，气氛太好，黄昏的光线舒服得让人睁不开眼，我忍不住像猫似的将整个身体往他怀里蹭了蹭，下巴搁在他肩胛上，嗅着他身上熟悉的气味，“秦墨，真奇怪，分开的时候我也没怎么想你，可一见着你真人吧，就觉得，还是……”

“还是什么？”秦墨清了清嗓子，难得有些温柔。

我吸吸鼻子，迷糊的脑袋终于清醒几分，口是心非道：“还是离得远些吧！”

话刚落，便被秦墨狠拍了一下屁股，这厮下手素来不知轻重，那是真疼。我忍不住跳起来，捂着屁股抱怨：“有你这么欺负病人的吗？”

秦墨倒真有几分心疼，“真疼啊？”

“你说呢！”我恶狠狠地瞪他，方才旖旎的气氛一扫而光。

“过来我看看。”这厮眼神微沉，有些意味深长。

顺着他不怀好意的视线审视自己。夏季，我就穿了一条比内裤稍微长一点儿的纯棉短裤，如今下意识揉着屁股，几乎快露出半个屁股蛋子。我立刻占据道德制高点，“流氓！色……”

话还未落，已经被秦墨拉进怀里，顺势在我脸上吻了一下。他身上的气味一直是熟悉而温暖的，其实很好闻。我刚醒，浑身软绵绵的，只想缠在他身上不动弹。秦墨大约是真的挺想我的，吻着吻着，气息便有些变了味。

我下意识推拒，不知道什么时候摸到他下巴的胡茬儿，“我还没吃饭呢。”

“刚才你说不饿。”

“我饿……”

“吃我……”

然后……然后天就黑了。

“你属狗的？你瞅瞅，瞅瞅，我还怎么出去见人呀！”

VIP病房的浴室宽敞又明亮，我气呼呼地扯开病号服，将脖子处的“草莓”给某个人看。

这是罪证，赤裸裸的罪证！

偏偏某人一点羞耻心都没有，一边擦着刚刚洗完的头发，一边若无其事地瞟了我一眼，“你一个病号，不好好在医院里待着，见什么人？”

我被他的话气乐了，想了想，忍不住羞辱他，倚在门框上，很是吊儿郎当：“秦墨，你说你以前也不这样啊。这是寂寞了多久，就我这样的病号，你都舍得下重手，啧啧……真是世风日下，人心不古啊！”

要知道秦墨以前多正儿八经的一个人啊，我有时候觉得他简直无欲无求，一点需求都没有，十足的禁欲系。我总觉得要不是当初我舍得给他下药，我们俩估计到现在都没戏。

秦墨擦完头发，一听这话，抿唇想了想，突然很是大爷地冲我走来，天知道这家伙方才就已经让我意乱情迷的胸肌此刻有多诱人。

我努力控制视线，却还是轻而易举地被他震慑得乱了呼吸。秦墨稍稍低头，仔细瞅着我。我下意识觉得危险，感觉随时要被这厮羞辱回来，毕竟我抬杠还从没赢过秦墨。谁知这厮咂吧咂吧嘴，仿佛十分回味的模样，凑近了我的耳朵，“赵萌萌，你说话注意点儿，知道自己是病号，就好好养着。我寂寞了三年，你以为这就算完了？”

饶是我这样脸皮厚的姑娘，也立刻脸红起来。

跟这厮比尺度，我好像完败。

大约我的样子实在是傻气，秦墨乐了，顺手揉乱我的头发，抬步往房间走。

我心底一甜，就着一丝不服输的劲儿猛地往秦墨身上跳，搂着他的脖子，跟只八爪鱼似的双腿死死缠在他的腰间，得意道："秦墨，其实你喜欢我喜欢得要命吧，我那天都听到了，你说我是独一无二的赵萌萌。"

我也不知道这一刻，为什么要大大咧咧地找秦墨证实。

好像从很久以前开始，秦墨就是一个不大擅长表达的人。在我与他相处的时光里，我老是问秦墨类似"你喜不喜欢我"这样的话题。每一次问，秦墨要么显得不大耐烦，要么就逗我，说我想得美。

我们之间，好似从来不说爱，就那么莫名其妙地因为那一夜，因为我被父母抛弃，而在一起了。

此刻，我以为秦墨也会像以前那样，不耐烦地推开我，或者说我臭美。可秦墨微微扶着我的腰，似乎怕我摔下去，神色十分认真，却严肃地问了一个八竿子打不着的问题："病好了？"

我吸吸鼻子，其实我早就好得差不多了，要是秦墨不来，明天我也能出院，于是想也没想地点头。

"脑袋不迷糊吧？"秦墨继续问。

我下意识顺着他的话点头。

"那你听好了，赵萌萌。"秦墨忽然露齿一笑，眼神温柔迷人，勾得我心里痒痒的，可下一句话，就吓得我从他身上摔下来——

"我爱你，赵萌萌，不是简单的喜欢而已，我们结婚吧。"

事实证明，秦墨这句话杀伤力实在太大，我一个不稳，重重往下跌，秦墨要拉也实在来不及，顿时四仰八叉地摔在地上，痛得我眼泪都快下来了。

我气得要死，一边揉着磕痛的腰，一边狠狠瞪着面前的罪魁祸首。

可我的傻样确实愉悦了对方，秦墨摸着鼻尖，有些忍俊不禁。

我气得捶了一下地毯，他才晓得过来扶我。我借着他的胳膊站起来，扶着腰，大大咧咧地岔开话题："没门儿，就你这样求婚，我才不嫁给你呢！"

其实我心里紧张得要死，方才秦墨的态度，倒是十分认真，若不是我急中生智，耍出这样一招假摔，我根本不晓得如何回答。

秦墨将我扶回床边，又俯身替我脱掉拖鞋，听我这样玩笑，抬头看我一眼，那一眼颇为复杂，我疑心他是否将我方才的假摔看穿，却听他只是轻描淡写地哧了一声："瞧你这点出息……"

我心里七上八下，也不敢跟他开玩笑，赶紧转移话题："我饿了。"

三更半夜的，也不知道秦墨找人从哪里弄来的鱼片粥，我们俩窝在病房里喝粥。

我得意地跟他炫耀曾旭那一关我过了，师傅已经答应教我做菜，正式收我为徒。不久的将来，我赵萌萌一定是厨艺界的大神，到时候他秦墨就算想要吃我做的菜，我也不一定搭理他。典型的，当初你对我爱搭不理，以后我让你高攀不起。

秦墨胃口似乎不好，只喝了一点就放下勺子，听我跟他吹牛，说到我要让他"高攀不起"的时候，他居然也没有生气，抬起修长的手指拿纸巾替我擦了擦嘴，不大在意道："你只要少出点幺蛾子，我还是高攀得起的。"

我这人典型的地不长记性，习惯性地跟他抬杠："我怎么出幺蛾子了，我好着呢！"

秦墨咧了咧嘴角，那笑容隐隐有些熟悉，下意识地让人打寒战。他像抱小孩儿似的轻轻松松将我抱到他面前，抵着我的额头，说："赵萌萌，你刚才其实是想说，不见面的时候一点也想不起我吧。分别这么多天，如果不是我给你打电话，你是不是不打算联系我了？”

我的心一跳，不知道秦墨如今竟然这么敏感，可他说的是事实，我其实压根儿还没想好跟秦墨和好，这样稀里糊涂地重新走到一起，也算是意外。我心里头的小九九多着呢，要说对以往的事情不介怀，那几乎不可能，可我确实恋着秦墨，一见着他，就欢喜极了，但内心又隐隐觉得不甘心，于是十分矛盾。

可要当着秦墨的面儿承认我的不甘心，我又没那个胆量，也问不出自己真正在意的问题，只好支支吾吾地，左顾而言他：“那什么……我就是最近挺忙的，学厨很辛苦嘛。”

秦墨玩着我的手指，听我这样说，笑意更寒：“辛苦到进了医院也没空告诉我？”

我就知道，我就知道这家伙会秋后算账！这不，自己吃饱喝足了，终于有空料理我，根本就是给一颗蜜枣再打一棒子，可在这件事上，我的确心虚，只好勉强冲他笑，“你……你不是说你在国外吗？我就……”

秦墨估计懒得听我瞎编，吻了吻我的手指，将我的腰肢微微搂得紧了些，态度显得漫不经心，可语气却是十分严肃：“咱俩不能再这样下去，两个选择，赵萌萌，要么跟我结婚，要么跟我回 A 市，我们不能这样长期分开。”

我呆了呆。

下一刻，我从秦墨的身上跳下来，离他远了一点。

“不行！”

大约没料到我这般斩钉截铁，秦墨的眸色沉了沉，似乎不悦。

我的语气生硬，让屋内好好的气氛陡然不妙，自己心里也跳个不停，只好微微软下声音，说：“上次我们不是讨论过这个话题吗？我暂时不想离开。”

“那我们结婚。”不容商量的口吻。

“我……我……”我结结巴巴，一时找不到理由拒绝。

“你说不出话，我当你答应了。”

秦墨已经站起来，一副立刻要带我去民政局的模样，吓得我赶紧拒绝：“我还没准备好，不行。”

这厮充耳不闻，几步靠近我：“你不需要准备什么，一切有我。”

我条件反射地往后退，终于鼓起勇气：“我是说，我心理上还没准备好，不能这么跟你结婚！”

秦墨的脚步顿住，脸色渐渐有些难看，室内气压忽然极低。

我垂着脑袋，总觉得忽然间极为被动。秦墨突然提出结婚，打得我措手不及，心里乱糟糟的，十分忐忑。

“为什么？”他问得那样理直气壮。

为什么？

因为我还没有想好，因为我们分别这样长的时间，我已经一点都不确定自己是不是还喜欢你，因为到现在我还弄不清楚当初你为什么抛弃我而救下周嘉怡，因为我不知道你为什么连孩子都不肯要，因为我们之间有太多的问题……

第十章 // 赵萌萌，我爱你

“有问题你就说呗，两个人摊开来解决不好吗？”谢美女翻了个白眼，将刚涂好的指甲放在太阳底下闲闲地晒着，好像我这一大堆烦心事，在她面前简直跟幼儿园过家家似的，根本不值一提。

“你懂什么呀？要是能摊开解决，我早就解决了好吗？这不是有很多东西问不出口吗？”我抱着脑袋十分丧气，想了想，又很疑惑，“其实我到现在都不了解自己，你说我到底是真的喜欢他，还是只是沉迷他的肉体，我们俩简直是稀里糊涂地复合了。”

不知道怎么就戳中了谢芝的笑点，这妞扑哧一声乐了：“就你这样的，能有什么好前男友啊。对了，你那个前男友做什么的？警察？修理工？身材很好？腹肌有几块？”色眯眯的。

“都不是。我也不知道他具体做，乱七八糟很多，有点忙。”想想秦氏旗下的公司，酒店、影视、IT、房产都有吧。

“兼职？”谢芝拧着眉，不大看好，“那你们以前为啥分手？”

说到这个我就来气，“他不要我们的宝宝，老逼我干我不喜欢干的事，地震时救下别的女人跑了！”

谢芝一张嘴能塞下鸡蛋，好一会儿才回过神，“这种极品‘人渣’，你看上他什么啦？居然还能复合？苏小花，你虽然长得不怎么样，可人家林皓不对你有点儿意思吗？你干什么非得在垃圾堆里找男朋友。这种男人，你一巴掌抽远点啊。还复合！”

“其……其实也没有。他以前对我还是很好的，要什么给什么，什么麻烦都替我兜着，而且，人很帅！”

“帅有什么用！”谢芝气得一根手指冲我的额头戳过来，“我说你能不能不要那么‘颜控’，帅哥堆里向来出‘渣男’，专门迷你们这种没有社会经验的小白兔。再说他能有多帅，有咱们新来的大老板帅吗？人家不仅有颜还有钱，我赌一根黄瓜，你前男友求婚的时候连戒指都没有吧？”

我想了想，秦墨那天还真没有戒指，便老实地点点头。

谢芝便呵呵冷笑，抱着手臂，完全一副过来人的样子，“他就是吃定你对他还有好感，说什么结婚，根本就不是诚心实意。他是不是行踪飘忽不定？”

我联想了一下秦墨永远不知道在哪儿的行程，点头。

“看吧，跟你说忙，做什么兼职，肯定是趁你不在，骗别的女人去了。苏小花，你赶紧清醒清醒，这种人就是职业骗子，专门骗财骗色，要么骗你纯洁的肉体，要么就是你的工资卡！”

我回味了一番谢芝的话，我的工资卡，秦墨可能看不上。

依着谢芝的总结，秦墨也许根本就不是认真要跟我结婚，指不定就随口一说，毕竟连戒指都没有。

我长舒一口气，莫名被谢芝这通乱七八糟的分析给治愈了。

“苏小花，你又偷懒！”林皓气喘吁吁地跑过来，“有客人点名要吃你做的菜，赶紧的，跟我回厨房。”

我瞅了一眼当下火辣辣的日头，不情不愿地跟着林皓的脚步，“这才四点呢，这位客人到底是吃午饭还是晚饭？”

厨房才不管客人是吃午饭还是晚饭，五星级酒店的厨房二十四小时有人待命。

我作为曾旭唯一认证的关门弟子，在酒店也算小有名气，偶尔有几位口味独特的客人，居然也指明要点我做的菜，想想还是有点开心。

半个小时后，我的开心化为玻璃碎了一地，气势汹汹地握住传话服务员的衣领，“什么叫有投诉？怎么可能投诉？难道我连一碗最简单的粥都做不好了？是哪个混蛋在存心找我麻烦？”

曾旭对后厨管理向来极为严格，要是让他老人家知道他新收的关门弟子掌勺没几天就被客人投诉，估计能立刻让我原封不动地打包滚蛋。我这才刚把这位师傅哄好呢，怎么能在这种关键时刻掉链子？

“你自个儿问去啊。”服务生也很委屈。

问就问！我随手解开身上有些碍事的制服，大步跟着服务生往酒店套房走，结果刚瞅见对方的背影我就怂了，小声地跟旁边的人咬耳朵：“你……你怎么没告诉我是老板呀？”

这服务生忒气人，简直是故意看我笑话似的：“你不也没问吗？”

“那啥……我……我还是先撤了。”我抚着额头，努力降低存在感，小心翼翼地往后退。

偏偏秦墨这厮后脑勺跟长了眼睛似的，我还没来得及出去，已经被他叫住：“赵萌萌！”

我默念着我是苏小花，我是苏小花，麻利地继续往后溜。

“苏小花！”秦墨提高了音调。

我顿时老老实实的，不敢再动弹。

我垂着脑袋，距离上次吵架已经过了一个多星期，秦墨那句为什么像一个魔咒一样，让我做了整整一个星期的噩梦，而现实里我是怎么回答的呢，好像很小声，特别怂，一句“不为什么，我不乐意”便将秦墨打发了。可想而知当时秦墨有多生气，我俩自然便不欢而散，已经一个星期没联系了。

“过来！”见我埋着头没有要动的意思，秦墨下了指令。

我偷偷撇嘴，觉得这厮简直幼稚。公是公，私是私，虽然我拒绝他的求婚让他很没面子，但是也不用在工作上来找我麻烦吧，这可真不像秦墨的风格。

想到这儿，我就十分不甘心，几步走过去，故意用上十二万分客气的口吻：“秦先生，听说我做的粥，您有投诉，我是来了解情况的。您有什么不满意的地方可以说，我能改。”你就挑吧，才不信能挑出啥毛病，这厮就是故意找我麻烦。

秦墨此刻是站立的姿势，一只手插在西装口袋里，微微垂下视线，一眨不眨地看着我。阳光明亮得刺眼，他逆着光，我有些看不清他的表情，觉得他就算只穿了一件简单的Polo衫，好看得让人挪不开眼。然而他良久不说话，我到底觉得有几分不自在，刚想继续刺激他，这厮很是严肃，简直用上了商务谈判时的口吻：“问题很严重！”他说，略微皱着眉头，“你的粥，我尝不出一点爱意。”

我……咳咳……

这算是赤裸裸的调戏了吧？

而且，秦墨为什么突然学会肉麻了？

温度突然莫名高了起来，我脸上发烫，一定红透了，却还想着要辩解：“谁……谁要在粥里加那种东西。”

想想就觉得肉麻。

秦墨却偏偏不放过我，几步走过来，靠得十分近，简直让我呼吸都有些困难：“以前就有，赵萌萌，你打算怎么改？”问得颇为认真。

我被逼得无路可退，却莫名被秦墨这副认真的模样逗乐，都不知道他哪里学来的，那样正儿八经的一个人，说起这些肉麻的词简直可爱得要命。我终于笑出来，却还是忍不住跟他斗嘴：“不加，你要不考虑换个厨师？”

“我看还是换个女朋友比较好。”秦墨也笑，抬手将我搂了过去。

我气得捶了他一下。

秦墨大乐，吻了吻我气呼呼的脸颊：“换个小一点的，可以揣在兜里那种，我随时带着，就不用那么想了。”

我觉得秦墨的嘴今天一定是抹了蜜，可我还是很没出息地被他哄得心花怒放，然后不知不觉地又滚到一起了。

等我清醒过来，总觉得谢芝的分析还是有几分道理的，秦墨这厮垂涎的一定是我的肉体，要不怎么十八般武艺全部往我身上招呼了？

我把这个结论在微信里告诉陈筱，陈筱便在那头耻笑我。

她说赵萌萌，你最近是不是很少照镜子，都快奔三的人了，能不能有点自知之明？就你那小胸脯、小粗腿的，还肉体？人家秦大总裁要什么样儿的没有啊？

我听着心里忒不是滋味，总觉得陈筱现在处处都在替秦墨讲话，跟以前可完全不一样。

“不是，筱筱，我发现你现在怎么老是打击我，替秦墨说话呢？以前你可从来不站在秦墨那边的。”

微信视频里，陈筱吐出一口漱口水，声音断断续续的：“那我还不是为你好吗？人家秦墨既然都求婚了，你有什么好犹豫的？早点结婚呗，你们这样长期分开，根本就不是办法。你也老大不小了，结婚也是不错的选择。”

“筱筱，你变化可真大。”我啃了一口苹果，跟她瞎聊，“以前，你老是跟我灌输女性要自立，不能靠男人，简直就是一个严格的不婚主义者。现在我想追求点自己的梦想了，你又跟我说我年龄大了，可以选择结婚，咱俩这人生观怎么老不在一条线上？”

那头刷完牙的陈筱想了想，表示赞同：“好像是。”她回到客厅沙发上，“可我以前不是没谈过恋爱吗，压根儿不相信婚姻这回事。现在想想，以前的想法太偏激了，而且那会儿未经证实就跟你灌输秦墨喜欢周嘉怡的观念，害得你们莫名其妙分开三年，我挺内疚的。我跟你说，萌萌，秦墨他真的很爱你。你不在的三年，发生了好多事，简直刷新了我对秦墨的认知。电话里这些都不好说，这样好了，过几天我要来B市出差，到时候我们慢慢聊。”

我有些忐忑，总觉得陈筱好像知道我的心结，而那些我问不出口的问题，在陈筱这里好似能得到答案，于是一连几天，我都十分专心地等着陈筱出差到来，然而我等到的却不是陈筱。

秦阿姨的电话打来时，恰逢我放假，原本我想收拾东西回影视城陪阿宝和宝妈，只好临时改了目的地。

奇怪的是秦阿姨并没有约我在自家酒店见面，而是约在隔了几乎快半座城的私人咖啡馆，还是包厢，显得十分神秘。

我一路换了好几个交通工具，按照秦阿姨的指示，又是地铁，又是出租车，最后才上了她老人家派的车，跟拍电影似的，特别能折腾。等真正到达目的地时，即使我累得气喘吁吁，也只敢在心里偷偷吐槽。

三年后再面对秦阿姨，想起她上一次见面的态度，我总觉得不大自在，颇有一种对方来者不善的感觉。可印象里的秦阿姨，确实是除父母之外最疼我的人，我最糟糕的那段日子，她跟秦墨从来没有放弃我。

想到这里，我终于不再紧张，很自然地在侍者的引领下推开包厢的大门，里头坐着的，只有秦阿姨一个人，并没有秦墨。

“秦阿姨。”

正在饮茶的秦阿姨抬头，露齿一笑：“坐，萌萌。”

这位长辈天生气质温和，待人亲切，总是一副笑眯眯的样子，所以小时候，我特别粘她老人家，粘到有时候我妈都嫉妒。

我这人虽然笨，但是天生敏感，跟秦阿姨熟悉了，很容易分清楚她微笑的含义，哪些是笑着对自己人的，哪些是对外人的。

秦母疏离的一笑，便立刻让我心里打了鼓，忐忑不安地坐下。

很快有人替我上茶，秦阿姨是长辈，又常年混迹在富贵圈，说话从来不喜欢直接那套。她慈爱地跟我寒暄了半天，问了我这三年的境况，也未进入正题，用的还是对付外人的那一套。

我心里隐隐不安，对秦阿姨，我还是有感情的，忍了忍，不禁直截了当："阿姨，您找我来是有什么事吗？"

秦阿姨正在饮茶，闻言，唇边的茶杯顿了顿。

她老人家饮茶的样子很好看，后来我在宝妈身边待得久了，才知道每个人的气质确实是不一样的。那些从未受过生活磋磨的人，永远活得像画里一样精致，一言一行，皆是优渥生活惯出的养尊处优。很长一段时间，我都没有见过比秦阿姨更优雅的贵妇。

她将手上的茶杯放下，那只手保养得极好，圆润白皙，仿佛上好的凝脂白玉。

"那我就直说了。"她看我一眼，"秦墨……是不是跟你求婚了？"

我想了想，秦墨上次提结婚，很有随口一说的嫌疑，可依着秦墨的性格，从来不会无缘无故将结婚两个字挂在嘴边，但这几天他再没跟我提过，我隐隐松了一口气。

我不想骗秦阿姨，是以微微点头。

秦阿姨的脸色变了变，好似很努力才控制住自己的情绪，她笑笑，然后仿佛玩笑般道："难怪，他那天突然问我要他祖母留下的戒指。"

我觉得她肯定还有话要说，是以并未打断她，果然，她继续道："我没有给他。"秦阿姨敛了笑容，身体轻轻往后背的座椅靠了靠，带着上位者的强势，"你呢？萌萌，你是什么态度？"

"我……"我捏着手指，忽然不知道该怎么回答，秦阿姨很少在我面前展现出这般强势的一面。

但我的犹豫很快让秦阿姨猜出几分，她的态度重新缓和下来："你拒绝了他，为什么？"

秦墨打小就十分优秀，向来是秦阿姨的骄傲，估计也没料到我如此不知天高地厚，轻易拒绝了秦墨。我急忙解释："我就是觉得太快了，还……还没有准备好。"

秦阿姨倒是一副很理解的模样，循循善诱："你还在怪秦墨？"

我顿时打了个激灵，秦母这样直接，倒令我一时措手不及："不……不是。"

可是真的没有吗？我的不甘心难道不是因为那些隐隐的责怪吗？

"你还在怪他，因为地震的时候他带回了嘉怡，而不是你，对吗？

"我……"

"你们可真不合适。萌萌，你拒绝秦墨是对的，你不适合秦墨，你不了解他。"秦阿姨下了定论。

我震惊了，心里隐隐有不好的预感，却听对面秦阿姨继续道："所以你们的婚事，我并不赞成。谢谢你拒绝了他。你做得很好，萌萌，可是阿姨希望你的拒绝能再彻底一点，完完全全地离开秦墨，就当你从来没有回来过！"

"秦阿姨……"我惊呆了，忍不住喃喃。

"如果是三年前，你们两个要结婚我是赞成的。你知道，阿姨从小看着你长大，很喜欢你。本来我以为秦墨对你的感情不过就像宠个小妹妹而已，可某天秦墨把你领回家，说你们两个决定在一起，我心里很震惊，却觉得没什么。秦墨这孩子从小有自己的主意，一旦决定的事情不会改变，但也从来没让我们失望过，所以我也不反对。事实证明我当初没有反对就是个错误的决定，如果我当初就不同意你们在一起，我的儿子也不会变成这样……"

“我知道一场地震让你们彼此都受到很大的伤害，可自己的儿子自己疼。三年了，秦墨到现在都还需要做心理治疗。有一天半夜，他坐在你的房间里，突然转身问我，他说‘妈，你那天看见萌萌了吗，是活的，应该不是只有我一个人看见了吧’，你能想象他当时的样子吗？”秦阿姨说到这里，居然有几分哽咽，“萌萌，这是最近才发生的事。秦墨他花了多长时间去接受你‘死亡’的事实，还要花多长时间去接受你死而复生的事情，而这些在你眼里，可能只是儿戏。”

“秦墨他不欠你，不管地震他是不是没有成功带回你，但是我自己的儿子我自己知道，虽然面上冷漠、不近人情，可是他比谁都正直。地震那天的事，秦墨从来没有跟我提起过，但是阿姨不相信他会单单抛下你，我相信他一定尽了最大努力去营救你。秦墨当初把你带回家，就是抱着对你负一辈子责任的意思。这么多年，我儿子对你怎么样，你应该是最清楚的。”

“秦墨对我很好。”我低低地说，终于找到可以接的话，然而我脑袋一团乱麻，关于秦墨需要心理治疗这些事，使我震惊。

“他甚至连你是血友病基因携带者都不介意，还想尽办法瞒住我，坦白说仅仅基于这一点，我也不同意你跟秦墨在一起。”

我愣了愣。

“什么是……血友病？”

我都不知道我是怎么走出那间大厦的，整个人恍恍惚惚的，连车子都忘了要坐。从秦阿姨处得到的信息量太大，大到让我脑子差点快爆炸，然而心里像是揣了一块巨大的石头，压得我喘不过气来。我特别想找个地方大哭一场，可我好像也哭不出来，因为我不知道该心疼秦墨多一点儿，还是心疼自己多一点儿。

我一直觉得在与秦墨的这段感情里，我才是受委屈的那一个，可是当秦墨像一棵大树一样将所有风雨替我挡在外头的时候，我仿佛孩童般无知，自以为是，娇气且幼稚。

我跌跌撞撞地走在大街上，脑海里不知道为什么，老是联想起秦墨一个人坐在房间发呆的样子，那一定是特别悲伤的一张脸；想起三年前的餐厅里，他让我打掉孩子的样子；想起地震那个晚上，他走之前不断吻我额头的样子；想起他说“就当已经惩罚过我”的样子；想起他提结婚的样子……

我满脑子都是各式各样的秦墨——悲伤的、孤单的、隐忍的、沉默的、坚定的，好像秦墨整个人直到这一刻才在我脑海里变得鲜活而真实存在过。

而我呢？我在秦墨的眼里是什么样子？

是不是到现在，他都没有接受我“死而复生”的事实，才会傻到问这些问题，我却还像个白痴一样一心苛责于他，犹豫不定，踌躇不前。

包里的电话一直在响，我看了一眼，是秦墨。

秦阿姨说秦墨很怕我突然又消失不见，偷偷派人跟着我，今天的这场会面，她花了好大力气才躲开秦墨的眼线。她不希望这场见面成为她与秦墨母子关系的裂痕，而我应该好好思考，我到底是不是真的适合留在秦墨身边。

不知道秦墨是不是“发现”我不见了。

我不得不接起来。

“赵萌萌，你在哪儿？”果然，秦墨那头的声音听起来格外焦虑。

我从来没有认真思考过秦墨的改变，我像一个舔到糖块的孩子，沉溺于跟秦墨复合的甜蜜之中，即使有些时候，秦墨的态度显得那么小心翼翼，我也故意视而不见，心安理得地觉得是秦墨欠我的。

我吸了口气，觉得心里那块石头更沉了，却还是努力换上一副轻松的口气：“我也不知道，好像迷路了。都怪师傅，非要叫我到这边来挑食材。”

电话那端沉默了一下，不知道是不是我的错觉，好像听见那头深呼出一口气，然后是他惯常冷冷的语调：“没事你不好好在酒店待着，到处瞎跑什么……”

“秦墨，我想你了！”我喃喃道，打断他，说完我就捂住自个儿的嘴，觉得特想哭。

电话那端无声了好久，秦墨有些无奈：“那你乖一点儿，不要到处乱跑，我这边忙完了，就立刻过去看你。”

“嗯。”

我捂着嘴，更加觉得想哭。以前秦墨出差时，我也会常常撒娇，肉麻地说类似想念的话，可秦墨的回答永远都是“要什么，自己买，不要搞煽情那套”，非常喜欢拆穿我。

我们两个终究是因为这三年，像两只刺猬，彼此都变得小心翼翼。

不一会儿，陈筱的电话也打来了。

我恍恍惚惚地接起来，陈筱在那头有些兴奋：“赵萌萌，我刚落地。怎么样，惊不惊喜，意不意外？陪你吃麻辣小龙虾去。”

我已经没有力气去管陈筱的兴奋了，十分无力地问她：“陈筱，什么是血友病？”说话的那一刻我从对面的玻璃窗里，看见自己的脸，苍白得没有丝毫血色。

血友病是一组由于血液中某些凝血因子的缺乏而导致患者产生严重凝血障碍的遗传性出血性疾病。

由女性传递，男性发病。

当天晚上，酒店套房内，陈筱跟我科普这个陌生的病症。

其实一整个下午，我都在网上查询这种病症。越看我心里越凉，我身体里的血友病基因会导致百分之五十的概率生下的孩子患有血友病症，尤其是男孩，而我查询了很多患有此病症的患者情况，无法想象倘若生下一个孩子，在正常分娩时，孩子就会出现颅内出血、脾破裂、胸腔出血等症状，那些照片实在是触目惊心，吓得我缩在沙发的一角，瑟瑟发抖。

“秦墨当时想帮你调查你亲生父亲的下落，谁知道查出来你父亲是因为这个病症去世的，因此猜测当初你妈妈之所以大着胆子将你跟周嘉怡交换，也是怕你遗传你父亲的病症，所以当初秦墨让你打掉孩子，并不是因为不喜欢你，他只是觉得你年纪还小，心理不够成熟，可能没有办法去接受一个天生有残缺的孩子。这种病症遗传率达到百分之五十，如果是女孩还好，最多是血友病基因携带者，可如果生下的是男孩，有百分之五十的可能会成为发病者。”陈筱一字一句解释得清楚又残忍。

我呆坐在沙发上，无意识地咬着指甲，只觉得浑身都没有力气，我甚至忘了下午的时候因为无处可去，是怎么随意找到这家酒店的。我觉得心里难受极了，可是好像也哭不出来，那些沉甸甸的东西压得我喘不过气。

“所以，其实我是没有办法生小孩的，是不是？”我无意识地喃喃。

筱筱蹲在我面前，很是担忧地看着我：“你也不要这样想。萌萌，遗传的概率只有百分之五十，还有一半的机会，你是可以生下健康的宝宝的。”

“秦墨为什么不早点告诉我？”

陈筱沉默了一会儿，继而道：“你得承认，赵萌萌，三年前的你心智并不够成熟。别说是你，就算是我，也没有办法一下子接受这些。”

我说不出话了。

我忍不住将头埋在陈筱肩上：“筱筱，我现在觉得特别累，特别想不明白，你说我一个普普通通的人，为什么要经历这么多的事呢？简直跟拍电影儿似的，凭什么是我呀，凭什么所有的不幸都往我一个人身上招呼呀？”

陈筱也不晓得如何安慰我，唯有沉默。

我觉得累极了，不知道什么时候靠在她肩膀上睡着了。

我们当然没有吃成麻辣小龙虾，事实上我吃不下任何东西，而陈筱显然是一个十分合格的闺蜜，无声地陪了我一整夜。

隔天早上，天光微亮，我睡得并不好，也睡不着，索性将窗帘全部拉来，城市的霞光唯美得仿佛一张油画。我起身蜷缩在落地窗前，脑海里一片空茫，自己都不知道自己在想些什么，只觉得那些压得我喘不过气来的东西，依旧如影随形。一夜已经过去，我还没有办法释怀。

“有一次晚宴……”陈筱不知道什么时候醒的，从床上坐起来，看着我，突然说道，“秦墨也站在类似的位置，跟你现在的表情很像。”

我侧头，有些不解地看着她。

陈筱笑了笑，“你知道因为他没有带回你，我有多恨他吗，所以干得都是以前你对周嘉怡一样的傻事。秦墨每次晚宴都不带女伴，一副对你念念不忘、深情款款的样子，我觉得那副模样简直恶心透顶，忍不住过去讽刺他，你知道他说什么吗？”

我呆呆地看着陈筱。

床头柜上有烟，我也不知道陈筱什么时候开始抽烟的，此刻她点燃一支，大约是喉咙不适应，咳了咳，却依旧一副笑嘻嘻的样子，“他自顾自地问我，他说：陈筱，你说赵萌萌在那里，一个人会不会很冷？她很怕冷，一到冬天恨不得躲在被窝里不出门……”

我眨了一下眼睛，不知道什么时候，眼泪滚了一颗下来。

“你能想象他说这句话时那副欠扁的样子吗？说得我心都痛死了！他不是存心找揍吗？我那会儿正谈恋爱呢，在我男朋友面前，多矜持、多小白兔的一位淑女啊，一拳就给他揍过去了，把我男朋友都吓到了。”陈筱夸张地描述着。

我想象那样混乱的场面，忍不住咧了咧嘴角，可是心脏却忍不住一抽一抽地，一时好像连呼吸都没有办法。

“后来我才知道，秦墨压根儿不是装的。”陈筱吸了一口烟，又恢复那副正经的模样，“我被那个渣男甩掉，又跟家里闹翻了，周围一个能说话的人都没有，那段时间过得特别抑郁，所以去了心理治疗中心，最高级的那种，就是聊一小时能抵我半个月工资那种，真黑心！”陈筱一副钻钱眼儿里小气的表情，又慢慢收敛，“我在那里碰见了秦墨，我多八卦啊，我俩一个心理咨询师，我能不把这厮的资料偷来看看吗？结果我发现这家伙的病症比我惨多了，严重的时候已经开始幻听、不接受赵萌萌死亡的事实、睡眠障碍、身体机能下降，一大堆专业术语，我其实不怎么看得明白，可秦墨真的一天比一天瘦下去了！”

我的眼泪吧嗒吧嗒地往下落，忽然觉得心痛极了。

“赵萌萌！”陈筱起身，将窗帘全部拉开，站在我身旁，俯视着整座城市，“你知道我以前一直不相信爱情吧，可我陈筱真的爱过一个人，虽然是个‘渣男’，但是我感谢他，至少我知道爱情是什么样子的。我以前一直以为爱情要浓烈一点，再浓烈一点，生离死别、肝肠寸断，你跟秦墨这样的，不知道够不够……”

陈筱望着窗外，忍不住喃喃。我哭得稀里哗啦，却忍不住握住陈筱的手，她侧头看我一眼，说：“所以别说什么命运把不幸的都往你一个人身上招呼，这社会，谁比谁过得好呢，都是放屁，自个儿的幸福自个儿琢磨去！”

陈筱的安慰像一根针，重重地扎在我的心上。

我以前就是个特别没有主见的人，人前一副大尾巴狼的样子，人后什么主意都找陈筱帮我拿。

她是我的军师，我的启明灯，是我每一次痛哭流涕时的肩膀。

我一直觉得陈筱是个强大的女人，可我忘了陈筱也有痛的时候，也有难过的时候，也只是一个单纯地把什么事都自己扛的女人而已……所以，这一次，陈筱大概也没有办法帮我将这些再扛起来了，我得自个儿面对。

我俩一块儿去酒店餐厅吃了一顿早餐。陈筱是来出差的，昨天能陪我半天，已经是极限了，不得不在这儿分别。

我的假期还剩一天，可以明早再去酒店报到，所以我准备回影视城去探望宝妈与阿宝。

在宝妈烤铺里碰到秦墨我还是很诧异的，大中午的，秦墨居然跟阿宝混到了一块儿，明明上次两个人才打过一架。阿宝孩子心性，对玩具爱不释手，秦墨正教他操控无人机，阿宝显然极感兴趣，望着天空飞来飞去的机体，乐得合不拢嘴。

我顿住脚步，不知道为什么，突然十分不舍地看着秦墨，仿佛重新认识了他一遍，脑子里总是想起秦阿姨与陈筱的话。这三年，其实我极少思念秦墨，我总觉得大约没有我，秦墨和周嘉怡一定过得幸福极了，所以就连电视里关于秦墨的新闻，我都刻意不去看。

我总是猜想他们已经结婚了，有时候光想一想，便会觉得难过。然而又十分矛盾，既希望秦墨过得幸福，毕竟从头到尾，秦墨对我是真的不错，有时又巴不得秦墨跟周嘉怡天天吵架，被婚姻折磨得生不如死。可是我从来没有想过秦墨会活在我“死亡”的阴影里，没有想过他会因此而进行心理治疗。

我一直以为秦墨是强大的、不近人情的、高高在上的、众星捧月的，我没有办法去想象秦墨一个人坐在沙发上，脆弱地与幻想中的我对话的样子。

大约是感受到什么，秦墨终于回过头来，彼时，他站在高大的梧桐树下，简单的亚麻衬衫搭配一条九分牛仔裤，因为个子高挑，露出一截脚踝。被树叶筛落得稀疏的光圈里，秦墨一张脸俊逸极了，却是真的瘦，露出比回忆里更加轮廓分明的五官来。

我突然有些想不起秦墨以前是什么样子，但是大约从来没有像现在这样，眉目忧郁得让人心疼。

他将遥控器交给身旁的阿宝，一只手插进口袋，静静地看着我。

我的眼睛酸酸的，忍不住飞扑进秦墨怀里，紧紧搂住他的腰，把脸埋在他的胸膛上，死死不肯放开。

大约是我实在太过热情，秦墨还没有搞明白，“怎么了？”继而又有些担心，“是不是受什么委屈了？”

我摇了摇头，就是抱着他，不肯动弹。

阿宝瞅见了，仿佛瞧见什么稀奇事，左看右看，突然捂着脸：“阿花抱男人了，羞羞，羞羞！”

这个傻子，我狠狠白了他一眼，阿宝还是怕我的，蹦蹦跳跳地回去找宝妈：“阿花抱男人了，羞羞！宝妈，阿花她抱男人了！”

被阿宝这么一吼，真是所有的气氛都被打断了，我只好从秦墨的怀里出来，有些不好意思地瞅着秦墨的脸：“没什么，就是想你了。”

秦墨深深看着我，仿佛想看出点什么。

我努力挺住胸膛，一副什么事儿都没有的样子，秦墨也没看出什么，便摸了摸我的头，回应：“嗯，我也想你了。”

秦墨以前可真不会说这种甜言蜜语。他以前多严肃啊，最多会似笑非笑地问我：“赵萌萌，你是不是又看上什么东西了？”

好像我每次都是为了买东西才讨好他，当然十次有九次，他的猜测都正确无比。

“秦墨，我会变得很优秀，配得上你的那种。”我突然说道，说完自己都吓了一跳，原来即使我怀不上健康的孩子，我也没有想过要离开秦墨。

秦墨怔怔地看着我，挑眉，刚想说点什么，宝妈就嚷嚷起来：“苏小花，我忙得脚不沾地，你抱什么男人，滚过来择菜！”

我哪还敢跟秦墨你侬我侬，摸了摸鼻尖，赶紧乖乖去给宝妈择菜。

装修过的宝妈烤铺其实也就那样。

秦墨整个人长身玉立，在略显狭小的铺子里，有几分格格不入，可是秦墨十分入乡随俗，他从小就显出比旁人更周全的教养，安安静静坐在那里办公，一副心无旁骛的模样。

我就没有那么淡定了，时不时过去倒个水，特别殷勤。

宝妈终于看不惯，揪着我的耳朵将我拽到厨房：“死女人，我看你今天心思全不在客人身上，怎么，跟人家复合了？”

我的眼珠转了转，很是费力地从宝妈手上挣扎出来：“复合又怎么样，我就是喜欢他！”

宝妈气得直捶胸：“苏小花，我看你是典型的好了伤疤忘了疼，怎么着，以前过得还不够惨，这是上赶着给人糟蹋！”

我有些羞赧，当初醒来时为了留在宝妈身边，我将自己被“渣男”骗身骗心的情况，描述得十分凄惨。

秦墨搁宝妈眼里，简直就是现代“陈世美”，世纪大“渣男”，这印象一时半会儿估计很难转变过来。我只好支支吾吾地说：“也没有，当初不是有误会吗？”

“误会？苏小花，你说你傻不傻，你那个没出生的孩子还在老家孤零零地待着呢。这种连孩子都不要的男人，你图他什么啊！”

我的心头狠狠一颤，当初我昏迷不醒，孩子当然没有保住。

据宝妈说清理出来的时候，小孩已经成形，宝妈惯常心软，觉得不能造孽，等我身体恢复，一起在农村老家给小不点儿立了一块墓碑，我一直不敢回去看，有时候想起，便觉得心脏抽疼。

宝妈大约也知道不该提这样的伤心事，也不说话了，但从始至终对秦墨没啥好脸色。

夜里，我陪秦墨在影视城河边散步消食。

那天晚上的月色极好，月光洒在河边上，照得河面波光粼粼，很是亮堂。

我挽着秦墨的手，有些沉默地走着。

我与秦墨，好像从来没有这样安安静静地散过步，即使最浓情蜜意的时候都没有过。可奇怪的是，我虽然满腹心事，却好似一句话都说不出来，忍不住偷偷去看秦墨的侧颜。

“怎么了？”秦墨终于捕捉到我的小眼神。

“宝妈……你不要介意，她老人家是刀子嘴豆腐心。”想了想，我解释。

秦墨笑了笑，捏捏我的脸颊，很是宽容的模样，说：“我为什么要介意，赵萌萌，这三年，她能这样照顾你，我感激还来不及。阿宝父亲的事情，我已经托人打听，应该很快会有眉目。”

我心上一喜，忽然满心满眼全是秦墨的优点，只觉得这样好的一个人，我居然差点就错过了，忍不住抱住秦墨的腰肢，说：“秦墨，怎么办，我觉得自己现在像个‘脑残’，只看得到你的好。”

“是吗？那真的好巧，我也是。”

我喜滋滋的，却还是老老实实地问：“你最近好奇怪，都不怼我了，老是说甜言蜜语，我真不习惯。”

“那你要不要跟我回家？”

合着在这儿等着我呢。

最近的话题好像全都是“你要不要跟我回家”和“你要不要跟我结婚”之类的。

我想起昨天与秦阿姨的谈话，心里怪怪的，其实也没有怎么想好跟秦墨的以后是什么样的，想了想，果断地冲他摇头。

秦大老板特别现实，立刻放开我的腰，冷着一张脸，闷头往前走。

秦墨偶尔发发脾气，还是很可爱的。

我随手在地上捡了一颗小石头朝他的背部扔去，故意赌气道：“秦墨，你是不是还要丢下我一次？”

这回，这厮终于老实，身体顿在那里不动弹了。

他回头看我，一双漆黑的眼睛盛满了歉意与小心翼翼。

我冲他勾了勾手指，示意他过来。搁以前，我可不敢对秦墨这样没礼貌，可现在，秦墨脸上虽然隐隐不甘心，还是很乖顺地走回来了。

然后我示意秦墨蹲下，整个人跳到了秦墨背上。

一上去，我就冲秦墨的耳朵吹了口气，谁都不知道，这是秦墨的敏感点，也是只有我一个人知道的小秘密。果然，我一吹完，秦墨的耳朵立刻红红的，特可爱。

“赵萌萌，再乱来，把你扔下去了！”秦大爷被我折腾得够呛，很是伤自尊心地说。

“你敢！”我心里甜蜜极了，颇有逮住秦墨软肋的架势。

秦墨晃了晃，一副随时要将我扔下去的样子。我搂着他的脖子，死都不放手。

我们折腾了一会儿，大约是晚上的月色太过醉人，终于安静下来。秦墨背着我沿着河边走，忽然低声道：“赵萌萌。”

“嗯？”

“你不用特别优秀。”

我愣了愣。

“一直在这里就好了！”

我沉默，搂着秦墨脖子的手忍不住紧了点。

“秦墨。”

“嗯？”

我侧头，看了一眼头顶的月亮，说：“那晚的月亮跟今天的月亮很像，特别圆，也特别亮。”

“哪晚？”秦墨下意识问。

我没有回答。

过了一会儿，他好似终于理解我说的是哪一晚。

“对不起。”秦墨说，声音有些哽咽。

我把脸埋在秦墨的肩膀上，不知道什么时候，眼泪掉出来。

“没关系。”我说，“我们重新来过，把现在当成是那个时候，你会救我的，对吗？”

“对！”

“我们会跑出去的！”

“一定会！”

秦墨背着我，突然跑了起来……

有人说，如果一个人做了一万件坏事，只做一件好事，别人会把他当成好人；而如果一个人做了一万件好事，只做一件坏事，就很容易被当成坏人。

秦墨对我来说，就像那个做了一万件好事的人。

那一晚究竟发生了什么，我已经不想去追究。

秦阿姨说我不了解秦墨，其实我只是太自私了，不愿意去理解秦墨而已。而现在，我不想再那么自私，让秦墨永远活在自责里，我原谅的不仅是秦墨，还有以前那个自以为是、永远以自我为中心的赵萌萌。

都应该过去了！

一个月后，我带着秦墨回了一趟四川老家。

宝妈烤铺是离不开人的，因此只有我跟秦墨两个人回去了。

九月的田间，已经带上满满的秋意，金黄的麦田远远望去，仿佛一幅幅写实派油画。

山里的空气很好，又恰逢收获季节，田间一片劳作的繁忙景象。上山的路十分狭小，汽车是开不上去的，我与秦墨只好将车子停在村口。

宝妈老家我待的时间其实并不长，埋葬完小不点以后，我很快跟着宝妈四处飘荡，这两年很少回来。奇怪的是，上山的路我一直记得，梦里仿佛回来过无数次。

秦墨的脚步显得很沉重，刚下过一场雨，道路泥泞，他不时搀扶着我，好像很担心我会摔倒，然而秦墨的手凉得要命，从上山开始，他便抿着唇，一言不发。

我不知道怎么安慰他，这是我和秦墨的第一个孩子。葬在这里的时候，我便想过，有朝一日，我一定要带秦墨来看看。那时的我是恨秦墨的，单纯地想要秦墨伤心而已，然而现在的心情又大有不同，是否带秦墨来这里，我想了很久，最终还是跟秦墨提了。

那是一块很小的墓碑，小不点是完全按照村里夭折的小孩的习俗安葬的。

两年过去了，因为无人打理，墓碑附近长满了杂草。秦墨弯下腰，一点点将周围的杂草清理干净。做这些的时候，秦墨没有说话，表情虔诚，即使是谈一次大额的投资项目，我也未曾见过秦墨如此郑重的模样。

做完这些，秦墨给自己点了一支烟，有些茫然地、无措地盯着墓碑发呆。秦墨极少抽烟，以前是没有这个习惯的，重逢以后，我也没见他抽过，倒不知道他什么时候，染上烟瘾。

我走过去，靠在秦墨身边，忍不住依偎在秦墨怀里。

九月的天，大约是因为刚下过雨，有萧瑟的寒意。

我没有说话，秦墨也没有说话。然而我们都知道，面前的小不点，是我跟秦墨犯过的错，因为太年轻，没有勇气与力量去承担的过错。

下山时，时间太晚，出村的山路并不好走，我与秦墨不得不借住在宝妈舅家。

山里的村民朴实，舅家十分热情好客。

家里的鸡、鸭都摆上来了，农房旁有一畦菜地，全是南方的蔬菜：菠菜、茄子、豆角，长得水灵讨喜。

我蹲在地上挖菠菜，大约很有丰收的乐趣，不禁跟秦墨念叨："我以后也要种一片菜地，家里吃的全是新鲜的，真好。"

秦墨正在吸烟，从上山开始，他抽了快有半包，简直快赶上瘾君子了，闻言终于笑了笑："仙人掌你都养不活，你还是手下留情，放过这些蔬菜吧。"

仔细想想，有一阵子流行种多肉，我好像心血来潮，养了一大堆，结果全都莫名其妙地死了，为此，很是被秦墨嘲笑过一番。

想一想也真是丧气。

我不禁瞪了秦墨一眼，扬了扬手上的菜篮子，威胁道："说话小心点，今晚我掌勺，这山高水远的，饿你一顿多简单。"

秦墨失笑，然而因为吸烟，呛住了，咳了咳，非常狼狈的模样。

我知道秦墨是真的伤心，从来到这里开始。

然而我带他来小不点的安葬处，却实在不是为了让他伤心。

我有很重要的话，想对秦墨说。是以，晚饭过后，我与秦墨坐在院子里的石阶上，有一搭没一搭地聊天。

我跟他讲我这几年的生活，讲宝妈当初本来是不愿意收留我的，谁愿意没事儿养一个大活人啊。可是阿宝舍不得，为了阿宝，宝妈不得不妥协；讲我们最初穷得连医药费都付不起，宝妈只好带着我与阿宝回来疗养，山里空气好，又安静，我居然也恢复得很快；讲我还是体验了一次农村生活的，跟宝妈养过鸡、下过地，那个时候我就会想，如果当初没有我亲妈换人那回事儿，我原本的生活也许就是这样吧……

我把头搭在秦墨的肩膀上，讲了很多很多，秦墨不插话，偶尔摸摸我的头，满眼疼惜。

最后，我侧过脸，认真地看着秦墨，对他说："秦墨，我跟你讲这些并不是为了让你心疼我，我只是想告诉你，我很感谢这一段经历让我成长。也许我并没有很优秀，可是我至少是个大人了，懂得生活里有很多责任是需要自己努力去承担的。以前我们在一起的时候，我什么都靠着你，依赖着你，以爱的名义，对你来说其实是不公平的……"

"赵萌萌……"秦墨动了动嘴，仿佛从未料到我会说这样一番话，十分动容的模样。

我打断他："你听我说完。我带你来这里，不是为了看你难受的。虽然也想带你看看小不点，可是我有更重要的话想对你说。秦墨，我知道自己是血友病携带者，也知道当初你为什么让我打掉小不点了。"

秦墨的脸色白了，我是真的极少见到他这般失态的神色。他猛地握住我的手，嘴张了张，却又被我打断："我……我就是想跟你说，我跟以前不一样了，虽然也说不出有什么不一样，但是我很认真地查过血友病，也知道可以怎样去面对一个天生有残缺的孩子，我有心理准备。秦墨，我会很努力地去当一个好妈妈的。"

秦墨激动地看了一眼我的腹部，苍白的面色变得十分古怪："赵萌萌，你是不是有了？"

"欸？"我一时没弄懂。

"赵萌萌，跟我结婚！"秦墨好似已经确信，一把将我举起来，简直让我有一种升级大熊猫宝贝的错觉。

某种事情上，秦墨跟秦阿姨真的是一对亲母子，至少脑洞方面就一样强大。

"才没有！"我气呼呼的，不禁暗想，难道我最近长肉这么明显了吗，"那是晚上吃得有点多！"脸色红红的。

"哦！"秦墨立刻变得很嫌弃，将我放下来，真是忒现实了。

"什么叫'哦'？这就算完了？我……我……我没有宝宝就不能结婚了吗？"

我忍不住戳戳秦墨的胸膛，气得半死，现在就不重视我了，以后真有了宝宝，那还得了。

秦墨不禁笑了："哦，你的意思是答应我的求婚了？"

"谁，谁答应了。"我的脸更红了，简直在跟秦墨求婚似的，"而且，你根本就没求过！"

秦墨才不管我呢，一把将我搂紧在怀里，吻了吻我的额头："赵萌萌，我当你答应了！我相信，你会是个好妈妈的。"

我本来还想挣扎，听到这句话，整个人忽然安静下来："嗯，我会很努力。”

“好，我们一起！”

万万没想到，这厮说的“一起”跟我想的“一起”，根本就是两回事。依照秦墨的理论，当个好妈妈和好爸爸的前提是，你得有娃，于是有很长一段时间，秦墨动不动就把我往羞羞的事情上引，十分热衷于造娃活动。

哼！这厮一点都不纯洁，别以为我不知道，他就是寂寞了三年，于是如今什么招式，全往我一个人身上招呼了！

然而有一天，那已经是结婚大概快一年的时候，我无意间发现，秦氏旗下很早便成立了一项公益基金，专门针对血友病患者的治疗与病症的研发，仔细查看成立的时间，那是二〇一二年，刚好跟秦墨查出我身世的时间吻合。

原来秦墨很早很早就已经在努力做一个好爸爸了。

再有一天，管家捧来一堆信件，说是有人寄给秦墨和我的。我正想着到底谁会那么老土，这年头还手写书信。

拆开一看，字体歪歪扭扭的，一看就是小孩子的字迹，原来秦墨背着我，以宝妈的名义在四川老家建了一所学校。

我问秦墨怎么会想着要建学校。

秦墨说，一方面是希望能帮助那里的孩子，同时也是感谢宝妈，毕竟因为孩子父亲不详，又是唐氏综合征患者，宝妈在老家很是受人非议；另一方面，秦墨提到这里，表情有些惆怅，小不点一个人待在那里，太寂寞了，学校建立起来，终归热闹很多。

于是我发现，在为人父母这件事情上，我永远比不过秦墨……

番外一 // 我们去逛街吧

二〇一六年的冬天，A 市已经下过好几场雪，白天的积雪压在道路两旁的枯枝上，沉甸甸的，在城市夜晚的灯光照射下，折射出稍显惨白的光芒。

陈筱站在恒温的大厦里，三十三层高度，这样高的地方其实往窗下望，看不到什么，但是对于连续工作了整整十二个小时的人来说，外面的空气即使比室内冷了整整二十度，依旧让人忍不住想出去透透气。

晚上九点，部门里的同事陆陆续续离开，对面写字楼的灯光一层一层熄灭。光线暗下来，周遭的声音渐渐消失，连微弱的敲击键盘的响声都没有了，整个城市慢慢趋于缓和，归于宁静。

陈筱享受这样的时刻。偌大的空间里没有丝毫人声，她忍不住起身去茶水间给自己泡了一杯速溶咖啡。她其实对食物有别样的挑剔，或者不只食物，她这样物质丰富、精神自由阶层的女孩对大部分东西都习惯性带着严苛又挑剔的品位。以前只喝现磨的，咖啡豆一定要出自于某个专业国度，且精挑细选。

为此陈筱可以跑遍每座城市的每一个高级咖啡馆，赵萌萌被她拖着，累得上气不接下气，皱着娇俏的眉毛同她抱怨："那个猫屎咖啡，一定要国外的猫吗？咱们中华田园猫不行吗？或者我给你买十只八只，你自个儿慢慢喂啊！"

陈筱歪着头回头看她，那个姑娘累得气喘吁吁，口气怎么听怎么像一个彻头彻尾的暴发户。

赵萌萌是陈筱的朋友，唯一的。陈筱很少怀疑自己的品位，但毫无疑问，赵萌萌是个例外，因为赵萌萌这样娇滴滴又大大咧咧、好吃懒做的女孩子实在跟陈筱是两个世界的人。可是高中时期的陈筱叛逆，沦落到一所野鸡大学，于是很不幸地，只有跟赵萌萌这样不按套路出牌的姑娘沦为闺蜜。

刚认识那会儿，这姑娘还姓周，第一天入校便十分豪爽地花钱请全寝室的女孩去A市最贵的一家自助餐厅消费。席间轮到她作自我介绍，周姑娘一拍桌子，特别豪迈地表示自己没有梦想，人生格言是这辈子一定要穿最漂亮的衣服，用最贵的化妆品，买最奢侈的包包以及嫁给最牛的男人！

陈筱低头抿着唇嘲笑，觉着自己遇到了一个二傻子，或者不只陈筱，周围大部分人都将这位周小姐当成了二傻子。特别是缺钱的时候，只要稍稍显得可怜一点，便能从这位周小姐的钱包里借出一笔可观的钱财，且通常有借无还，典型的公共提款机。

偏偏周姑娘还笑嘻嘻的，成天乐颠乐颠的，好像从来没有什么烦恼的样子。她不喜欢读书，把大把大把的时间花在购物与美甲上。陈筱曾经一个星期看她换过五种花色，她把手指与脚趾晾晒在寝室唯一靠窗户的床边，阳光从窗口洒进来，将她的白皙的指头衬得又花俏又漂亮。陈筱其实对美有十分内涵的看法，这源于她的母亲陆女士。陆女士经营一家古典画廊，陈筱从小浸染在色彩冷静且克制的国画里，于是偏爱的颜色十分沉稳大气。可是那天大约是天气太好了，陈筱从书里抬头看见那些色彩夸张的指头的时候，居然也不觉得刺眼，反而有几分可爱。

“馨怡上个星期借你的钱就没还吧，你还借给她？”陈筱翻了一页书，忽然忍不住脱口而出。

一说完，她便有些懊恼，寝室里，她一直不是个多嘴的人，习惯独来独往。大约是家庭的缘故，陈筱从小性格略微孤僻，从小到大不曾有过什么朋友，且实在不是喜欢管人闲事的性格。

果然，闻言，周萌萌有些诧异地看她一眼，说：“她说她不小心丢了交资料费的钱。”

陈筱扑哧一声笑出来：“她这学期丢了不下十次钱吧。”

周萌萌漂亮的脚指头动了动，声音又小又清脆：“我知道，她把钱都拿去买化妆品和漂亮衣服了。”

陈筱眉毛一抬，有些诧异地看了一眼面前的‘公共提款机’，忽然觉得她可能也没大家想象得那么傻。

“女孩子嘛，本来就喜欢这些玩意儿啊，我也喜欢！”周萌萌满不在乎地说。

呵！用你的钱去“喜欢”吗？陈筱翻了个白眼，忍不住讽刺地想。

“不过陈筱……”周萌萌忽然跳下床，这姑娘有点典型的人来疯气质，很快凑到陈筱跟前，睁着大眼睛瞅她，“我发现你好像一点都不喜欢这些，穿着打扮也是，老气横秋的。其实你有没有想过，你的眼睛这么漂亮，可以不戴眼镜的。”然后猝不及防地，陈筱的黑色镜框被对方摘下来了。

胸口微微一跳。

陈筱从来没有跟人隔得这样近，以她的气场，几乎不会有人这样轻易地“冒犯”她。

偏偏周萌萌一点都没觉得自己冒失，盯着她的眼睛瞅了好几眼，“瞧，多漂亮的眼睛，为什么遮起来？”然后这姑娘巴巴地将脸凑过来，如果有尾巴，陈筱疑心她是否会立刻摇摆起来，“我们去逛街吧，陈筱，寝室里好闷啊！”

“我们去逛街吧，陈筱。”好像就是这样被赵萌萌那个家伙带到一个完全不一样的世界。

好像就是这样，她陈筱从一个循规蹈矩的淑女变成一个花枝招展、品位低劣的怪胎。

好像就是这样，大学的生活慢慢地没有那么无趣了。

陈筱也不知道为什么会突然在这样一个晚上想起赵萌萌，她抱着手上的快要冷掉的速溶咖啡，眼睛忍不住又微微泛了红。

几分钟后，写字楼第三十三层的最后一盏灯也熄灭了。

陈筱裹紧了大衣从大厦里走出来，她脚下踩着一双足以抵得上她半个月工资的高跟鞋，看不出品牌的高级围巾里，面容精致又略显憔悴，她的眼睛好像进过沙子，红红的。

大街上并没有她想象的冷清，大约是快到圣诞节了，附近未打烊的商店里提前挂着精致且热闹的圣诞树。

来往的年轻情侣们抱在一起陆续从她身旁走过。

也有三三两两的女人手挽着手提着大包小包从商场里走出来。

陈筱抬头瞥了一眼那些人。

赵萌萌，你知不知道，你走后的一年，再也没人对我说过——“我们去逛街吧，陈筱。”

番外二 // 二十二岁的生日愿望

周五对于终于将项目完成，而免于加班的整个办公室来说，无疑是躁动的一天。

午饭前，部门经理唐禹大方宣布今晚聚餐，惹得办公室里一群小年轻们躁动不已，特别是周末无处可去的单身人士，而对于因为加班几乎耽误了一整周约会时间的情侣们来说却是一个噩耗。总之有人欢喜有人愁，偏偏经理大人也是万年单身汉，一句“不准请假”，打消了所有小情侣们蠢蠢欲动的小心思。

陈筱瞥了一眼手提电脑旁的手机，想起陆女士的交代，稍稍松了一口气。虽然她对部门聚餐这种活动一点兴趣都没有，但是比起陆女士安排的相亲，陈筱觉得部门聚餐好像也不是那么难以忍受。

“今晚部门聚餐，不能请假。晚上吃饭，我就不去了。”陈筱拿起手机，很快给陆女士发了一条微信。

十分钟后，陈筱被唐禹叫去办公室。

这位经理二十七岁，外地户口，据说一个人赤手空拳在 A 市打拼到如今地位，不能不说确实有几分能力。

陈筱作为“空降”人员，在他的部门一待就是三年。唐禹对他不冷不热，不谄媚也不鄙视，仿佛她是无关紧要之人。这样的态度让陈筱觉得格外舒服自在，于是家宴时，舅舅问她需不需要换岗位的时候，她摇了摇头。

像这样被突然叫到经理办公室还是第一次。

“您找我？”陈筱敲门进去。

唐禹正在签署一份文件，闻言抬头，二十七岁的唐禹看起来比同龄的男人要稍显成熟，他是出了名的加班狂，一年三百六十五天恨不得将所有时间都用在工作上。

熬了整整一个月，唐禹抬头的时候，陈筱能清晰地看见他眼下的黑眼圈以及额头上细微的抬头纹，但这些丝毫不影响男人的帅气。唐禹身材高大、轮廓硬朗、五官俊逸，陈筱偶然在公司里的八卦帖子里看到过，据说唐经理的魅力值可以在整个陆氏大厦排到前三位。

“晚上的聚餐你不用参加，出去吧，麻烦顺便把门带上。”

见是她，唐禹继续埋头将手上的文件签完，头也不抬地说，语气简洁明了，仿佛多说几个字，都是在浪费他宝贵的时间。

陈筱怔了怔。

“为什么？”她脱口而出。虽然她对这种人多的聚会向来没什么好感，这几年所有部门聚餐也是能躲则躲，可是被这样堂而皇之地排斥在集体之外，还是第一次。

唐禹终于停下手上的动作，他抬头看她，像是第一次这样认真地打量面前的女孩，用一种稍显疑惑又彼此心知肚明的目光，带着轻微的讽刺，仿佛陈筱的问题是明知故问。

这目光立刻让陈筱恍然大悟，她瞬间觉得羞耻，因为在每一次陆女士动用自家势力替女儿达到某种目的的时候，对方都会露出这种目光，仿佛她陈筱多么的不识抬举。

类似的事情从幼儿园到初中、高中、大学。陈筱以为自己成年以后，陆女士会收敛一点，但显然，高傲自负的陆女士从来不知道收敛为何物，如今仅仅是为了逼迫她相亲，亦能动用公司的资源。

“我知道了。”陈筱垂下眼帘，握着微微发抖的手指，有些尴尬地说。

然后她转身出门，她不知道自己是什么感觉。她觉得陆女士荒唐，但显然这样被陆女士牢牢捏在手心里的自己更加荒唐。陈筱突然觉得呼吸有点困难，鼻尖渐渐溢出一股难言的酸涩感。

“相亲愉快！”唐禹忽然随意补充了一句。

彼时，陈筱正握住门把，唐禹有些轻佻的四个字传到她耳朵里，也许并未夹杂任何情绪，或者仅仅只是单纯的祝愿，但是听在彼时的陈筱耳里，实在是莫大的讽刺与羞辱。鼻尖那种酸胀感忽然喷发了、变质了，陈筱觉得愤怒。

门把很快变成上锁的状态，陈筱握住拳头，转身大步走过去，突然猛地抓住对方的衣领，“你什么都不知道，有什么资格嘲笑我！”

说句实话，唐禹这一辈子被人这样拽住衣领的次数很多，尤其是高中时代，莫名其妙地被对方抓住衣领，痛斥自己抢了他们的女朋友，偏偏唐禹连对方的女友是谁都弄不清楚。可被一个女人，尤其还是自己的下属这样抓住衣领，真的还是破天荒第一次。

因此唐经理也十分受惊，如果是个男人，唐经理应该毫不犹豫地揍回去，但偏偏对方是个小女人，且还在红着眼睛痛斥：“你们这些人有什么了不起的，凭什么动不动就把我排斥在外？是，我是走后门进来的，可碍着你们什么了！我有一次消极怠工吗？哪一项工作我没有认真对待了？名校毕业有那么了不起吗！我比他们差什么了？干什么非得受你莫名其妙的鄙视，相亲怎么了？我要颜值有颜值，要背景有背景，不能相亲吗？关你什么事！”

越说越乱，越说越没有逻辑，也越说越激动。

唐经理整个人都蒙了。

他对陈筱这个姑娘的印象，说句实话，压根没啥印象。

除了知道跟高层有沾亲带故的关系，在脑子里划了一条不要随意招惹的重点线，工作狂唐经理很少有时间关注这个下属。主要是陈姑娘的存在感实在太低了，话很少，大多时间都埋头工作，不犯错也没有太多值得特别表扬的地方。每次部门活动，她几乎能请假就请假，所以唐经理对于自己这个下属，还停留在“挺文静、话少、孤僻、不麻烦”这样的印象里。

但显然，此刻的陈筱完全与文静两个字沾不上边。

唐禹握住对方的手，意外地觉出一丝软绵，他觉得自己该拿出一点上司的气势来，但是陈姑娘那样激动的情绪令万年扑克脸唐先生也有一丝无措，于是唐禹清了清嗓子：“没有鄙视的意思……”

唐经理话还没说完，对方突然甩开他的掌心，像甩开什么病毒污染物似的。

陈筱没有谈过恋爱，一次都没有。虽然在赵萌萌面前，陈姑娘一直摆出一副过来人的架势，但是天知道，从小家庭不和睦对婚姻有恐惧症的陈姑娘连手都没有牵过……

所以被唐禹握住手的一瞬间，陈筱感觉自己被烫着了，也顺带将她烫醒了。

气氛有些微妙。

唐经理咳了咳，素来严肃的面颊难得也染上一丝尴尬：“你可能误会了，我没有嘲讽或者鄙视你的意思。作为下属，你是一名……咳，优秀的员工，至于你相亲……”

“你别说了！”陈筱打断他，却压根儿连唐禹的眼睛都不敢看，她觉得心跳稍稍有些快，办公室里的温度也仿佛隐隐有些高，于是反射性地想要逃离，“我先出去了！”

想也没想，陈筱转身朝外走，因为没有看路，成功撞上一堵墙，陈筱捂着额头，不得不重新换了方向，开门出去。

好像一辈子的脸都丢在了经理办公室。

陈筱趴在桌上，自暴自弃地想。

而办公室里，工作狂唐先生正写着项目的最终报告，忽然莫名其妙地笑了出来，然后他侧过头，忍不住将办公室的里百叶窗打开。视线里，很快出现趴在格子间里，正满脸懊恼的女孩。

莫名有些可爱。

唐禹扬了扬嘴角。

“你的头怎么了？”低调奢华的私家车里，陆母坐在后座，几乎一眼看见陈筱额头的轻微痕迹，于是皱了皱眉头，有几分不悦。

陈筱随手将包放在后座上，没有理会母亲的问题。她看了一眼今日隆重打扮过的陆母，忍不住说：“下次您过来的时候可以提前打个电话吗？还有，麻烦您把车停远一点，我不想不久以后，公司里传出我被人包养的新闻。”

陆母满不在乎：“有传闻你舅舅会压下去。”转而拧起眉，“筱筱，我有没有提醒过你，今晚的相亲非常重要，希望你能穿得得体一点。”

“怎么才算得体呢？打扮得跟您一样，不知道的还以为您去奔丧呢！”陈筱瞅了一眼陆母，讥诮道。

“筱筱！”陆母口气沉了沉，有些怒其不争地看着面前的女儿。

想想小时候，陈筱是多么乖巧可爱，走到哪里都是淑女，从来不跟乱七八糟的人来往。后来青春期叛逆，陆母只当她是一时转不过弯，没想到这一叛逆，就再也改不回来了，如今跟她说话，也越来越喜欢顶嘴，“妈妈不是为了你好吗？女孩子过了二十五岁就没有市场，你今年二十三岁，谈一两年恋爱，二十五岁前找个知根知底的人结婚，一辈子衣食无忧！”陆母悠悠然道，一副为她操碎了心的口气。

陈筱侧头看着窗外，无精打采的模样，听到这里也没有丝毫动容：“是啊，你一直为我好。如果没有拿股份威胁的话。”

陆母了然地笑了笑，仿佛她还是个淘气的孩子：“不拿股份威胁你，你怎么会乖乖听话。傻孩子，你真以为学着大街上那些人谈点没有物质的恋爱就幸福了？你是妈妈养大的，你需要什么，妈妈会不知道？”

“我需要什么？”陈筱突然转过头，一字一句顶回去。

陆女士顿了顿，忽然又笑了，淡定道：“妈妈不清楚你要什么？但是你不要什么，妈妈知道。你能忍受贫穷吗？筱筱，你看看自己全身上下，你觉得以你每个月那点工资，置办得起吗？你精致的生活哪一样不需要钱，而你的能力跟你所享有的物质，匹配吗？妈妈让你相亲，是希望你下半辈子能够继续享受这些，可以不用学大街上的那些女人，连买一个像样点的包，都需要节衣缩食。”

陈筱扯开嘴角，极为讽刺：“说得真好，我都快感动得哭了。不过您说得再好，也改变不了，我被你们陆家卖去联姻的事实！”

“筱筱！”陆母终于沉下脸，眼中迸出几分狠厉的火花，而后仿佛想起什么，又稍稍缓和了表情，“随你怎么想！这个世界没有那么多便宜的事情，你享受了什么，必然要付出什么，妈妈从小就教过你。”

是，从小陆女士教会她要乖巧听话，要讨好外公与舅舅。她家教严厉，每每陆女士给予她什么，必然要求她有所回报，否则不配做她陆女士的女儿。

如今趁着年轻，大概能“卖”个不错的价钱，所以陆女士才如此急不可耐地将她出手。

陈筱搅拌着手里的咖啡杯，有些悲哀地想着，而此刻，她已经坐在包厢里，接受相亲对象挑剔的审视。

身旁的陆女士像一个尽职尽责的妈妈桑，不遗余力地包装着自己二十三岁的女儿，从陈筱的爱好聊到她的工作，从她的外貌聊到体重。陈筱从来不知道自己在母亲眼中那么优秀，简直是高学历、高修养、高颜值的白富美。

“我们筱筱啊，不像外面其他女孩，什么都不喜欢做，就喜欢玩。

筱筱很独立的，自己有工作，在她舅舅的公司上班，业余喜欢健身，也不跟不三不四的人来往……”

陆母如此说着，陈筱没有什么耐心地瞥了一眼对面的相亲男。

文家的幺子，陆家想进军娱乐业，自然要抱上文家这棵大树，于是文晨翰成了最佳选择。三十一岁，在自家公司挂了一个闲职。文公子做着一份可有可无的工作，最大的爱好当然不是上班，而是玩女人。

据说文氏影业旗下大到一线明星，小到十八线明星全都检验过文少爷的床上功夫，且他男女通吃，说白了，就是一头没有原则的种猪。

陈筱看着对方大约因为纵欲过度深陷下去的眼窝，忽然有种毛骨悚然的感觉。

“陈小姐是哪里毕业的？”文太太优雅地放下手中的茶杯，不咸不淡地问，仿佛对刚才陆女士的描述一点都不在乎，而她目光严苛，眼底全是高高在上的挑剔，让陈筱陡然间觉得自己成了某样待价而沽的货品。

她也不看看自己儿子是什么货色！

陆母成功卡壳了，在她的包装里，陈筱是完美的、优雅的、无可挑剔的好儿媳，然而陈筱当年叛逆，学历成了她的死穴，陆母就算再舌灿莲花也一时编不出来。

“筱筱出国……”

“×× 大学，您大概听都没听过这所学校吧。我没有什么拿得出手的学历，工作也是跟您儿子一样，随便在家族企业里混日子。如您所见，个子也不高，大概不能满足您儿子的性取向，毕竟听说文公子喜欢腿长的美女，圈子里大家都在传爬文公子床的首要条件是身高要够，至少一米七。真是不好意思，我只有……”

“陈筱筱！”陆母喝住她，向来高贵雍容的脸气得隐隐发青，然后她抓住陈筱，脸色赧然地向对面气得发抖的文太太道，“我们去一下洗手间，筱筱今天失礼了，十分抱歉。”

陈筱被陆女士连拽带拖地拉到洗手间，在陈筱还没有反应过来的时候，当场给了陈筱一巴掌。

陈筱被这一巴掌打得面部发麻，陆女士却气得胸脯起伏：“你知不知道自己在做什么！我们有多困难才给你攀上文家这门亲事，你想叛逆也至少有个度，马上进去跟文太太道歉！”

陈筱捂着半边脸，每每这种时候，她都十分怀疑自己是否真的是从陆女士肚子里爬出来的，而显然，陈筱十分习惯这样的陆女士，所以她甚至没有哭，梗着脖子同她叫板：“如果不去呢！”

陆女士笑了一下，然后她理了理陈筱被打得有些乱糟糟的头发，语气比任何时候都温柔：“筱筱，你不会的，从小你就是个聪明的孩子，懂得审时度势。乖，整理好自己再进来，不要让妈妈失望。”说罢，陆女士再没有搭理她，收拾了一下自己，很快重新回去。

陈筱侧过脸，看着镜子里的自己，被金钱堆积出来的精致高贵的皮囊，多么姣好的容貌，多么楚楚可怜的眼神，多么高不可攀的清高样儿……可是她清楚自己，就如同陆女士清楚她。她这样的女孩子，没有勇气脱离物质生活。

她从小在富贵圈子长大，成年时看着与自己薪水一样的女同事每次在购物时为了抢购打折物品的疯狂模样，隐隐觉得恶寒。

陈筱比任何人都清楚，脱离了物质，她不是她。

她会重复陆女士的人生，被陆家“卖”出去，然后在物质堆砌出来的泥潭里沦陷。

她永远没有勇气走出去……

她曾经嘲笑赵萌萌物质，可是她深深地明白，她与赵萌萌是同一个世界的女孩，甚至没有赵萌萌勇敢。而现在，她需要回到那里，谨言慎行，用最大的诚意向文太太和文晨翰道歉，否则不管这桩婚事有没有成，得罪文家，她大概会被陆家扫地出门。

陈筱的眼泪掉下来，然后她擦干它们，补了一下妆容，装作什么都没有发生过的样子，准备回去。

她还没有走到包厢门口，就被一位女士礼貌地拦住了，陈筱看了一眼这个陌生的女人。

南希微微弯腰："您大概不记得我，我是秦先生的助理，萌萌小姐以前与您约会时，我见过您几面。"态度恭敬，视线微微往上，看向陈筱的眼睛，"秦先生在隔壁包间，想请您过去一趟。"

陈筱终于想起这个人是谁，也终于想起秦墨这号人物来。

她以为今天一整天都已经糟糕得不能再糟糕了，但显然，上帝总会向你证明，没有最糟只有更糟！

她还记得自己是怎样在赵萌萌的遗物面前发了疯，将秦氏的独子，报纸上那个名声显赫的 IT 新贵揍得鼻青脸肿，而那个时候，秦墨甚至没有丝毫反抗。

陈筱一辈子都不可能原谅秦墨以及周嘉怡那个贱人！

她会见一次揍他们一次！

陈筱握着手指，很好，她想，在今天这样气愤的时刻，秦墨要这样不知死活地撞上来，那她陈筱也没什么好顾忌的了。

去他的股份！去他的联姻！去他的道歉！

陈筱捏了捏指骨，踹开隔壁包间的门，想都没想，一个左勾拳就往主位上秦墨的俊脸招呼过去。

南希仿佛有预感似的，惊慌失措地跑进来，却看见自家老板很有风度地接住了拳头，陈小姐的手臂被他牢牢控制，一时没法动弹，南希这才稍稍松了一口气。

“你先出去。”秦墨抬头吩咐她，声音没有起伏。

好像从赵萌萌走后，秦墨说任何事做任何事都没有什么情绪，没有特别高兴的时候，也没有特别不高兴的时候，有时候南希甚至觉得自己每天面对的是一台机器，没有任何感情只知道工作的机器。

南希恭敬地退了出去。

秦墨低头瞅了一眼面前张牙舞爪的陈筱，面无表情地说：“能好好说话吗？”

陈筱的脸上是十足的恨意，无奈双手被制住，于是毫不犹豫地唾了面前的秦墨一口。

陈筱一直在有教养的家庭环境长大，轻易做不出这样没有家教的动作，但是面对秦墨这样的人渣，她忍不住。

秦墨偏过脸，然后他放开面前的陈筱，拿起桌上的纸巾擦拭了一下自己的面颊，即使被人唾了一口，他冷冰冰的脸上，也看不出多余的表情，仿佛连愤怒都没有。

陈筱如愿以偿，就算没有揍到他，能够以这样的方式羞辱衣冠楚楚的秦先生，依然觉得心中痛快些，所以她继续讽刺道：“秦墨，我记得我们最后一次见面的时候，就警告过你，千万不要让我看到你！我见你一次，揍你一次。这口唾沫是替萌萌吐的，你值得！”

提到“萌萌”两个字，秦墨仿佛终于有了些许知觉。

陈筱看见他漆黑的瞳孔闪了闪，仿佛划过一丝痛苦。她讽刺地笑了笑，听说秦墨这一年多并没有跟周嘉怡在一起，可这又怎么样呢，赵萌萌死了，这两个贱人还活着，秦墨做出这副样子给谁看。

“秦墨，如果当初你跟赵萌萌一块儿埋在那，那我给你们俩一起立个碑；如果你跟周嘉怡你们三个都死在那里，我就把赵萌萌扛回来，死都不让她打搅你跟周嘉怡；可是你和周嘉怡活着回来了，把赵萌萌一个人扔在那里，你们欺负赵萌萌无亲无故，我陈筱不认！咱们走着瞧，我看你跟周嘉怡那个贱人能有什么好下场！”陈筱红着眼睛，一字一句地说道。

秦墨放下手上的纸巾，终于抬眼看她，他眼中已经没有多余的情绪，仿佛刚才的痛苦只是陈筱的幻觉：“很好，看来萌萌没有交错朋友。不过我要提醒你，科学上来说，赵萌萌只是地震失踪人口，请你不要把她与死亡人口混淆。”

秦墨的语气一板一眼，态度异常认真，让陈筱奇怪的是觉得他更像是在说服自己，说句实话，看他这样一个高高在上的人自欺欺人到这个地步，陈筱觉得可怜他，但更心疼赵萌萌。

所以她继续刺激他：“秦墨，你非要这样安慰自己，我也管不着！听说你这一年都在花时间去移开那座山，你找到了吗？是不是见到赵萌萌的尸体，你才能够好受一点？你要在她的尸体前痛哭流涕吗？对着你未出生的孩子向她忏悔，说你错了，说你当初不应该只顾着幽会小情人而没有顾及她们母子？我告诉你，赵萌萌她永远都不会原谅你，你就这样内疚下去吧！活在地狱里，就是对她们母子最好的忏悔！”

看着秦墨越来越惨白的脸，陈筱突然觉出一丝快意，于是忍不住恶毒得越说越多。

秦墨的脸色变了变，他的眼睛赤红，仿佛要将陈筱吃掉，突然一个箭步过去，抓住了陈筱的双臂：“什么孩子？那不是你跟赵萌萌一起合伙骗我的吗？！”

陈筱从来没有这样痛快过，尽管被秦墨抓住的地方那么痛，但是她觉得值得，她觉得终于替赵萌萌出了一口恶气，于是她笑了笑，笑容扭曲：“是啊，我们开始是骗你的，可是后来我带赵萌萌去做过一次详细检查，医生说赵萌萌确实怀孕了，检查报告都还在我这里，你要不要看一看？”

秦墨的脸色惨白得仿佛随时可能倒下，就像他带着赵萌萌遗物回来的那一天，陈筱在阳光下见到的秦墨，仿佛一具没有灵魂的干尸。他瘦得要命，仿佛一夜之间苍老了，而一年后看到秦墨，此刻他的身体空荡荡的几乎要撑不起他的高级西装，他其实还没有三十岁，是男人最好的年华，但在陈筱的视觉里，秦墨的头顶已经隐隐有了几丝白发。

这些都让陈筱觉得痛快，觉得赵萌萌死得好像也没有那么可怜了。

也许……

或者……

赵萌萌带走的不只是秦墨的内疚，人家说养条狗还有感情呢，秦墨与赵萌萌纠缠了那么多年，怎么能没有一点感情？

仿佛用尽了最大克制，秦墨缓缓松手，他喃喃着，仿佛想说什么，却最终什么都没有说。

他好像又死了一遍。

“你走吧。文家的事我会帮你解决，你母亲不会再逼你相亲了。”秦墨没有看她，他的声音微弱、低沉，可是秦墨说出的话，从来都说到做到。

陈筱却并不领情：“得了吧，我不需要你管我，接受你的好意只会让我觉得恶心！”说着，陈筱转身就要离开。

“第一个愿望，希望秦阿姨越来越年轻！第二个愿望，希望我跟秦墨白头到老！第三个愿望，希望陈筱早点找到自己的另一半，永远幸福！”身后的秦墨忽然缓缓说。

他的声音依旧低低的，没有什么感情，陈筱却突然定在了那里。

“她二十二岁的生日愿望。”秦墨抬头看了她一眼，“你不用觉得我在帮你，只是她的心愿，我总要一个一个满足的。”然后，仿佛再也不想多说话，秦墨拉开她面前的门把，就要跨出去。

“我没有理会她。”陈筱捂住脸，泪水从她的眼睛里汹涌出来，她觉得喉咙疼，浑身没有任何力气，所以她缓缓地滑倒在地上，声音夹杂着浓浓的哭声，“我觉得她缠着你的样子真的没出息透了，所以我没有理她。那段时间，我甚至没有给她打过一个电话，没有关心过她一句。她肯定特别害怕，她胆子那么小，怎么能够承受一个人怀着孕谁都不告诉……可是我压根儿没有关心过她……”

是的，对赵萌萌感到内疚的，又何止秦墨一个。陈筱无数次地回想她与赵萌萌的最后一次见面，无数次地审问自己，如果当初她多关心赵萌萌一点，是否她就不会傻傻地去度假村跟秦墨求婚，结局是不是就会不同……

看见那件婚纱，陈筱比谁都明白，赵萌萌没有放弃那个孩子，她愚蠢地准备自己一个人跟秦墨求婚！

每这样想一次，陈筱就恨不得给自己一巴掌！可赵萌萌那个傻瓜，连生日愿望这种小事都还惦念着她！

她真是世界上最不称职的闺蜜……

番外三 // 情深不寿

A 城，某场慈善拍卖会。

秦太太在圈子里素来以大方和善闻名，再加上秦家原本便是积善之家，因此类似的晚宴，秦太太通常都会收到邀请函。

以前还不觉得，随着秦墨年纪愈长，这样的晚宴往往变了味，尤其不知什么时候传出秦家与周家的婚事告吹，秦太太眼前莫名其妙出现好多闺秀，皆是上流社会的名媛，照中间人热情洋溢的暗示，配她家秦墨真是再合适不过。

秦太太原本是真心喜欢赵萌萌的。那孩子打小讨人喜欢，脑子虽然笨了点，但是眼睛干净纯粹，又孝顺，两家住得久了，秦太太把这姑娘当自己姑娘疼。

所以某天儿子把人带回来，秦太太虽然吃惊，但儿子向来是有主意的，挑个自己喜欢的媳妇，秦太太欢喜还来不及，哪里有心情介意赵萌萌不是周家的亲女儿。

她是真的以为这两个孩子能处得长久，好比她与秦父。

然而秦太太对自家儿子有信心，却忘了赵萌萌还是个年轻气盛、脑子又笨的小姑娘。

秦墨跟他爸一个德行，喜欢谁从不挂在脸上，还老是凶巴巴的。

赵萌萌那会儿也确实淘气，秦太太冷言瞅着，秦墨多管管，也不是坏事儿，便也没有点拨秦墨，谁知道就出了地震那事儿。

秦太太起初也责怪秦墨，那样水灵俏皮的孩子突然就没了，秦太太打心眼里觉得心痛。然而她还来不及责怪秦墨，秦墨却要被自己的内疚折腾死了。

秦太太活了半辈子，只得了这么一个儿子。

她以为自己足够了解这个儿子，秦墨的冷静与理智让秦太太从来十二万分的放心，然而失去赵萌萌的秦墨陡然间像变了一个人。

秦墨不仅话少了，严重的时候，秦太太甚至能听见秦墨在赵萌萌的房间跟“她”说话。

秦太太吓了一跳，没过几天让佣人将赵萌萌的东西统统收起来。

秦墨是她的命根子，是秦氏唯一的继承人。秦太太再心疼赵萌萌，也比不上心疼自己的儿子。

然而就是那次，秦墨的爆发让秦太太瞠目结舌。

秦太太是真没见过那样的儿子，双目赤红，简直要吃人。

她抱着发疯的儿子，苦口婆心地劝，希望秦墨意识到赵萌萌死了，不会再回来了。

秦墨最终号啕大哭，仿佛小时候，秦太太刚生下他的时候，那种撕心裂肺、毫无顾忌地哭泣。秦墨打小儿要强，小时候受再大的委屈，从不肯以哭示弱。

赵萌萌的遗物被找到的时候，秦墨没有哭；遗物入殓那天，秦墨也没有哭。

秦太太以为儿子足够坚强，然而那一刻，儿子的哭声让秦太太心都化了，她知道儿子是真的伤心。

一个人伤心到绝望，也就没了顾忌！

也是从那个时候开始，秦墨开始背着秦太太接受心理治疗。他作为秦家的唯一继承人，心里比谁都清楚，不能随意倒下。

秦太太见着整日扑在工作上、一天比一天消瘦的儿子，暗暗叹气，她是真没有想过，秦墨会因为一个赵萌萌，没了魂魄。

某日，秦老爷子练字，八十岁高龄的老爷子也不知道是心血来潮还是突然想起亡妻，大笔一挥，竟是“情深不寿”四个大字。

秦太太在一旁端茶送水，瞅见这四个字，瞬间便红了眼眶。

老爷子虽然已经不问俗世，但心里跟明镜似的，叹了口气道：“秦家的孩子都这样，长情！秦墨他二叔……哎，好好照顾秦墨，哪能没日没夜地耗在工作上呢！”

秦太太眼皮一跳，想起秦墨早逝的二叔，虽然家里没人敢提，可这位二叔，秦太太隐隐约约知道内情，可不就是为了一个女人，把自己折腾病逝的吗……

秦太太是真的吓着了，开始吩咐厨子汤汤水水地给秦墨补起来。

秦墨也是真的孝顺，当着秦太太的面，倒是一滴不漏地喝干净，可自己的儿子，她怎么会不了解。

秦墨半夜全然不能入睡，好几次，秦太太偷偷问司机才知道，秦墨周末总要去一次心理治疗中心，已经严重到需要药物才能入睡的地步。

就这样生生折腾了三年，秦墨倒也渐渐好转，秦太太暗暗松了一口气，可秦墨再也没谈过恋爱，也没有听说周围有哪个女人跟他走得近，除了周嘉怡。

秦太太也是后来才知道，周嘉怡居然还是秦墨的学妹。

这个女孩子对秦墨有意思，秦太太一眼就能看出来，但儿子的漠然让秦太太心里门儿清，大约她也不是秦墨心里那人。可秦太太已经没有办法，秦墨不可能就这样一辈子不结婚，于是她偷偷点拨周嘉怡，总是希望两个人能有修成正果的那一天。

秦太太的一厢情愿并没有效果。

秦墨打小便是极有主意的孩子，周嘉怡再有心接近，秦墨也显得很漠然。就在秦太太暗暗着急的时候，赵萌萌奇迹般地“死而复生”了。

秦太太起初吓了一跳，觉得这事邪乎得很，又知道赵萌萌这几年故意躲着不见，秦太太简直气得胸口疼，可秦墨却仿佛重新活过来一般。

儿子的狂喜秦太太看在眼里，她揪着一颗心，按兵不动，一时不知道该怎么办。

谁知道赵萌萌以后还会不会来这样一出。

秦墨已经是“死”过一次的人，秦太太无法想象，若是以后再出现什么问题，儿子还会不会跟着赵萌萌再“死”一次！

光是想到这里，秦太太就心绪不宁。

“陆小姐刚刚在巴黎办完自己的个人音乐会，您说巧不巧，您家秦墨这不刚刚从那里出差回来吗，听说也是去了音乐会现场……”

介绍人的声音将秦太太的思绪拉了回来，面前站着的女孩，个子高挑，眉眼精致，很是大方稳重。

秦太太一瞅就知道是个不错的姑娘，可仔细一瞧，跟赵萌萌实在是天差地别的类型。

秦太太也诧异自己竟然将人与赵萌萌比较，十分没有礼貌，正想回话，手提袋里的手机响起来，秦太太只好跟中间人说了一句抱歉，转身找了个宴会的角落接起电话。

“秦阿姨……”赵萌萌的声音在那头听起来怯怯的。

秦太太眉头一皱，这孩子还是这样冒冒失失，可下面一句话，便让秦太太软了心肠：“我……我……我是真的喜欢秦墨，您知道的，打小儿就喜欢。我们能在一起吗？我会很努力，不会让秦墨觉得辛苦！”

多傻气的话，秦太太想。

多傻气的孩子，秦太太想。

可秦墨喜欢。

她……也喜欢吧，毕竟是她从小看到大的孩子啊！

我找你谈话，也只是想确信，我家秦墨的爱有没有错付，你到底值不值得……

秦太太挂完电话，仿佛已有了主意，再回到觥筹交错的席间，对于中间人的介绍与暗示，竟然不接茬儿，温和礼貌地将人拒绝了，又突然放出秦墨好事将近的话来。

于是席上聪明的人都懂了，提前预祝秦太太觅得佳媳。

秦太太十分满意。

仔细想一想，对于赵萌萌，她向来没什么不满意的。

番外四

祝你幸福

秦墨跟赵萌萌的婚礼办得十分低调，婚宴就设在秦氏旗下的一家度假村。

这回秦墨可不敢选在什么深山老林，而是沿海的一座私人岛屿。

入冬的季节，也只有沿海地带温暖如春。

魏雅昕向来是个怕热的，她是伴娘，身上粉色的伴娘长裙将她胸大腿长的优势衬得越发明显，若是姿态端庄点，倒是很容易被归入美人一类，可偏偏她很没有形象地提着裙摆在角落里喘着粗气："热死我了，热死我了！到底谁想出来的主意在海边办婚礼，哪里浪漫了，我都快热化了！"

梁子帆是伴郎，老实说，他也没想到赵萌萌那个缺心眼的会让他来当伴郎，而比赵萌萌更缺心眼的显然是秦墨这个道貌岸然的伪君子，难道他从来没把他梁子帆当过情敌吗？

光是想到这一点，梁子帆便一口血含在嘴里，吞也不是，吐也不是，生生憋出内伤。

显然，这场婚礼简直是秦墨对他赤裸裸的炫耀与蔑视，更让梁子帆内伤的是，从小到大，他习惯了对赵萌萌有求必应，根本没法拒绝。

因此，尽管冷着一张脸，梁子帆还是穿着设计师精心剪裁过的伴郎服，帅气地出席了这个下午的彩排现场。

可他的妥协显然并没有带来什么好运，在飞机上遇到魏雅昕的时候，梁子帆便有一种不好的预感。

一下飞机，得知她竟然是伴娘，梁子帆差点甩手走人。

"我再怎么也是娱乐圈有头有脸的当红小生，为什么要搭档一个连十八线都够不着的跑龙套的？"

魏雅昕这姑娘虽然是个跑龙套的，可也不是吃素的，当即翻了一个白眼，叉腰："对，我为什么要搭档一个小白脸？！"

两个人从机场吵到酒店，简直不可开交，彼此一副看不上对方的模样，你一句我一句。

最后还是赵萌萌出来调解："你们还是很配的呀！"

"谁跟她配！"

"我怎么会跟小白脸相配！"两个人同时发声，简直恨不得把对方掐扁。

可毕竟是赵萌萌的婚礼，到这个地步，要换伴郎、伴娘显然已经来不及了，嘴上吵吵嚷嚷的，该怎么着还得怎么着。

婚礼就在明天上午，男女主角因为准备工作的忙碌，将原定上午的彩排生生挪到了下午。

婚礼安排在露天场地，日照十分强烈，这才有开头魏雅昕那声很没有形象的抱怨。

"真是丢人！你好歹也是伴娘，明天的婚礼，你也要一点形象都没有吗？"

梁子帆抱着双臂，嫌弃地撇了撇嘴角。

"关你什么事！"魏雅昕横眉冷竖，"倒是你，明天也要这样含情脉脉地偷偷瞅着新娘吗？要命，人家的婚礼，你好歹把你那副含情脉脉的样子收一收。"

梁子帆难得被气得说不出话，有那么明显吗，他想，还含情脉脉，怪恶心人的。

可是梁子帆看了一眼礼台上正对着台词的准新郎与准新娘，大约是因为炎热，赵萌萌也有些受不住，秦墨随手将她粘在额头上的发丝捋了捋，一副自然又亲密无间的模样。

不知道从什么时候开始，梁子帆想，他好像一直以这样的角度去注视着赵萌萌跟秦墨。

每每等赵萌萌受了委屈，他暗地里觉得终于有机会可以插足，屁颠儿屁颠儿地跑到赵萌萌面前献殷勤，可是每一次，赵萌萌都能圆润地、自动地重新滚入秦墨的怀抱，两个人就像一对磁铁，不管中间隔了多少障碍，最终好像都能找回彼此。

想到这里，梁子帆莫名有些心酸，却冷不防被魏雅昕撞了一下肩膀，她说："你回去照照镜子，瞅瞅你那副不甘心的样子，啧啧……"简直是在看他的笑话。

梁子帆瞪了她一眼，居然意外地没有还嘴。

魏雅昕就摸了摸鼻子，自觉有些不厚道，乖乖闭嘴了。

一整个下午，魏雅昕都觉得气氛怪怪的，她习惯了跟她吵嘴抬杠的梁子帆，陡然间对方安静下来，她便觉得无所适从。

好在彩排程序并不烦琐，很快便结束了。

魏雅昕回房间冲了一个澡，顿时神清气爽。她的眼珠子转了转，想起方才梁子帆的反应，一时心血来潮，去隔壁敲梁子帆的房门。

梁子帆也刚洗完澡，正在擦头发，开门见着来人，脸上便露出稍许不耐烦："什么事？"

"去不去兜风？听说沿海的一条公路景色特棒！"对方的眼睛亮晶晶的瞅着他，一副求"遛"的模样。

"自个儿去！"梁子帆酷酷的，抬手便要关门。

魏雅昕猛然伸了脑袋进来，也真不怕被夹到，嬉皮笑脸地道："我不是不会开车吗？求求你了，我可从来没来过这么漂亮的地儿，下次还不知道什么时候有机会来呢！"

别说，这姑娘求人的时候还真有一副可怜相儿，瞅着怪招人疼的。

梁子帆坐到自家跑车上的时候都没明白自个儿是怎么被忽悠来兜风的，他摸着下巴琢磨了一会儿，又瞧了一眼副驾驶上正不嫌丢脸兴奋得嗷嗷直叫的女人一眼，最后终于想通了，估计是因为脸。

"啊！啊！好酷！太帅了！"

然后啪的一声，梁子帆的肩膀被对方袭击了："梁子帆，你为什么不叫！"

叫什么叫！梁子帆真是后悔死了，他为什么要载一个"土包子"来兜风，太丢人了！

"梁子帆你倒是开快一点啊！"音乐已经开到最大声，还是遮不住这姑娘的号叫。

开快点是吧，梁子帆一摸下巴，不怀好意地看了一眼副驾驶这个找死的女人，踩下油门，火红的跑车便飞速在沿海的公路上疾驶……

最后的结果，当然就是魏雅昕自讨苦吃地在路边大吐特吐，一副很没有出息的样子。

梁子帆双手抱臂，气定神闲地等着她吐完以后的抱怨，谁知道这姑娘很有骨气，吐完以后，只是瞪了他一眼，又懒懒的伸了一个腰，很有精神地抬腿往崖边的草地走去。

那双腿又细又长，在已近暮色的光线里，依然白得发亮。

"干什么？回去了。"梁子帆有些不自在，却还是抬步跟了上去。

魏雅昕一屁股盘腿坐在草坪上，指着海岸线的那一端，说："急什么，你看，马上就要日落了。"

海风凉爽，抬眼望去，果然，蓝色大海深处，红色夕阳一点一点往下坠落，海面波光粼粼，宛如洒了金屑，美得让人不忍呼吸。

"梁子帆？"这姑娘突然顶认真地叫他。

"嗯？"大约是因为风景太好，梁子帆的态度难得温柔了一点。

“现在心情有没有好一点？”魏雅昕笑嘻嘻地抬头瞧他。

梁子帆微怔，所以，她求他带她出来兜风，只是为了让他心情好一点吗？连她都看得出他心情不好吗？

“海风吹得人真舒服。”魏雅昕也不搭理他，自顾自地躺了下来。她全身舒展，四仰八叉，很没有形象，却莫名让人羡慕她此刻的轻松。

惹得梁子帆忍不住跟她一起，席地而坐。

“我很好奇，你为什么会喜欢赵萌萌，她比你大吧？”这姑娘开始八卦。

梁子帆枕着脑袋，天空蓝得醉人，让他的思绪一点点飘远了。

为什么会喜欢赵萌萌？

那个时候……

那个时候父母热衷于争吵，没有人管他。保姆喜欢偷偷拿妈妈的东西，有一次被他发现了，保姆就恶狠狠地威胁他，从此，碗里的饭菜总能吃出奇奇怪怪的东西。由于年纪太小了，他根本不知道怎么反抗，只有隔壁的小姐姐，那个叫赵萌萌的胖乎乎的小姐姐，拿着棉花糖口齿不清地诱惑他，让他当她的小弟，从今往后，她就罩着他。

他不知道“罩着他”是什么意思，只知道棉花糖太诱人了，于是很没有出息地点头。赵萌萌笑得脸都要开花了，她也真把他当自己人，好玩的、好吃的都同他分享，也帮他一起捉弄家里的保姆。以至于很久很久以后，梁子帆都没有办法忘掉那串棉花糖的味道。

也算不上喜欢，可如果有这么一个人，她在你最孤立无援的时候笨拙地守护你；她永远用胖乎乎的身体挡在你面前，替你隔绝危险；她把自己都舍不得吃的、舍不得玩的捧到你面前，那你心肠再硬，也会忍不住对这样的姑娘心软吧。

而终于有一天，这个姑娘要嫁人了，你再也没有办法参与她的人生，你也会担心她会不会被人欺负，傻乎乎的笑容会不会消失，会不会躲在你看不到的地方偷偷哭泣……

“所以……你这是嫁女儿的心情？”听完这通话，魏雅昕目瞪口呆，总结道。

梁子帆觉得自己又受了内伤，忍不住白了她一眼，却还是忍不住感叹：“赵萌萌是个好姑娘！”

“好姑娘多着呢！”魏雅昕哼哼，怎么听都透出一丝酸溜溜的味道来，但她很快转了话锋，“你放心吧，赵萌萌会幸福的！”

也许吧，梁子帆想。

然后，第二天婚礼仪式上，当司仪问出那个问题的时候，他心里的那个姑娘大声而执着地说出“我愿意”三个字时，他笑了笑，终于有一丝释然。

此生，她的幸福将再与他无关，可是，她一定会幸福的！